南京工程学院创新基金面上项目"美国当代本土文学中的阶级书写"（课题号：CKJB201314）

"习性"下的阶级迷思
——厄德里克小说研究

袁小明 著

南京大学出版社

图书在版编目(CIP)数据

"习性"下的阶级迷思：厄德里克小说研究 / 袁小明著. — 南京：南京大学出版社，2018.11
ISBN 978-7-305-20857-7

Ⅰ. ①习… Ⅱ. ①袁… Ⅲ. ①路易斯·厄德里克—小说研究 Ⅳ. ①I712.074

中国版本图书馆 CIP 数据核字(2018)第 198063 号

出版发行	南京大学出版社
社　　址	南京市汉口路 22 号　　邮编　210093
出 版 人	金鑫荣

书　　名　"习性"下的阶级迷思——厄德里克小说研究
著　　者　袁小明
责任编辑　张淑文　　　　　　　编辑热线 025-83592401
照　　排　南京理工大学资产经营有限公司
印　　刷　江苏凤凰通达印刷有限公司
开　　本　880×1230　1/32　印张 8.25　字数 185 千
版　　次　2018 年 11 月第 1 版　2018 年 11 月第 1 次印刷
ISBN　978-7-305-20857-7
定　　价　60.00 元

网　　址：http://www.njupco.com
官方微博：http://weibo.com/njupco
微信服务号：njuyuexue
销售咨询热线：(025)83594756

* 版权所有，侵权必究
* 凡购买南大版图书，如有印装质量问题，请与所购图书销售部门联系调换

目 录

引 言 ……………………………………………………… 1

第一章　中产话语下的底层阶级 …………………… 59
　　第一节　底层阶级的关注 ………………………… 64
　　第二节　流动神话的反拨 ………………………… 79

第二章　重塑中产阶级形象 ………………………… 91
　　第一节　中产化的本土裔人 ……………………… 99
　　第二节　中产阶级女性 …………………………… 111
　　第三节　中产阶级白人 …………………………… 129

第三章　中产阶级话语的顺应 ……………………… 145
　　第一节　底层阶级的差异性书写 ………………… 151

第二节　中产阶级身份认同 …………………… 165

第四章　构建中的中产话语 ……………………… 179
　　第一节　中产阶级家庭伦理构建 ………………… 181
　　第二节　审美趣味的中产化生产 ………………… 198

结　论 ……………………………………………… 215

引用文献[Works Cited] …………………………… 225

索　引 ……………………………………………… 255

引 言

凯伦·路易斯·厄德里克(Karen Louise Erdrich,1954—),美国当代最重要的本土裔作家之一,出生于明尼苏达州,在北达科他州的小镇沃普顿(Wahpeton)长大。厄德里克的父亲为德国人,母亲为奥吉布瓦(Ojibwe)①与法国血统的混血儿。尽管厄德里克只有八分之一的印第安血统,但不论在其访谈,还是作品创作过程中,都显示出奥吉布瓦文化对她产生了重大的影响。

1972年,厄德里克进入达特茅斯学院(Dartmouth College)学习写作,后又在约翰·霍普金斯大学继续深造。1981年,厄德里克与具有印第安血统的作家迈克尔·多里斯(Michael Dorris)结婚,两人协作进行文学创作。1982年,在丈夫多里斯的鼓励下,厄德里克凭借《全世界最伟大的渔夫》("The World's Greatest

---

① 也叫齐佩瓦人(Chippewa),美国本土裔的一个分支,原住于休伦湖北岸和苏必略湖南北两岸,约当今明尼苏达州至北达科他州龟山山脉(Turtle Mountains)一带。

Fishermen")获得内尔森·阿尔格莱小说奖(Nelson Algren Fiction Award)。1983 年,诗歌《印第安寄宿学校》("Indian Boarding School")获普士卡特奖(Pushcart Prize),短篇小说《鱼鳞》("Scales")获当年的"国家杂志小说奖"(National Magazine Award for Fiction),该篇小说也被《美国最佳短篇小说集》(*The Best American Short Stories*,1983)收录其中。1984 年出版长篇小说《爱药》(*Love Medicine*)和诗歌集《照明灯》(*Jacklight*),《爱药》更是获得当年"国家图书评论奖"(National Book Critics Circle Award)。① 至此,厄德里克作为本土裔重要作家的身份基本确立。

三十多年来,厄德里克一直笔耕不辍,依赖娴熟的艺术创作手法、优美的语言以及对历史与人文现实的高度关注,现已成为当代美国文学阅读和批评中的热点人物。她的作品多围绕美国本土裔文化展开②,再加上作家自身的奥吉布瓦血统,早在 1983 年,美国本土裔批评家凯尼斯·林肯(Kenneth Lincoln)在谈及美国本土裔文化发展状况时就将其视为"美国本土裔文艺复兴"运动第二次浪潮的重要代表人物(8)。并且,林肯当时就前瞻性地预言厄德里克

---

① 该奖与"美国国家图书奖""普利策小说奖"共为美国文学三大奖项。
② 目前通常使用的称呼有 American Indians、Native American、Indigenous American 和 First Nations。按照 Ines Hernandez 的观点:"我们本土裔人知道'Indian'是个误称,但是就像'American'一样,这个误称已经属于我们自己,在这个所谓的美国领土上,我们每个部落都有自己的名称。我们根据部落或族群名称相互称呼,通常我们相见时第一个问题通常是'你是那个部落的?''你是从那个族群来的?''美国本土裔人'或'美国印第安人'这种类属性的词汇是对我们不同部落族群的简单泛化,但至少说明我们之间的确存在很多共同的地方。"Ines Hernandez, "Forward". *Growing up Native American*. Ed. and Intro. Patricia Riley. New York: Avon, 1993, 7-16. 本书更倾向于使用"美国本土裔"这一称呼。张冲在《从边缘到经典》一书中也认为使用"美国本土裔"这个称呼较好,因为这体现了其族裔性以及英文翻译过程中的顺序性(2)。

将是一位能够步入国际文坛的美国本土裔作家。从其发表第一部长篇小说《爱药》①(1984)以来,厄德里克几乎每一到两年就有新作出版,截至2017年11月,加上最近出版的长篇小说《现世上帝之未来之家》(*Future Home of the Living God*),厄德里克共出版16部长篇小说②,1部短篇小说集,3部诗集,6部儿童作品和3部散文集,并先后获得纳尔逊·阿尔格伦短篇小说奖、苏·考夫曼奖、欧·亨利小说奖(7次)、全国书评家协会奖、《洛杉矶时报》小说奖和司各特·奥台尔历史小说奖、"美国小说索尔·贝娄成就奖"③等各类文学大奖。2009年4月,其第12部小说《鸽灾》④(*The Plague of Doves*,2008)入围普利策小说奖的最后竞逐,并获得明尼苏达州图书最佳小说奖。小说《圆屋》(*The Round House*,2012)更是一举获得当年美国国家图书奖。美国当代著名作家菲利普·罗斯(Philip Roth)认为她同哈克贝利·费恩的作者一样,具有天生的洞察力,在人物书写时既充满关爱,又能机智地进行嘲讽。威廉姆·W·贝翁(William W. Bevin)在《华盛顿邮报》上更是将厄德里克与福克纳相媲美,赞誉她为美国本土裔文学创作的先驱。

厄德里克的创作内容多围绕美国本土裔人的历史与当下展

---

① 本书采用了国内学者张廷佺的翻译,也有学者如陈靓、王建平等人将该小说名译为《爱之药》。

② 除《哥伦布皇冠》(*The Crown of Columbus*)是与前夫路易斯·多里斯(Louise Dorris)合作完成外,其他均独立发表。

③ 该奖全称为 Pen/Saul Bellow Award for Achievement in American Fiction,由美国文学中心2007年创建,其宗旨是"奖励那些长期从事创作,且作品出色,可以称作是美国最杰出的那些在世作家"。厄德里克为该奖的第5位获奖人,前4位分别为 Philip Roth(2007)、Cormac McCarthy(2009)、Don DeLillo(2010)、E. L. Doctorow(2012)。

④ 该书已由张廷佺译为中文,所用书名即为《鸽灾》,而国内学者张琼则将该小说名译为《鸽疫》。

开,如《爱药》《甜菜女王》《痕迹》与《宾格宫》通常被视为其"齐佩瓦四部曲"[①],几部作品都讲述了北达科他州龟山居留地上的印第安人的生活。但其创作也不限于族裔问题,阅读中读者可以体察到作家不断打破族裔文学阈限的努力,如《屠宰场主的歌唱俱乐部》,书写了德裔居民在美国的生活,《踏影》描写了一位中产阶级女性在婚姻生活中的困惑,《现世上帝的未来之家》则利用反乌托邦的手法关注了美国当下的政治环境。

在文学归类上,目前研究者多将厄德里克的作品纳入美国本土裔文学。的确,其本土裔身份背景对其文学创作产生了极大影响,如本土裔人的历史、当下生存状况以及宗教观、环境观、口语传统等在其作品中都有所体现。在某种程度上,她的创作就是本土裔人在现世美国文化下的文化表达。其创作经历同美国本土裔文学的发展息息相关,对她的作品研究往往就不能脱离美国本土裔文学的整体性考量。鉴于此,在对厄德里克作品进行研究前,有必要对美国本土裔人的文学整体情况进行简单梳理。

一、美国本土裔文学的历史与现状

美国本土裔文学的历史大致可以分为三个阶段:第一阶段是早期的传统口头文学,主要有典仪、曲词、神话以及传说等口头文学;第二阶段是从18世纪起本土裔书面文学的开端到20世纪中期的初步发展阶段,此期间本土裔文学开始逐步形成书面形式,早期多为历史、传记、演讲等,后渐渐出现了如里奇、马修斯和麦克尼克

---

① 也有学者将《燃情故事集》《小无马地奇迹的最后报告》《四灵魂》和《羚羊妻》都纳入这一系列。

等知名作家,但是此阶段本土裔文学处于美国文学的边缘地位,根本得不到主流文化的重视,而且本土裔作家人数较少,形成不了气候;第三阶段是从20世纪60年代民权运动至今的繁荣发展阶段,本阶段,本土裔文学得到了多元化发展,诗歌、小说、戏剧等不同体裁的文学不断出现,作家数量越来越多,诸如西尔科、莫马迪、厄德里克等的作品已成为美国文学中的经典之作。另一方面,在文学批评领域,针对此类文学的批评不论是数量还是质量都有很大提高,文学创作的繁荣加上批评的推动,当下本土裔文学已然成为美国文学中不可或缺的一部分。①

二、美国本土裔文学研究现状

1969年,俄克拉荷马大学英文系艾伦·维利(Alan Velie)教授首次在美国开设本土裔文学课程,随之出现了早期类似于人类学性质的读本,如凯尼斯·罗生(Kenneth Rosen)的《送雨人》(*The Man to Send Rain Clouds*,1974)和《彩虹之声》(*Voices of the Rainbow*,1975)、盖瑞·霍布森(Geary Hobson)的《被铭记的大地》(*The Remembered Earth*,1981)。查理斯·拉森(Charles Larson)1978年发表第一本批评著作《美国印第安小说》(*American Indian Fiction*,1978),四年后,艾伦·维利发表《四位美国印第安文学巨匠》(*Four American Indian Literary Masters*,1982)。1983年林肯发表了宣言性质的著作《美国本土裔文学复兴》,次年库鲁帕(Arnold Krupat)也加入本土裔文学批评,发表了著作《后来者》(*Those Who Come After*,1983),并于1989年发表具有争议性的著作《边缘的声音》(*The Voice in the Margin*:

---

① 此划分采用了张冲在《从边缘到经典》中的划分方法。

Native American Literature and the Canon,1989)。这些非本土裔批评家的著作多本着学习本土裔文化真相的写作目的,专注于文本中的历史真实性。早期本土裔文学研究中,针对美国本土裔文学的批评家多来自非本土裔,研究视角单一,本土裔作家的文学作品常被降低为文化读本,并被批评界视为对本土裔人人类学研究的范本。同时,由于研究对象较为有限,当时多被大众了解的也只有莫马蒂(Navarre Scott Momaday,1934—)、西尔科(Leslie Marmon Silko,1948—)、韦尔奇(James Welch,1940—2003)等少数作家。

  进入20世纪90年代后,本土裔文学批评逐渐走向繁荣,库鲁帕推出新作《族裔批评》(*Ethnocriticism*,1992),路易斯·欧文(Louise Oven)发表《不同的命运:理解美国印第安小说》(*Other Destinies*:*Understanding the American Indian Novel*,1992),让内特·阿姆斯特朗(Jeannette Armstrong)编辑《看下我们的文字:文学的第一民族分析》(*Looking at the Words of Our People*:*First Nations Analysis of Literature*,1992)一书。1977年创刊的《美国印第安文学研究》(*Studies in American Indian Literature*,1997)在90年代也摆脱了七八十年代无力的状态,逐渐成为该领域具有相当影响力的杂志。1995年罗伯特·沃瑞尔(Robert Warrior)发表《部落秘密:恢复美国印第安智性传统》(*Tribal Secrets*:*Recovering American Indian Intellectual Traditions*,1995),库鲁帕于1996年又发表《转向本土裔:批评文学研究》(*The Turn to the Native*:*Studies in Criticism and Culture*,1996)。同年,库克·琳(Cook-Lynn)针对"库鲁帕的国际主义"视角发表编著《为何我无法读懂华莱士·斯戴格那》(*Why I Can't Read Wallace Stegner*,1996),紧接着杰斯·维沃(Jace Weaver)和克莱

格·沃玛克(Craig Womack)加入批评争论,分别发表《民族将继续生存:美国本土裔文学和美国本土裔社区》(*That the People Might Live: Native American Literatures and Native American Community*,1997)和《红对红:美国本土裔文学中的分裂主义》(*Red on Red: Native American Literary Separatism*,1998)。

这些研究著作,不论在研究路径还是研究视野方面,都有了很大的变化。这不单因为更多像库鲁帕一样有影响力的非本土裔批评家加入了本土裔文学批评,在本土裔内部,也出现了大量像厄德里克、阿莱克西、霍根等知名作家,以及精通各种后现代批评理论的沃马克、维沃、维兹诺等具有影响力的批评家。目前最主要的批评理论有艾伦的女性中心视角、沃瑞尔与沃马克的本土裔智性理论、格雷格·萨里斯(Greg Sarris)与欧文的对话主义理论以及维兹诺利用恶作剧形象的解放与生存理论。

各种文学理论和视角的介入,使得美国本土裔文学批评同样呈现出多元化的姿态,同时,也促使批评界深入思考本土裔文学的走向问题。在批评中,学者们之间的观点既有重合,也有冲突。后现代主义、后殖民主义、后结构主义等理论被广泛用于本土裔文学批评。这种主流文学批评理论的使用,在本土裔批评家内部,以及本土裔与非本土裔批评家之间产生了激烈的争议。这些争论主要体现在如下三个方面:

1. "国际主义"还是"民族主义"的问题

自1983年林肯发表《美国本土裔文学复兴》一书以来,在所有的争论中,最值得一提的就是本土裔文学创作中的文化表征问题,以及本土裔文学批评中是采用国际主义(cosmopolitanism)、部落主义(tribalism),抑或民族主义(nationalism)视角的问题。此争论最早出于1981年美国本土裔文学批评家和作家西蒙·奥缇兹(Simon Ortiz)发表的论文《通往民族性的印第安文学：民族主义中的文化真实性》("Towards a National Indian Literature: Cultural Authenticity in Nationalism", 1981)，文中作者指出在美国本土裔文学中应坚持民族主义的态度，印第安故事中最应凸出的就是他们对领土的主权问题。(Ortiz 12)然而在80年代，由于美国本土裔文学批评整体力量薄弱，此观点并未立刻引起评论界足够的重视。

1989年，库鲁帕在《边缘的声音》一书中提出："美国文学经典不但应包括在美国具有统治地位的欧美作家作品，同时也应将很多非洲裔和本土裔作家的作品纳入其中"(Krupat 202)。书中库鲁帕区分了"地方文学""民族文学"和"国际文学"三种不同的文学概念，认为"地方文学"就是指传统的本土裔人或其他族裔的文学，"民族文学"则指某个地域内所有地方文学的总和，而"国际文学"显然就是所有"民族文学"的总和，从而库鲁帕指出，应以国际主义的视角来看待美国本土裔文学。这种观点立刻引起了本土裔文学批评界的广泛注意，并受到库克·琳和罗伯特·沃瑞尔等人的严厉批评。库克·琳指出，"学者们应该谨防小说创作和批评中对民族主义和第三世界模式的破坏，在文学理论应用到美国本土裔作家作品的批评中，这种对破坏的提防也应成为批评话语中的一部分"(Cook-Lynn 82-83)。两年后，沃瑞尔在《部落秘密》一书中提出"智性自主"(intellectual sovereignty)概念，认为在讨论自主性的问题时，美国本土裔作家必须转向他们内部自己的智性资源。针对库克·琳和沃瑞尔两人的观点，库鲁帕在1996年发表的《转向本土裔》一书中一方面肯定了他们民族主义的论述，同时也对自己的国际主义概念进行辩护，认为本土裔人的"智性自主"根本不可能,从而提倡本土裔人与非本土裔人间的互相依赖性。正是这种观点的提出使得另外两位批评家维沃和沃玛克迅速加入争论,从而形成了所谓的本土裔文学三"Ws"①。维沃在《民族将继续生存》一书中提出"社区主义"概念,强调了本土裔作家与社区之间的紧密关系。沃马克的《红对红》一书被认为最能代表民族主义观点。在书中,他认为在本土裔文学批评中,应该反对后现代主义以及其他难以理解的理论,要转向使用本土裔人自己的批评资源,优先考虑本土裔视角的内部阅读方法。"本土裔文学以及相关的批评都应将更多的注意力放在本土裔人的具体问题上。"(Womack 1)"本土裔文学批评应该能凸出本土裔人在殖民主义和种族主义前的反抗运动,并围绕领土主权问题和本土裔民族主义进行讨论,探讨文学与本土裔解放之间的关系,将文学植根于土地和文化中,使得本土裔人特有的世界观和政治现实变得明显,在本土裔范围内,而不是在经典范围内建立本土裔文学的地位。"(Womack 11)

沃马克通过提出内部阅读方法,将本土裔文学批评内部争论推向白热化的状态,因此也促成了本土裔文学批评中的两大对立阵营,一方是三"Ws"所代表的民族主义视角,他们三人于 2006 年合作,出版论著《美国印第安文学民族主义》(*American Indian Literary Nationalism*,2006)对民族主义进一步解释,并对出现的批评观点进行反击。他们三人之后,里萨·布鲁克斯(Lisa Brooks)、丹尼尔·贾斯特斯(Danial Justice)、塞恩·特顿(Sean Teuton)、托尔·福斯特(Tol Foster)以及非本土裔作家詹姆斯·

---

① 指的是 Craig Womack、Jace Weaver 和 Robert Warrior 三人,因其名字都以字母"W"开头,且他们都坚持本土裔文学批评中的民族主义视角。

考克斯(James Cox)也分别发表论文及著作支持民族主义批评方法。[1]另一方则是支持国际主义视角的学者们,如罗伯特·帕克(Robert Dale Parker)、爱而维瓦·普里塔诺(Elviva Pulitano)、海伦·丹尼斯(Helen May Dennis)、凯尼斯·林肯。[2] 当然,在两个阵营之间,也有些学者试图综合两种视角,如大卫·特鲁尔(David Treuer)在《美国本土裔小说:使用者指南》(*Native American Fiction: A User's Guide*,2006)中既能考虑到新批评理论的使用,也能努力利用本土裔的内部视角去研读诸如厄德里克、阿莱克西等当代本土裔作家的作品。

近年来,尽管两个阵营间的争论不断,但本土裔文学的内部批评视角逐渐被批评界接受并推广,《美国印第安文学研究》杂志2014年第2期专门针对1999年乐安娜·豪(LeAnne Howe)提出的"Tribalography"概念,以及此概念在本土裔文学批评中的使用,刊登了多篇文章。其实库鲁帕在2002年发表的《重要的红色》一书中已经开始转变批评态度,认为国际主义的批评不能放弃民族主义的视角,现在库鲁帕完全赞同民族主义的批评方法,在2012年发表的著作中直接利用维沃的著作题目,强调美国本土裔文学内部视角的重

---

[1] 这些作品分别为 Lisa Brooks 的 *The Common Pot: The Recovery of Native Space in the Northeast* (2008),Danial Justice 的 *Our Fire Survives the Storm* (2006),Sean Teuton 的 *Red Land, Red Power: Grounding Knowledge in the American Indian Novel* (2008),Tol Foster 的 "Against Separatism: Jace Weaver and the Call for Community" (2008)以及 James Cox 的 *Muting White Noise* (2006)。

[2] 这些作品分别为 Robert Dale Parker 的 *The Invention of Native American Literature* (2003),Elviva Pulitano 的 *Toward a Native American Critical Theory* (2003),Helen May Dennis 的 *Native American Literature: Towards a Specialized Reading* (2007),Kenneth Lincoln 的"Red Stick Lit Crit."(2007)。

引 言

要性。[①] 持民族主义观点的批评家们随着本土裔文化与外部文化的不断接触,以及全球化的发展,也将世界主义的视角纳入自己的批评之中。如马修·赫尔曼(Matthew Herman)在2010年出版的《当代美国本土裔文学中的政治与审美:跨越一切疆界》(*Politics and Aesthetics in Contemporary Native American Literature: Across Every Border*, 2010)中认为,我们在考察本土裔文学文化时,应该结合各种文化理论,重新审视经典的形成过程,对文本与传统进行溯源性研究,并对批判对象重新定义,以证实本土裔部落中存在着自己的文学传统,纠正历史中不合适的文化表征,重申反殖民的民族主义政治立场,在后民族主义的文化背景下探讨本土裔文学中的审美问题。这样就改变了传统意义上的本土裔文学概念,其文学本质、文学功能和文学价值相对于传统理念也有所改变。在这种视角下再来观看本土裔文学,就可以发现其在具有政治性的同时也没有忽略文学的审美性,强调民族部落文化的同时也没有倡导文化孤立主义。维沃在2011年的文章《红色大西洋:跨越海洋的文化交流》("The Red Atalantic: Transoceanic Cultural Exchange", 2013)和2013年由维利编写的《美国本土裔文学复兴》一书中都不断强调自己的世界主义转向,指出"本土裔性是一种寻根,但是大西洋盆地的本土裔人在不断移动着,他们大批跨越大西洋,身份不一,有的是俘虏,有的是奴隶、外交家、水手、士兵,也有的是艺人和游客,很多人已经变得世界化"(Weaver "The Red Atalantic: Transoceanic Cultural Exchange" 33)。因此维沃指出他们的民族主义并不排外,是一种敞开心胸的多元主

[①] 参见 Krupat, Arnold. *That the People Might Live: Loss and Renewal in Native American Elegy*. Ithaca, NY: Cornell UP, 2012.

义性质的民族主义,各种理论只要有益于他们的民族文化,都可以被使用在批评中,但是前提必须对本土裔人是友好的态度。

2. "印第安性"问题

在本土裔文学研究中,除了内部视角和外部视角的争论外,"真实性"即"印第安性"也一直是争论的一个热门话题。维沃在《其他言语》一书中指出,因为殖民主义的原因,美国政治一直影响着"印第安人"或"本土裔性"的定义,这直接影响了本土裔人的身份政治问题,所以,在本土裔文学文化研究中,任何学者都不应忽略"印第安性"(Weaver *The Other Words* 4)。的确,自20世纪90年代初以来,如何定义"印第安性"一直困扰该领域的学者们。德波拉·迈德森(Deborah L. Madsen)在《本土裔真实性》(*Native Authenticity*, 2010)一书中指出,本土裔文学研究的前提就是"本土裔性"或"印第安性"的存在(Madsen 1)。但是在长期的殖民和反对殖民过程中,这一概念的界定一直是充满斗争的过程,而且概念界定的过程也必然涉及本土裔文学中另一个常被提起的话题——"真实性"问题,即在本土裔人的批评和非本土裔人的批评中,谁具有更高的可信度?

通常情况下,有两种对"何为印第安人"的界定,一种是美国政府自外强加给本土裔人的定义。1887年的"普通分地政策"(General Allotment Act)过程中,美国政府为了掠夺本土裔人的土地,将他们的土地收为国有后,按照本土裔人每家的人口数量进行分地,在认证谁为本土裔人的过程中,政府采取了"血统鉴定"办法(blood quantum)。1972年,鉴于美国人的不断反对,美国政府放弃血统鉴定方式,颁布《印第安教育法案》(Indian Education Act),开始采用"自我认同"的方式来对本土裔人进行认定,这就模糊了本土裔人一直关注的领土主权问题,在定义上将他们等同于其他少数族裔。另外一种是由本土裔人自己确定的认同方式,在有的部落中,他们采取的是基于文化活动的认同模式。随着本土裔人和欧美裔人的不断联姻,出现了大量混血人群,很多居住在城市的印第安人为了避免将"印第安性"视为部落身份的困扰,将本土裔和美国两种身份都纳入自己的认同方式中,但是这种认同方式同样又受到了仍然居住在自留地上的本土裔人的抵制,因为这样势必产生"泛印第安"的情形,而没有考虑美国本土裔人自身存在的多样性。

对于本土裔人来说,他们自己的身份认同方式往往得不到政府的认可,而且政府的不同部门在身份认证过程中也充满了矛盾,从而使得"印第安性"变得更加模糊。如杰姆斯(M. Annette Jaimes)在文章《印第安身份联邦政策》("Federal Indian Identification Policy")中指出:"联邦和州之间对'印第安性'的鉴定标准不一,有的时候联邦政府采用'自我认同'模式,有的机构却根据在自留地上的居住情况来决定,还有的机构仍然采用'血统模式',甚至不同的地方采用的血统比例也完全不同,有的是要求二分之一,有的则只需六十四分之一。"(Jaimes 136)

这种主流社会对"印第安性"由外而内的身份强加,引发了本土裔文化研究者们的担忧。盖瑞·霍布森(Geary Hobson)和温迪·露丝(Wendy Rose)认为这是一种白人社会对美国本土裔人采取的"白人萨满主义"(whiteshamanism)[①],是一种殖民策略,"为了

[①] 按照这种观点,一些非本土裔人认为自己对印第安习俗与信仰的了解要强于本土裔自己人的认识。见 Hobson, Geary. *The Remembered Earth: An Anthology of Contemporary Native American Literature*. Albuguerque: University of New Mexico Press, 1979. 和 Rose, Wendy. "The Great Pretenders: Further Reflections on White Shamanism." *The State of Native America*, edited by M. Annette Jaimes. Boston: South End Press, 1992.

"习性"下的阶级迷思——厄德里克小说研究

达到自身目的,占取和扭曲本土裔文化,主流社会避开了本土裔人的土地和宗教等社会现实问题。"(Rose 404)金伯利·洛普罗(Kimberly Roppolo)则将这种界定"印第安性"的研究方法视为"人类学主义"(anthropologism),认为这种方法只是将本土裔人以及本土裔人的文化物品当作分析客体,而不是将他们视为意义生产的主体。[1]

这样,来自本土裔自身的批评视角就成为一种必要。但是,非本土裔批评家是否可以介入此批评领域?如果可以,他们如何才能避免之前的那种殖民视角?露丝在书中担心本土裔人会极端地认为"只有本土裔人自己对自己的观察才具有权威性"(Rose 415)。洛普罗则建议在从本土裔人文化视角考察本土裔文学的同时,不完全脱离西方的文化假设,考虑个体部落文化的同时,也不忘部落间的相互影响,从而形成一种普遍化的部落中心文学研究方法,以摆脱主流社会强加的批评范式。由于库克·琳和沃马克在著作中言语的激进以及批评界对他们的误解,在90年代末期针对此问题产生了广泛的争议,争议的内容除了前文所说的国际主义和民族主义的问题,其背后还有如何定义"印第安性"以及谁的视角更可信等问题。

既能从后结构主义又能立足本土裔视角对此问题进行深刻阐述的当属让那·瑟库雅(Jana Sequoya)和维兹诺(Gerald Vizenor)。瑟库雅1993和1995年发表了两篇文章,对关于"印第

---

[1] 见 Roppolo, Kimberly 的文章 "Symbolic Racism, History, and Reality: The Real Problem with Indian Mascots". in *Genocide of the Mind*: *An Anthology of Urban Indians*, edited by MariJo Moore, New York: Thunders Mouth Press, 2003.

安性"的争论背景进行定位①,"关于谁是、如何是印第安人的问题是北美地区一直争论的话题,这种争论在很多方面象征着现代社会遏制和掌控差异的全球性斗争。其中关键问题就是在国家背景下,如何对待本土裔人身份中的社会、政治和经济等可能条件。在北美建国叙事中,本土裔人要么是不在场,要么是不可信,而本土裔人到底是谁?包含什么内容?在什么位置?何时才会出现?"(Sequoya "How(!) Is an Indian? A Contest of Stories"453) 同时她指出:"这种争论就是范畴自身不断'他者化'的结果。"(Sequoya "Telling the difference" 88)

在瑟库雅的身份理论基础上,维兹诺针对"印第安性"给出了更加全面的解释。在访谈中,他挪用鲍德里亚(Jean Baudrillard)的"simulacra"和"simulation"②概念,提出"印第安人"就是"对不在场之物的模仿"(Vizenor *Postindian conversations* 161),"印第安人"指的不是真正的人,而是文化帝国主义下的一个身份形成范畴。为了反驳"印第安人"概念,维兹诺提出"后印第安人"概念,即敢于游戏与超越印第安身份的行动主体,他们代表了反抗和继续生存,

---

① 见以下两篇文章:Sequoya – Magdaleno, Jana. "How(!) Is an Indian? A Contest of Stories." *New Voices in Native American Literary Criticism*, edited by Arnold Krupat, Washington and London: Smithsonian Institution Press, 1993:453 – 73. 和"Telling the difference: Representations of Identity in the Discourse of Indianness", *The Ethnic Canon: Histories, Institutions, and Interventions*, edited by David Palumbo – Liu, Minneapolis: University of Minnesota Press, 1995:88 – 116. 。

② simulacra 是对不再存在或根本就不存在的事物的拟像,simulation 则指对现实生活中的一种程序和体系的模仿。在鲍德里亚看来,我们当下社会的现实与意义已经被象征、符号等取代,人们的经验只是对现实的模仿。另外,拟像不是对现实的真实或欺骗性的调解,它根本就不是建立在现实基础之上,其中也不包含现实,它们所掩藏的只是看起来像和我们生活相关的现实。具体见 Baudrillard, Jean. *Simulacres et Simulation*. Ann Arbor: University of Michigan Press, 1994.

生存中拒绝悲剧,反抗中拒绝受害者形象,他们拒绝模仿主流文化强加给他们的"印第安"固定形象。这样,维兹诺的"后印第安人"概念一方面揭示了"印第安人"固定形象构成中的发生学上的缺场,在缺场中又留下在场的痕迹。这些痕迹是"故事中的阴影,阴影,阴影,记忆和智慧"(Vizenor *Manifest Manner* 63)。维兹诺故意重复"阴影"一词,强调在主流文化之外存在的本土裔人所表达意义中的多元性和多样性。这样,在维兹诺看来,在殖民化的形象下,不论是印第安人还是非印第安人,都可以成为主体,这就给各类批评家提供了一个可行的批评视角。

3. 政治性与审美性的问题

1986年,厄德里克(Louise Erdrich)发表小说《甜菜女王》(*The Beet Queen*)。之后,西尔科(Leslie Marmon Silko)对此书进行了评价,首先她认为该小说"语言细腻,精心打造,充满诗性"(Silko 178-179)。通过强调该小说的语言,西尔科将其纳入后现代性的实验小说范畴。然而,西尔科认为这种自我指涉性的语言只关注了个体的孤独和异化,顺应了主流社会的个人主义价值观,而不能放眼社会整体,表现本土裔人的共同生活经验。另外,西尔科还指出,除了小说人物只存在于自己的内心世界,厄德里克也故意回避自己的本土裔身份问题,"其中描写的达科他州这一地理空间也不具有代表性,这儿所有的冲突和张力都来自个体精神,而不是种族主义和贫穷"(Silko 180)。西尔科指责《甜菜女王》忽略了美国本土裔群体的政治问题,呼应了主流社会的后结构主义话语,将语言视为个体间联系的唯一媒介,她甚至认为"这本小说无异于美国民权局最新发行的有关黑人就业率和工资条件得以改善的报告性书籍"(Silko 184)。

随后,不少本土裔作家和批评家都针对此问题发表了自己的观点,这也就是本土裔文学中所谓的"厄德里克与西尔科之争"。

从争论可见,其中围绕的主要问题就是本土裔文化应该如何处理种族政治与审美间的关系。在西尔科看来,政治性问题无疑是本土裔文学应关注的首要问题,因而她认为,厄德里克的作品过于注重审美效果,忽略了本土裔人亟需面对的政治问题。在之后的争论中,多数批评家,如卡斯迪罗(Perez Castillo)、欧文斯(Louise Owens)、莫雷斯(Robert A. Morace)、库克·琳(Elizabeth Cook-Lynn)、查弗金(Allen Chavkin)等人,他们都认为西尔科对厄德里克的指责有本质主义的倾向,"忽略了'族裔性'(ethnicity)的流动性特征"(Castillo 287)。

尽管欧文斯和库克·琳等人不赞同西尔科对厄德里克的批评,但他们同样指出,"西尔科还是提出了一个非常重要的问题……她认为(这种书写方式)强化了白人读者对本土裔人的固定形象,不论作家如何表达愤怒,非本土裔读者读完后都会觉得本土裔人的问题完全是自己造成的"(Ovens 79-80)。从支持厄德里克的观点中不难看出,其前提仍旧强调了该作家作品中的政治性问题,只是这种表现方式显得更加微妙,因而也被认为能够更好地表达本土裔的政治诉求。

不难看出,争论的中心问题其实是何种文学形式更有利于本土裔人的政治利益。在莫马迪以《晨曦之屋》获得普利策文学奖后,如何处理本土裔文学中的审美问题就一直困扰着本土裔作家们。莫马迪通过《晨曦之屋》和其后发表的论文《言语构成的人》("The Man Made of Words")表达了对现代主义价值理念的使用,希望将个人文学思考、本土裔文学传统以及主流文学价值相融合,实现文学的传承,在普世性的人文主义下重组本土裔文学,使得本土裔文学的内在价值为主流社会接受(Momaday 90)。而另一位本土裔作家特鲁尔(David Treuer)则希望利用形式主义视角,撤除本土裔文学中的文化价值判断问题,从纯文学审美角度阐释本土裔文学,以将本土裔文学纳入主流文学之中。然而,不论是莫马迪,还是特鲁尔,他们都希望将审美融入政治之中。可见,这种争论其实最终又回到了本土裔文学如何在民族主义和国际主义之间进行平衡的问题。赫曼在《当代美国本土裔文学中的政治与审美:跨越一切边界》一书中就此争论进行了比较客观的评价,认为"美国本土裔文学中对政治的关注从来没被怀疑过,实际上,现在这已经是批评界的一个共识,那就是本土裔文学就是政治文学"(Herman 52)。因此,赫曼认为这也正是本土裔文学政治转向中的一个特征,即审美与政治的融合:

> 通过历史,既反映出对社会政治和历史进程中的人文关怀,也表达了超越时间概念的存在主义哲学观点,既展现了本土裔人在历史进程中受到的不公正待遇,也反映了现代人的精神困惑,展示了当代本土裔文学中历史主义和人文主义之间意识形态上的张力,使本土裔文学中的审美问题和政治问题显得更加引人注目。"(Herman 65)

当然本书所探讨的争论并不能涵盖本土裔的所有问题和争论,目前还存在其他很多尚不能达成统一共识的问题,如如何处理流行文化?如何书写白人和女性问题?如何表征贫穷?等等。随着本土裔文学研究的发展,这些问题都将逐渐得到批评界的关注。不能忽略的是,这些不同的争论都凸显了本土裔文学研究逐渐深入的状况,这和其他族裔文学研究既有相同之处,也有其独特的一面。同时,尽管观点不一,但其背后多体现了对本土裔政治问题的关心,争论的焦点多在如何更好地实现当下本土裔人的利益。另外,争论中大多能意识到美国本土裔人不断变化的现况,体现了他们在不同社会背景下调整文化策略的努力,以推动本土裔文化发展,凸显当代本土裔群体的强烈政治诉求。

四、厄德里克研究综述

早期,针对厄德里克的批评多散见于各类杂志,最早的专门性系统评论是1994年南茜·查弗金(Nancy Feyl Chavkin)的《路易斯·厄德里克与迈克尔·多里斯访谈录》(*Conversations with Louise Erdrich and Michael Dorris*,1994)。到了20世纪末21世纪初,随着作家经典地位的不断确立,有关她的专著逐渐增多。在该阶段,艾伦·查弗金编著了《路易斯·厄德里克笔下的齐佩瓦景观》(*The Chippewa Landscape of Louise Erdrich*,1999),对作家的创作背景进行了详细的描述。司杜基(Lorena Laura Stookey)出版了《路易斯·厄德里克批评介绍》(*Louise Erdrich: A critical companion*,1999)对作家的批评现状进行了介绍。2000年赫塔·黄(Hertha D. Sweet Wong)专门就《爱药》一书发表专著《路易斯·厄德里克的〈爱药〉》(*Louise Erdrich's Love Medicine*,2000),雅各布斯(Connie A. Jacobs)也利用《路易斯·厄德里克的小说:她的族人的故事》(*The Novels of Louise Erdrich: Stories of Her People*,2001)一书专门介绍了厄德里克书中常出现的奥吉布瓦文化,针对文化教育问题,萨瑞斯(Greg Sarris)、雅各布斯、吉尔斯(James R. Giles)等人在2004年编著出版了《如何讲授路易斯·厄德里克作品》(*Approaches to Teaching the Works of Louise Erdrich*,2004)。

近十年来,随着厄德里克作为一名美国知名作家地位的确立,批评界对她的关注也随之出现白热化的状况。从2006年以来,就作家本人作品进行评论介绍的著作和论文集已出现六本,特别是在2012年作家获得国家图书奖后,次年就出版了三本相关专著。①另外,也有大量的专著将厄德里克与其他作家进行综合考察,探讨其小说中诸如性别、种族、叙事等问题。②

厄德里克的小说和诗歌是美国当前很多高校中文学研究、女

---

① 这些专著分别为彼得·G. 贝德勒(Peter G. Beidler)和盖伊·巴顿(Gay Barton)撰写的《路易斯·厄德里克小说指南》(*A Reader's Guide to the Novels of Louise Erdrich*, 2006),戴维·斯特里普(David Stirrup)的《路易斯·厄德里克》(*Louise Erdrich*, 2010),德波拉·麦德森(Deborah L. Madsen)的《路易斯·厄德里克〈痕迹〉与〈小无马地奇迹的最后报告〉》(*Louise Erdrich: Tracks; the Last Report on the Miracles at Little No Horse; the Plague of Doves*, 2011),P·哈芬(P. Hafen)的《路易斯·厄德里克》(*Louise Erdrich*, 2013),弗朗西斯·沃世本(Frances Washburn)的《文字中的痕迹:路易斯·厄德里克其人与写作》(*Tracks on a Page: Louise Erdrich, Her Life and Works*, 2013),皮特·贝德勒(Peter G. Beidler)的《谋杀印第安人:作为路易斯·厄德里克的〈鸽灾〉创作源泉的1897年杀害事件的文献历史》(*Murdering Indians: A Documentary History of the 1897 Killings That Inspired Louise Erdrich's the Plague of Doves*, 2013)。

② 具有代表性的有热内特·库佩曼(Jeannette Batz Cooperman)1999年发表的《柜内:路易斯·厄德里克、玛丽·高登、托尼·莫里森、玛姬·皮埃斯、简·司米丽和坛恩美等后女性小说中的家庭中未说出的秘密》(*The Broom Closet: Secret Meaning of Domesticity in Postfeminist Novels by Louise Erdrich, Mary Gordan, Toni Morrison, Marge Piercy, Jane Smiley and Amy Tan*, 1999),斯蒂芬·司各特(Steven D. Scott)2000年编著发表的《美国后现代主义的游戏性:约翰·巴斯与路易斯·厄德里克》(*The Gamefulness of American Postmodernism: John Barth & Louise Erdrich*, 2000),克里斯坦·萨维高哈姆(Kristan Sarve-Gorham)针对当前美国本土裔作家对前线的书写状况,于2001年发表的《回应西部:美国印第安小说中的前线》(*Answering the Western: The frontier Myth in American Indian Fiction*, 2001),凯鲁丽娜·罗斯萨(Caroline Rosethal)于2003年发表的《安德里·托马斯、达芬·玛拉特与路易斯·厄德里克作品性别叙事结构》(*Narrative Deconstructions of Gender in Works by Audrey Thomas, Daphne Marlatt, and Louise Erdrich*, 2003)。巴贝尔·豪特斯(Barbel Hottges)的《信仰:路易斯·厄德里克与托尼·莫里森小说中的宗教、种族和生存》(*Faith Matters: Religion, Ethnicity, and Survival in Louise Erdrich's and Toni Morrison's fiction*, 2007),梅丽莎·斯各菲尔(Melissa A. Schoeffel)的《母亲处境:评金松沃尔、卡斯提罗、厄德里克与欧泽吉》(*Maternal Conditions: Reading Kingsolver, Castillo, Erdrich, and Ozeki*, 2008)等。

性研究、族裔研究等课程的必读书目。另外,从可查找的数据库搜索结果可见,国外现已有六十多篇博士论文专门以该作家作品作为研究对象,还有散见于各类批评类杂志中的近四百篇相关研究文章从不同角度分析研究了作家的不同作品。美国本土裔文学研究领域最有影响力的杂志《美国印第安文学研究》(*Studies in American Indian Literature*)也曾三次专辟栏目研究厄德里克以及她的作品。

在国内,针对厄德里克的研究始于1994年刘印章摘译美国学者阿兰·威里的《90年代美国文学》一文,文中略有提及厄德里克的成名作《爱药》。但此后厄德里克研究在国内批评界一直没有引起太大注意。进入21世纪后,张冲在《新编美国文学史》第四卷中对该作家进行了初步介绍。随着厄德里克文学地位的不断提高以及国内族裔文学研究的不断深入,厄德里克逐渐成为国内美国本土裔文学研究中的热门话题。最有突破性的进展是2008年陈靓在其博士论文中系统地探讨了厄德里克作品中的杂糅问题。紧接着,张廷佺于2010年在国内翻译并出版小说《爱药》。在可查找的文献中,国内近几年共有七位学者撰写相关博士论文,专门探讨了厄德里克文学书写中的种族文化、性别文化、自然主题等话题。[①]2011年,王晨在其博士论文基础上出版了国内第一本厄德里克研究专著《桦树皮上的随想曲——路易斯·厄德里克小说研究》,从社会生态学角度对作家作品进行研究。2014年李靓在博士论文基础上出版专著《厄德里克小说中的千面人物研究》,专门针对作品

---

① 七位学者分别是陈靓、张廷佺、栾述容、李靓、王晨、蔡俊和宋赛男,从各种学术会议中,笔者获知还有诸多博士生也以厄德里克的作品作为研究的主要对象,有的可能尚未完成,所以本书的文献搜索可能有遗漏之处。

中的恶作剧人物进行探讨。另外,邹慧玲、刘玉、张琼等也分别从后殖民、生态主义以及美学角度对厄德里克进行了深入研究。与国外研究境况相似的是,在厄德里克2012年凭借《圆屋》一书获得美国国家图书奖后,国内评论界对她的关注更加密集。各类期刊中,有关该作家的研究性文章在数量上呈现出逐年增长的趋势,质量也逐年提高。为了便于梳理,本书将从种族、性别、宗教、环境等几个角度对现有研究进行介绍。

1. 种族

早期著名美国本土裔文学学者艾伦·查弗金在《路易斯·厄德里克笔下的齐佩瓦景观》的后序中曾指出,读者们之所以喜欢厄德里克的作品,是因为:

> 厄德里克熟练地将奥吉布瓦人的历史融入叙事之中,她使用口语传统中的叙事结构,形象地刻画了一些人物,特别是其中的一些女性,其欢快的幽默生动真实地刻画出小人物的心理状态,其中有在逆境中表现出的顽强,也有为谋求生存而不得已的无奈。她精准地把握住了流行文化的特征,语言散发出自然的诗意。(Chavkin 183)

由此可见,作家对种族问题的关注是其作品受到读者和批评界关注的一个重要原因。同时,鉴于作家独特的民族身份,作品中频频出现的印第安人形象,加上近年来后殖民主义理论的发展,以及对少数族裔文学关注度的不断提高,很多学者在考察厄德里克作品时,自然将她的小说中的种族问题放到了首位。

谈到美国本土裔文化中的种族问题,首先进入读者印象的必

引 言

然是近三四百年来美国本土裔人所遭受的殖民经历。这也是作家在大多数作品中提及最多的话题,几乎每部作品都会涉及美国本土裔人的土地、文化、自治等问题。作家在访谈中也多次强调了自身对其所处的奥吉布瓦文化的关注,以及对白人主流社会的印第安文化殖民政策的愤怒。很自然,对作家作品中如何表征这一殖民过程成为很多学者考察的对象。如伯德(Gloria Bird)、斯特朗博格(Ernest Lavin Stromberg)、斯特拉普斯(James Douglas Stripes)、瑟拉格(Mary Aileen Seliger)、斯多克(Karah Lane Stokes)、艾卡蒂(Mubarak Rahed Al-Khaldi)等人都通过细读作家小说文本,指出作家在作品中提供了白人对本土裔人的殖民证据,揭露了印第安人在主流话语中受到的不公正待遇,通过文学书写抵制主流话语;也通过历史的再现,引发读者对美国历史的重新思考。这也是国内本土裔文学研究的主要方法,如王建平、邹惠玲、张廷佺、张慧荣、刘玉、龙娟等人都通过后殖民的研究方法对本土裔文学中一位或多位作家文本进行了深入研究。

除了强调白人对本土裔人的殖民历史外,批评界认为厄德里克的文学书写也质疑了主流社会对这段历史的书写方式。如彼特森(Nancy J. Peterson)、赛尔纪(Jennifer Leigh Sergi)、司各特(Steven Douglas Scott)等人从不同视角对厄德里克作品中的历史书写方式进行研究,认为作家通过历史事件的指涉,重写了印第安人民的历史,展现了另一种历史真实。布莫(Holly Rae Boomer)在分析厄德里克小说中对本土裔人历史的书写方式后指出,作家的写作手法体现了德罗利亚(Vine Deloria)的叙事理论,用印第安人的声音讲述印第安人的故事,更好地表达了印第安人的困境。格尔肯·哈金斯(Rebecca Rachel Gercken-Hawkins)指出作家通过对美国政府的各种印第安政策的指涉,让人们对历史真实产生怀疑,这种怀疑构成了当代印第安人对真实性的表述方式和解决办法,但同时也凸显了当代印第安人身份危机问题。

在遭受几百年的殖民后,传统文化受到了极大的破坏。在现代社会,"消失的印第安人"这一固定思维为很多白人理所当然地接受,那么如何在现代社会中实现传统文化的生存?本土裔人是回归传统文化还是去主动接受社会现实?这成为摆在本土裔人面前的最大问题。在维沃的《民族将继续生存》和库鲁帕的《民族将继续生存——美国本土裔挽歌中的失落与复兴》("*That the People Might Live*": *Loss and Renewal in Native American Elegy*,2012)两本著作中,他们都指出,本土裔人的文学作品多渗透着生存的主题。其实还有很多本土裔学者对本土裔文化的生存问题进行了思考,如维兹诺(Gerald Vizenor)提出了"生存"(survivance)概念,沃瑞尔(Robert Warrior)和西乌伊(Georges Sioui)分别提出"智性自主"(intellectual sovereignty)与"自我历史"(autohistory)概念,这些概念的最初提出都是为了强调本土裔人在当下如何生存的问题。厄德里克在一次访谈中也指出:"文学必须体现当下的生存……印第安作家和其他作家相比,应该具有一个不同的使命,那就是能够向世人展现当代印第安人的生存状况,并能为饱受磨难的印第安文化的传播做出一定的贡献。"(Erdrich "Where I Ought to Be" 23)

针对此问题,学者们分别从不同角度对厄德里克小说中体现的生存策略进行了分析,如布鲁佐(Shirley Brozzo)认为作家利用了奥吉布瓦部落的食物和水等意象,将印第安人的传统文化带入当代读者的视野中,邹惠玲、胡梦蝶、郭晓兰和王建平等

引 言

人认为厄德里克通过重塑归家主题,构建了另外一种文化身份。布钦豪尔兹(Laurie Lynn Buchholz)则从命名和家庭两个角度深入分析厄德里克的作品,认为作家通过传统文化的涉入重现了本土裔的世界观。史密斯(Amy Elizabeth Smith)和考克斯(Elizabeth Bowen Cox)分别从本土裔人的口语传统和空间概念上展开研究。

针对本土裔人在美国现代社会的生存策略,维兹诺所提出的"恶作剧"(trickster[①])概念被使用的频率极高,如斯卡因(Marie Madeleine Schein)、富勒尔顿(Sean Patrick Fullerton)、费尔古森(Laurie L. Ferguson)、普鲁瓦斯特(Kara Provost)、卡钦斯(Dennis Ray Cutchins)、利安(Thomas Jay Lynn)、麦卡金(Jonna Mackin)、格鲁斯(Lawrence William Gross)、杜格拉斯(Kelly Douglass)等人都从不同角度,认为厄德里克的小说通过更改传统的恶作剧形象,延伸了恶作剧形象概念,强调了印第安人和印第安文化的复杂性。他们同时认为这种形象为看待跨文化文本提供了新的途径,让读者意识到差异性的同时也能对其进行调和,而且认为作家利用这种既有反抗精神又有解放作用的恶作剧叙事传统,促进了社会改革,也打破了旧的形象。在国内学者中,对此研究较为深入的当属李靓对厄德里克"北达科他州四部曲"中千面人物(the Trickster)的研究,她认为通过重构千面人物,厄德里克颠覆了主流权力话语中印第安人的模式化形象,同时也摒弃了族裔写作中以控诉为主的创作模式,让千面人物回归家庭,这一叙事策略

[①] 该词在其他族裔文学研究中都有使用,有的翻译为"恶作剧者",有的译为"恶作剧精灵",李靓则将厄德里克小说中这种人物翻译为"千面人物"。

有助于印第安文化为更多非印第安读者接受,也体现出主流权力话语对其对立面颠覆性的有效抑制。

对于本土裔人的当下生存问题,另一不能忽略的就是如何处理其和主流文化间的关系。部分学者注意到厄德里克作品中对异质文化共存的思考。如寇伊(Charyl Lynn Coe)认为厄德里克的作品体现了主流文化影响下本土裔人身份认同方式的变化。休斯(Sheila Hassell Hughes)从小说《痕迹》出发,认为该小说探讨了如何在不同传统的复杂关系中修辞性地构建身份、权威和社区。在表征殖民和对殖民的反应中,通常情况下要么隔离,要么接受殖民,而厄德里克则选择了对两种传统的协商,强调两种文化间应建立互为依存的关系。史密斯(Jeanne Rosier Smith)从少数族裔女性身份出发,探讨厄德里克作品的叙事策略与本土裔人的文化身份间的联系,认为作家通过颠覆固定形象,用笑对待疏离,推崇了族群文化,这体现了厄德里克的多元文化主义立场。卡伦·凯恩(Karen M. Cardoza-Kane)指出厄德里克小说不仅在情节设置上对传统进行重复,而且利用口语传统来修改主流文化历史,从而为本土裔人指出了文化重生的一种途径。哈芬(P. Jane Hafen)认为作家利用各种叙述技巧及人物形象展示了对"似是而非"的宽容的非单一性,以及对人类社区和谐的期待。法雷尔(Susan Elizabeth Farrell)提出厄德里克在后现代社会以及政治修正主义的反动影响下,一方面拒绝后现代那种无视道德重视个体的姿态,一方面也对反文化运动进行挑战,从而重建"家"与"社区"概念,以及个体与集体,个体与社区间的和解,这样就颠覆了传统的身份和文类的界限。陈靓在其博士论文中利用霍米巴巴的杂糅理论探讨了厄德里克作品的叙事、宗教和神话上的混杂特征,认为厄德里克作品中的杂糅性作为作品中人物的生存策略和创作理念有效地构建了文本的主体性和独立性,在印第安传统文化和当代白人文化中开辟了自己的空间。

厄德里克作品中的叙事策略与政治观点间有何关系？不同学者也给出了不同的解释。里昂斯·切斯(Rosemary Lyons-Chase)认为,厄德里克利用口语传统、反讽以及魔幻叙述手法表现了历史的变化,通过叙事重构历史和社区文化,促使主流文化去接受本土裔文化。罗宾斯(Barbara Kimberly Robins)、库里巴里(Daouda Coulibaly)则关注了厄德里克作品中对本土裔人的创伤书写,认为创伤书写具有疗伤的功能,通过创伤记忆,融入社区、融入过去以及传统以获得恢复。舒尔姿(Lydia Agnes Schultz)认为作家在现代主义多重视角的叙事手法上又融入印第安生命轮回叙事模式,既利用了主流文化的文学形式,也能对其进行一定的修改,从而使之有利于本土裔人的边缘身份书写。利特尔(Jonathan Little)认为厄德里克利用神秘性、不确定性、多重神话意义、多元文化叙事模式等探讨了本土裔人在文化逐渐被边缘化的环境中如何生存的问题,提出印第安文化要生存就要对多元文化的思想和实践进行修改,并强调互惠互利的关系,在扩大奥吉布瓦文化影响的同时,对不同文化的洞见可以起到扩大读者群的作用。

但是也有很多学者指出,厄德里克虽然利用叙事抨击了白人主流社会话语,但一定程度上也体现出顺应的态度,如戴顿(Nancy Cheryl Dayton)认为,作家写作中体现了对美国身份的追求,响应了主流文化话语。拉斯科(Mary McBride Lasco)认为厄德里克的小说虽然抨击了帝国体制,批判了对西部美国神话的历史文学叙事,但这种书写也成为帝国主义话语的一部分。威尔斯(Jennifer Marie Holly

Wells)从气候和历史的影响视角出发,在对厄德里克的作品进行详尽分析后指出,厄德里克的特性中同样具有美国民族性。

2. 性别

由于传统的印第安文化为母系社会文化,在白人文化的不断影响下,印第安女性地位逐渐衰弱,再加上作家作品中大量的女性形象书写也表达了女性对男权社会性别政治的不满,所以目前厄德里克相关研究的另一热点则为其作品中的性别问题。首先是作家如何利用文学文本来反映男权话语?如吉玛(Raogo Kima)提出,在厄德里克作品中,女性主义受到种族文化影响,因而更注重经济和文化的压迫。马凯尔(Maureen Markel)在对厄德里克作品中的暴力现象分析后指出,这种现象是在社区遭到破坏后,一种无根的心理状态而引发的酗酒等社会行为的结果,对女性的暴力象征着对印第安及文化传统的暴力,其作品颠覆了基督圣徒生活,从而批判了固有的文化形象,使得读者重新思考性别、社会正义等问题。在分析厄德里克小说中的多重视角叙事方法后,米契尔(David Thomas Mitchell)认为作家通过使用现代主义的叙事技巧,反思了美国社会中的性别、种族、阶级等不同问题,模糊了身份界限,从而由男性为中心的后殖民主义迈向女性后殖民主义视角。

在主流男权话语的社会中,女性怎样才能获得平等的地位呢?一些批评家认为厄德里克的作品表现了对主流话语的反拨,如皮特里里(Monica Petrilli)认为,厄德里克的作品中女性通过对理性话语的协商获得了权力。达雅克(Paticia R. Dyjak)指出作家利用传统文化中的形象对所谓的"好"进行反驳,指出这不过是男性话语与宗教相结合而形成的一种权力。奥尔莱德(David A. Allred)认为厄德里克通过有策略地使用对话幽默来挑战个人与集体意图与权力的极限,凸显了女性幽默,从而打破了传统的言语规则和性别角色。赖特(Charlotte Megan Wright)提出作家作品中的女性形象虽然变丑,但是权力增大,使得女性和男性具有同等的地位。斯迈斯(Jacqui Marie Smyth)认为,因为历史语境的变化带来女性主体形成的变化,厄德里克在作品中让女性成为故事的主人公或叙述者,从而将女性拉到中心位置,拒绝被他者化。乌来库(Angela Vlaicu)认为作家通过改写自身文化中的神话形象,对女性身份进行了重新定义。库夫曼(Anne Lee Kaufman)则认为作家通过叙事,在新的空间中对"归属"和"他者"概念进行了重新定义,超越了女性文学历史的狭隘范式。

印第安女性也可以通过回归传统文化的途径获得平等的地位。由此观点出发,金小天认为作家在《爱药》《甜菜皇后》及《痕迹》三部作品中试图恢复本土裔文化中失落的女性传统,从女性主义研究的角度分析了印第安女性从"陨落"到"救赎"的道路。金东萍分析以上三部作品中厄德里克通过联合女性力量提升美国印第安女性地位的尝试,并在作品中引入印第安文化的口述传统及女性叙事,进一步提升和恢复印第安女性在传统文化中的中心地位。莱恩(Marya Mae Ryan)和马丁(Patricia Ann Denis Martin)都强调了厄德里克作品中女性身份的建立没有脱离社区族群社区,认为厄德里克的小说强调了女性对传统文化的作用,她们既是文化继承人又是文化保留者。秦岚(Eileen A. Quinlan)更进一步指出厄德里克的小说从女性主义转向了女人主义,指出女性独立以及与男性共存共处有利于个人和社区的重要性。纳卡穆拉(Joanne Lee Detore-Nakamura)则认为作家强调了友谊的重要性,不论是同性间,还是异性间,还是同社区同家庭都应保持良好关系。

鉴于作家笔下恶作剧形象的使用以及印第安文化中的恶作剧传统,很多研究者注意到了作家在反对男权话语时通过弗勒(Fleur)的人物形象塑造,创造边缘空间,和男性话语进行协商。如阿姆斯特朗(Jeanne Marie Armstrong)、卡戴尔(Jamil Yusef Khader)、奇科(Nancy Leigh Chick)、夏尔斯(Wilma J. Shires)等,他们都对作家作品中的女性恶作剧形象,特别是小说中常出现的人物弗勒进行研究,认为作家利用恶作剧女性形象重塑与欧美主流文化的关系,通过回溯印第安人的共存主义,指出另外一种女性气质的可能。

当然,在作家小说中除了女性弗勒外,还有那那普什、盖瑞和利普沙等也是典型的恶作剧形象,但是他们却表现出很多女性的气质,因此伊万诺恩(J. James Iovannone)和普林斯休斯(Tara Prince-Hughes)认为作家是利用反串女人的男人形象来打破两性二元对立,从而将作品中的人物理解为跨性别的,这是将奥吉步瓦文化传统移植到当下话语中的一种努力。这就像性别一样,奥吉步瓦文化也变得不再是固定不变,从而就摆脱了对本土裔文化的本质主义解读。德普里斯特(Maria DePriest)认为其通过对主流叙事模式的反拨,在非正统的叙事空间中描写美国当下第三世界女性身份的形成过程,利用恶作剧形象和印第安人的想象性描写,一方面认同了主流文化身份,另一方面也是对主流文化的质疑和修改。

母亲形象作为女性主义研究的一个重要维度,在目前厄德里克研究中自然也受到了一定的关注。如舒菲尔(Melissa A. Schoeffel)认为作家作品中的母亲形象为主流意识形态所限制,多呈现为受害者形象。这样,厄德里克在重复美国文化中野蛮形象的同时,也发现不协调的地方,从而达到对此进行修正的目的。米氏利兹(Gretchen J. Michlitsch)和琼生(Elizabeth Marie Bourque Johnson)认为厄德里克通过小说重新阐释了母亲形象,强调了母亲在子女教育方面的功能。麦克琴(Kathleen Anne McGinn)、吉拉尔德(Kristin Ann Girard)则利用现有族裔文学中常见的研究方法,认为作家在作品中倡导新的母女关系以及身份形成机制,并在其中融入了族裔以及国家身份,女性通常在历经冲突到和解的过程后,在接受母亲文化的同时也实现了自我。

3. 宗教

针对主流文化对本土裔文化的殖民过程,很多学者认为白人除了通过暴力剥夺他们的土地之外,也从文化上进行渗透,其中最主要的文化工具就是基督教。在厄德里克的作品和访谈中她也的确多处对宗教问题进行了思考,如她在第一部小说《爱药》中,就专门用一章内容描写了主人公玛丽在与天主教接触过程中的心理冲突,之后的几部作品对印第安人传统的萨满教与天主教之间的冲突都有所描写,因此很多学者自然也将研究对象放在了作家作品中体现的宗教思考上,探讨了其作品中的宗教意象与宗教冲突。如图伊(Elizabeth Toohey)分析了作家小说中体现出的印第安人在新的宗教面前感到的疏离感。文斯巴鲁(Bonnie C. Winsbro)认为作家利用本土裔人对超自然的信仰,在主流文化中修改家庭、社区等概念,从而为本土裔人赢得了话语权。林贵斯特(Kathryn Lindquist)认为作家在叙事中将神话融入私人空间,从而削弱了人的主体性,并增强了人与人之间的关系。德尔罗索(Jeana Marie DelRosso)围绕天主教教义,阐明作家作品中的天主教女性对宗教的反应,深入分析作家在性别层面与天主教教义间的思考。弥金谷(Jeannine Nicole Mizingou)专门对作家的诗歌进行研究,分析其中的宗教人文关怀,探讨作家对自我和他者重新定位的过程,认为厄德里克强调了人的相互性和道德性。泰勒(Marie Balsley Taylor)认为作家利用洗礼和圣母玛利亚的象征消除天主教与奥吉步瓦传统宗教之间的冲突,陈靓则认为厄德里克在文学中其实采用了宗教杂糅的策略,这样就更好地解决了两种信仰间的冲突。

4. 环境

随着环境问题在当代文学批评界逐渐成为研究热点,加上印第安文化本身对环境问题的独特态度,以及作家小说文本中对自然环境的提及,很多学者自然也将研究视线放在了作家作品中的生态思想上。如玛鲁碧瑶(Miriam Elise Marubbio)认为作家通过口语传统中遗留下来的故事探讨了时间和人的能力的变形性,从而使自然和超自然发生关系。弗罗斯特(Julie Katherin Frost)认为从厄德里克的作品中,读者能感受到人类作为不断变化的自然世界的一员,应该认真对待自然。菲兹帕特里克(Bethany Sunshine Fitzpatrick)认为其作品颠覆了二元对立的主流话语,重写了人与人、身体与自然之间、女性和自然之间的关系,这种变化的关系也成了政治环境变化的媒介。布拉德(Kyle A. Bladow)专门探讨了作家小说中体现的土地与人身份间的关系,认为作品体现了作家对奥吉步瓦人生态理念的追求。克拉克(Joni Adamson Clark)将其作品视为自然写作,从而探讨了作家的文学叙事形式、生态与政治种族性别带来的体制不公之间的关系。甘波(John Blair Gamber)认为作家结合了族裔文学、城市研究和生态批评三个视角,并用"垃圾"这一文化形象表明人与自然的关系,指出印第安人对垃圾的重新使用也是对丧失的自我和社区的重新塑造。噶尔噶诺(Elizabeth Gargano)认为作家作品中的奥吉布瓦部落人感激大自然,珍视集体知识和传统,尊崇日常活动的神圣性,这样就批判了欧美文化中人优于自然、个人主义以及强调分离和隔离的思想。王晨利用社会生态学分析了作家对关爱、平等、和谐等主题的关注。秦苏珏认为作家在《爱药》中通过对土著人居留地的地域景观和环境的描写,抒发了她对这片土地的强烈情感,认为厄德里克的这种情感来自她对印第安历史的了解,更重要的是,她深切地理解印第安传统灵学思想,并一直颂扬人类与大地的亲缘关系,这一点与当今的生态思潮不谋而合。陈靓认为在《痕迹》中,路易斯·厄德里克构建了许多生物象征符号,这些生物象征包含了印第安文化传统中对大自然的理解和界定,并在作品中协助建构了作品人物的性格特征和文化特征,生物象征在这里作为印第安文化传统中一个独特的亮点,对印第安文学独立身份的构建起到了很好的标识作用,对当代印第安作品的生物象征解读在一定层面上有助于揭示厄德里克等当代印第安作家在白人主流文学中所采用的斗争技巧。蔡俊在其博士论文《超越生态印第安:厄德里克小说中的自然主题》中认为作家反拨了主流社会对印第安文化的生态想象模式,反对本质主义,对他者想象强加给印第安人中的归家、动物、自然女性等主题进行了修改。

五、阶级的重提

值得注意的是,相对于种族、性别、环境和宗教,作为身份重要维度之一的阶级,在现有的厄德里克研究中却出现较少。希区柯克(Peter Hitchcock)在评价当代文学研究中的文化转向时指出:"尽管性别(gender)、性属(sexuality)、种族(race)等问题很受关注,但是却是以牺牲阶级问题为代价,阶级在社会科学中占有很重要的地位，但在文学批评中却被认为不太明显或根本不重要，从而也得不到应有的关注。"(Hitchcock 20)的确，在当代欧美发达国家，社会经济高速发展，福利制度逐渐完善，中产意识日益成为社会主导思想，阶级问题似乎已不存在。同样，在文学研究中，鉴于早期的庸俗唯物主义观念的负面影响，以及对马克思阶级概念的片面理解，加上近年来文化研究对文学研究造成的冲击，阶级也越来越成为一个不受欢迎的话题。在针对当代欧美社会的"个人化"（individualization）研究中，贝克甚至认为阶级在资本主义社会已经不存在，像"家庭"（family）、"邻里"（neighborhood）等经典的社会学概念已经成为"僵尸范畴"（zombie categories），是社会学中的活死人（living dead），在现代社会中已经失去了早期在身份形成过程中的那种活力（Beck and Beck-Gersheim, 203）。因此，戴伊（Gary Day）在专门探讨阶级问题著作的前言部分不无遗憾地说："意义可以无限延伸，文化背景一如既往地被关注，但经济方面的因素越来越不被注意。"(Day 202)

与此同时，阶级问题也并没有完全从人们视线中消失，特别是从 20 世纪后期开始，很多美国人开始认为这个国家已经分裂为两个集团，那就是"富人"和"穷人"，阶级差异愈加明显，特别是进入 21 世纪以来，随着贫富差距的加大以及经济身份流动的困难，"机会均等"这一概念变得更加难以令人信服（Samuel 188）。针对此问题，《美国现代语言学协会会刊》（PMLA）于 2000 年第一期专门以"Rereading Class"作为标题，针对美国文学中的阶级问题进行探讨，在引言中，著名批评家卡普兰（Cora Kaplan）就提出："阶级在当代美国已经被怪诞化，因此在当前研究中应该充分考虑其多样性和非正常性（Kaplan

13)。"《时代》和《华尔街报》等重要杂志于2005年也都专门发表一系列文章,深入思考美国社会阶级问题。从而可见,"阶级"这一来自欧洲的概念被逐渐淡化,但是被淡化的同时也引起了越来越多研究者的关注。

从现有的厄德里克研究文献可见,在阶级研究方面同样反映了这种问题。一方面,在目前有关所有该作家的批评研究文章和论著中,阶级问题的探讨几乎凤毛麟角,相对于其他领域①,显得过于单薄和片面,但另一方面其作品中的阶级问题也没有完全被其他研究所淹没,仍有少量学者努力使读者的视线转向该问题。从可搜索的文献来看,最早提及厄德里克小说中阶级问题的是维力(Alan R. Velie)在1992年发表的《90年代的美国印第安文学:中产阶级主角的出现》("American Indian Literature in the Nineties: The Emergence of the Middle-Class Protagonist")一文。文章中,维力提醒读者,很多像厄德里克一样享有一定知名度的本土裔作家开始在文学创作中转向中产阶级的本土裔人,这种创作方式突破了原有的本土裔文学的创作传统。

2001年,蒂姆·里布雷提(Tim Libretti)在文章《另一种无产阶级:美国本土裔文学和阶级斗争》("The Other Proletarians: Native American Literature and Class Struggle")中认为所有的本土裔作家作品都应被纳入无产阶级文学范畴之中,文章中对厄德里克的作品有所提及。该篇文章主要是受另一位本土裔文化研究者卡萨里(Patricia Kasari)1999年出版的著作《职业错位影响:

---

① 从已有文献来看,目前关于该作家的研究文章中有80%以上关注的都是其作品中的种族问题和性别问题。

"习性"下的阶级迷思——厄德里克小说研究

20世纪末美国印第安劳动力》(*The Impact of Occupational Dislocation: The American Indian Labor Force at the Close of the Twentieth Century*)影响,该书强烈呼吁批评界对本土裔群体中的阶级问题进行研究,他认为,"总体而言,美国本土裔社区当代的阶级问题没有受到关注,尽管有些社区的贫富差距不断增大,但批评界非常不愿意正视这种变化或去揭示其中缘由(Kasari 17)。"然而,里布雷提与卡萨里的观点并没有受到太多的关注,直至2009年,帕斯托(Kristy L. Pastore)才在硕士论文《在红色泥泞道路上艰难行进:路易斯·厄德里克作品〈爱药〉和〈宾格宫〉中的工人阶级问题研究》("Hard Traveling down the Red Dirt Road: Exploring Working-Class Issues in Louise Erdrich's *Love Medicine* and *The Bingo Palace*")中专门分析了《爱药》和《宾格宫》两部小说中的阶级问题,认为这两部小说典型地体现了无产阶级文学的创作叙事特点。从这些研究可见,研究者们多基于马克思的阶级理论,将作家纳入无产阶级之中,一方面强调阶级在美国的客观实在,另一方面忽略了在当代美国公共话语中对"工人阶级"和"无产阶级"等词语的回避,而且都基于将厄德里克视为本土裔作家,容易导致对作家身份简化处理的倾向。[①]

另外,在"边界"理论[②]的影响下,也有一些论文在论及厄德里

[①] 作家其实只有八分之一的印第安血统,她的父亲为德裔,母亲为法裔和印第安裔混血。作家在访谈中也曾指出不希望被当作一名族裔作家,而更愿意被当作一名美国作家。

[②] 该理论最早由 Fredrich Jackson Turner 提出,Turner 本来的意图是想说明美国身份构成与西进运动之间的关系,后由于美国和墨西哥之间的边界地带两种文化的杂交现象,不少理论家如 Jose David Saldivar、Gloria Anzaldua 等又对此理论进行发展,以强调文化身份的流动性和不确定性。

引言

克小说中其他问题时,顺带指出作家通过使用后现代手法和创造"边界"人物形象,打破了西方主流话语中的二元对立思维,在模糊种族、性别等身份差异的同时也打破了阶级间的界限。[①] 这种研究视角注重阶级在当代美国社会的主观建构性,但是又忽视了客观存在的阶级差异,弱化了阶级在主体身份形成过程中的地位,同时也弱化了厄德里克对阶级问题的复杂思考。

齐泽克(Slavoj Zizek)曾指出:"阶级不单是文化研究四个命题中(种族、性别、阶级和性属)的一个,而且是其他命题的基础,其中体现了社会矛盾和社会结构的不稳定性和最主要的社会对抗,并渗透到其他各个领域"(Zizek 295)。同样,文学生产中的阶级问题也不应被忽视。特定的社会阶级结构和阶级意识必然影响这个时代的文学叙事形式,正如詹明信(Fredric Jameson)所言:"社会是由对立阶级关系构成的,文本作为阶级话语的具体表现,其语言和主题是'社会阶级之间本质上敌对的集体话语中最小的意义单位'——意识形态素,它们使意识形态在文本中得以体现出来。(Jameson 76)"但是,特定时代的文学生产又不必全是社会意识形态的被动反映,文学会以自己独特的方式对社会主导阶级意识产生反作用。另外,文学也不同于社会学、历史学等叙事形式,在表征与反作用于社会时有其自身的特点。

因此,文学和阶级之间紧密相连,通过阶级视角考察文学作品,一方面能发掘出其他研究视角所不能发现的文学作品特质,也有助于发现社会政治话语中隐藏的文学生产机制,更好地认识政

[①] 详细内容可参考 Wilma J. Shires 2010 年的博士论文"Narrative Constructions of Fleur Pillager: Borderlands Feminism in Louise Erdrich's Novels"。

"习性"下的阶级迷思——厄德里克小说研究

治话语与纯审美性的文学生产之间的关系,从而能够帮助读者更好地理解文学的生产规律;另一方面,通过文学作品考察社会阶级结构以及社会政治话语,可以给读者提供一种接近社会现实的不同路径,并得以理解文学以何种方式参与到社会政治话语构建的过程之中。

然而,尽管两者之间有如此紧密的关系,但在美国文学研究中,阶级问题总会唤起读者对左翼文学的回忆。20世纪30年代,众多活跃在美国文坛的作家纷纷提倡"无产阶级文学",以表示对资本主义社会制度的排斥。然后,这种浪潮犹如昙花一现,不到10年的时间就开始被认为存在"口号化""政策工具论"和人物形象重复单调等弊病。但是左翼文学的研究也并没有因此而终止,在消沉了20多年后,从20世纪60年代起又开始被重新提起。但是,此时的研究在思路上不再像30年代那样,而是进行了一定的修正,不再过于强调无产阶级同资产阶级之间的斗争。

值得注意的是,从60年代起,不论是文化还是文学研究中,所采用的阶级概念都偏离了之前的马克思劳工理论。早期的研究中多坚持经济决定主义,并本质主义地解读阶级概念,但同时又怀疑经济在阶级历史中的首要地位,从而表现出很大的矛盾性。其中主要研究有古特曼(Herbert Gutman)、赫伯斯堡(Eric Hobsbawn)、蒙特格迈利(David Montgomery)、森斯特鲁姆(Stephen Thernstrom)等。古特曼致力于工人自身研究,从微观层面探讨工人社区形成和工人世界观形成的社会因素。[①] 赫伯斯堡则主要将注意力集中在卫公理会

[①] 具体内容请参见 Herbert G. Gutman 的 *Power and Culture: Essays on the American Working Class*.

(Methodism)的研究上,通过分析以说明这一宗教因素何以能成为社会抗议的工具。[①] 蒙特格迈利通过对美国内战和战后重建时期的考察提出,美国北部和西部的工人运动是中产阶级平等意识产生的推动力量。[②] 森斯特鲁姆则提出,美国大多数的身份流动只是阶级内部的流动,而非跨阶级的流动。[③]

从20世纪七八十年代开始,在之前的阶级研究基础上,维兰兹(Sean Wilentz)、琼斯(Gareth Stedman Jones)等人对这些早期的假设又进一步提出质疑,认为在阶级研究中,摆在首位的应是特定的社会政治意识形态,而非经济因素。他们都认为工人阶级是社会变革的主要动力,是比较稳定的历史主体。[④] 这一时期最为成熟的当属法国思想家布迪厄的阶级理论,他致力于主观结构客体化研究,认为高雅与低俗之间有本质性差异,社会价值观与经济地位以及审美趣味紧密相关,在日常生活中能够起到强化阶级差异的功能。由此可见,这三位学者都将阶级视为社会身份的主要元素。

在20世纪的最后二十年左右,阶级研究中又出现了马克思的阶级理论的回归,此类研究认为马克思的阶级理论对于当下理解阶级现象仍然有很大帮助,但是鉴于社会的变化,不能采用本质主

---

① 具体内容请参见 Eric Hobsbawn 的 *Politics for a Rational Left: Political Writing*, 1977—1988.

② 具体内容请参见 David Montgomery 的 *Workers' Control in America: Studies in the History of Work, Technology, and Labor Struggles*.

③ 参见 Stephen Thernstrom 的 *The Other Bostonians: Poverty and Progress in the American Metropolis*.

④ 见 Sean Wilentz 的文章"Against Exceptionalism: Class Consciousness and the American Labor Movement, 1790—1920"和 Gareth Stedman Jones 的 *Languages of Class: Studies in English Working Class History*, 1832—1982 一书。

义的阶级思考方式,阶级已经不再是一个稳定的意识形态,一个特定的阶级也不再具有特定的思想和概念,相反,阶级具有很大的社会建构性。如霍尔(Stuart Hall)、詹明信、汤姆森(E. P. Thompson)和威廉姆斯(Raymond Williams)等人都将文化视为后资本主义这一历史时刻的中心概念。

进入 21 世纪以来,文化研究取得了很大发展,这为文学研究提供了很多有用的视角,但是其弊端也逐渐显示出来,阶级问题因此再次回到文学研究之中。这些研究多在质疑文化研究方法的基础上,试图将阶级分析置入后结构主义的框架中进行探讨。其中如格拉哈姆(J. K. Gibson-Graham),他主张通过重建阶级话语,让文学研究重新将经济纳入考虑范围,他认为经济不是一个同源性的和统一的领域和体系,而是一个偶然性的区域,当下大多数理论不能考虑到其中很多概念、问题、矛盾、身份和斗争,这样就将经济身份和社会身份联系到了一起。戴伊在梳理了不同历史阶段中阶级的内涵后认为,阶级在文学构建以及经典形成中起到了一定的作用。同时戴伊也试图修改阶级概念,以补充当下文化研究中的不足。斯盖格斯(Beverley Skeggs)则认为阶级的表现形式开始多元化,且通常和民族、种族、性别等问题交汇在一起,在不同的领域,如通俗文化、政治修辞和学术理论中都贯穿着阶级问题,而且"自我"形成过程本身就是一个阶级的形成过程。雷哈特(Gary Lenhart)在其 2006 年出版的《阶级标记:关于诗歌和社会阶级的思考》(*The stamp of class：Reflections on poetry and social class*)一书中,从诗人的阶级身份出发,对诗歌阅读本质进行探讨,认为阶级虽然不是个很受欢迎的话题,但是却对诗人的生命和作品有

引言

很大影响。① 在很多文学研究的博士论文和期刊文章中也出现了

---

① 当代关于阶级的重要作品有 Andrew Milner 的 *Class*(1999),Gary Day 的 *Class* (2001),Beverley Skeggs 的 *Class, Self, Culture*(2003),Gary Lenhart 的 *The Stamp of Class：Reflections on Poetry and Social Class* (2006)和 Lawrence Driscoll 的 *Evading Class in Contemporary British Literature* (2009) 以及阿米施莱格·朗(Amy Shrager Lang)的《阶级句法》(*The Syntax of Class*, 2003)、芭芭拉·弗雷(Barbara Foley)的《激进表征》(*Radical Representations*, 1993)、米歇尔·特拉斯克(Michael Trask)的《现代主义之旅》(*Cruising Modernism*, 2003)、里萨·奥尔(Lisa Orr)的《转变美国现实主义：二十世纪工人阶级女性作家》(*Transforming American Realism：Working-Class Women Writers of the Twentieth Century*, 2007)、赛特·厄里克(Schchet Eric)的《消失的时刻：美国文学与阶级》(*Vanishing Moments：Class and American Literature*, 2006)、斯蒂芬·施莱尔(Stephen Schryer)的《新阶级的幻想：二战后美国小说中的职业主义意识》(*Fantasies of the New Class：Ideologies of Professionalism in Post-World War II American Fictions*, 2011)、斯蒂芬妮·帕默(Stephanie C. Palmer)的《偶遇：美国地方族裔文学和中产阶级》(*Together by Accident：American Local Color Literature and the Middle Class*, 2009)、安德鲁·劳森(Andrew Lawson)的《惠特曼与阶级斗争》(*Walt Whitman and the Class Struggle*, 2006)、威廉·窦(William Dow)的《美国小说中的阶级叙事》(*Narrating Class in American Fiction*, 2009)等。其中 Andrew Milner 在 *Class* 中在对马克思主义和韦伯理论中的阶级概念进行批判基础上,重新强调了新的社会环境下阶级概念的重要性,同时展望时代变化而形成的不同的阶级政治和阶级关系,以试图将阶级带入到当代文化研究中。Gary Day 在 *Class* 一书中梳理了阶级在不同历史阶段内涵,表现了阶级在社会的文学构建以及经典形成中的作用,并考察了阶级和文化之间的互动关系,从而重提并修改阶级概念,对当下的文化研究提出了批判。Beverley Skeggs 在 *Class, Self, Culture* 中认为阶级的表现形式开始多元化,通常和民族、种族、性别等问题交汇在一起,在不同的领域如通俗文化、政治修辞和学术理论中都贯穿着阶级问题,并提出通常说的"自我"(self)形成过程本身就是一个阶级形成过程。Gary Lenhart 于 2006 年发表 *The Stamp of Class：Reflections on Poetry and Social Class* 一书,作者从自身的工人阶级经验出发,考察从 18 世纪到 21 世纪之间一系列重要诗人的作品与他们阶级地位之间的关系,并在阶级前提下探讨诗歌阅读本质,从而提出"阶级"虽然不是个很受欢迎的话题,但是却对诗人的生命和作品有很大影响。Lawrence Driscoll 在 *Evading Class in Contemporary British Literature* 一书中在对英国当代文学研究中发现从撒切尔夫人到布莱尔执政期间英国文学和理论热衷于文化研究,而试图将阶级问题边缘化,作者由此认为这正说明了阶级的重要性。进而提出在后现代理论的影响下,当代文学多被视为一种流动的,变化的和去中心化的空间,这正顺应了当下主流意识中去除阶级话题的话语。

"习性"下的阶级迷思——厄德里克小说研究

不少对不同时代作家作品的阶级问题的研究。①

由此可以看出,各种社会境况变化以及不同新兴人文思潮的出现对阶级研究都产生了明显的影响。阶级在当下的文学研究中受到越来越多的关注,研究视角和内容表现出多样化的姿态。在文学研究领域,文学叙事策略与阶级之间的关系也渐渐进入批评界的视野。美国少数族裔因在经济地位上相对于整体社会多不容乐观,因此他们的文学作品中的阶级问题更受评论界的重视。

然而,目前美国文学中的阶级研究也存在一定的缺陷。首先,目前的研究多围绕20世纪30年代以前的文学作品,很少有研究针对当代美国文学创作进行。另外,相对于美国主流文学研究,不论在研究的深度还是研究的广度上,对族裔文学的阶级考察都稍显不足,特别是在近二三十年刚刚兴起的美国本土裔文学研究中,尽

---

① 仅从2001年起至2015年笔者就搜索到数篇专门就阶级问题进行研究的文学批评性博士论文,如Brendan Michael Walsh 的"A New World Proletariat: Expropriation, Transience, and Redemption in Twentieth-century U. S. Narrative"(2001),Yoonmee Chang 的"Beyond the Culture Ghetto: Asian American Class Critique and the Ethnographic Bildungsroman"(2003),Mark T. Bates 的"Cultures of Connivance: Class and the other Voices in Post-War British Poetry and Fiction"(2003),Mary Rizzo 的"Consuming Class, Buying Identity: Middle-class Youth Culture, 'Lower-class' Style and Consumer Culture, 1945—2000"(2005),Bryan Charles Sinche 的"The Test of Salt Water: Literature of the Sea and Social Class in Antebellum America"(2006),Mary C. Madden 的"Virginia Woolf and the Persistent Question of Class: The Protean Nature of Class and Self"(2006),Teresa Marie Freeman Colonado 的"Locating the Butt of Ridicule: Humor and Social Class in Early American Literature"(2008),Gina Franasca Rucavado 的"Class Difference and the Struggle for Cultural Authority: Rereading of Sedgwick, Emerson, Whitman, and Hemingway"(2010)等,另在各种期刊中也有大量相关文章,但是在国内的文学研究中近年来在阶级研究方面却几乎有失语的现象,大多谈到阶级问题时都是围绕国内学者李云雷提出的"底层阶级"(underclass)概念展开讨论。

引 言

管早在1999年当代本土裔批评家卡萨里就著书《职业错位影响：20世纪末美国印第安劳动力》，呼吁批评界多多关注本土裔群体中的阶级问题，但从目前研究现状来看，对本土裔文学中的阶级问题的系统研究几乎还处于空白的阶段。

作为当代美国文坛重要的本土裔作家之一，厄德里克已经成为"本土裔美国文学复兴"[①]的中坚力量。她不论是在访谈中还是作品中都对阶级问题有所提及。如在文章《我应该在哪?》("Where I Ought to be?")中，厄德里克明确指出："小说中出现的品牌名称和物品类别可以暗示人物的经济地位、生长环境以及生活理想，甚至是宗教背景。有的人物喝进口的喜力啤酒（一种顶级啤酒），而有的人物则喝舒立兹啤酒，从两种不同啤酒中我们就可以感受到人物的不同阶级性情和阶级地位。"("Where I Ought to be" 46)而且从其作品内容来看，阶级问题频繁出现，首先是在其小说和诗歌里大量描写了底层阶级的现实生活状况，并直接或间接地批判了白人主流话语下的社会体制。再次，在对当代印第安人群以及各类人群进行描写时，很多人物也表现出了强烈的阶级意识。值得注意的是，作家早期作品给读者的普遍印象是多围绕底层阶级人物形象展开，如《爱药》中的玛丽、《痕迹》中的弗勒等，而近年来作品中的中产阶级形象逐渐增多，如小说《踏影》一书完全围绕一个中产阶级知识分子家庭的婚姻生活而展开[②]，可见，厄德里克对阶

[①] 通常指1969年美国印第安作家莫马迪（N. Scott Momaday）以小说《日诞之地》(*House Made of Dawn*)获得普利策文学大奖后，大量的印第安作家的出现以及批评界对印第安文学的重视这一文学现象。

[②] 在小说《圆屋》和《拉罗斯》中提及的主要人物家庭背景也多经济状况良好，如《圆屋》中乔的家庭和《拉罗斯》中拉罗斯的亲生父母与养父母的家庭经济条件都不同于早期常出现的贫困家庭。

级的思考呈现出一定的复杂性。

另外，从厄德里克作品中的具体词汇使用来看，她对阶级问题思考的复杂性也可见一斑。厄德里克对不同场合的阶级概念赋予了不同的内涵。如前文提及的访谈中，厄德里克所使用的阶级概念体现了阶级的物质决定性，但是她又从马克思生产资料占有情况决定的阶级概念转向了消费为决定因素的阶级概念；而在《爱药》中，当奈克特宣称玛丽与其不是同一阶级时，厄德里克更多采用了本土裔传统文化中的阶级划分方式；在小说《彩绘鼓》中，当厄德里克通过菲亚使用阶级一词时，她却又保持了一定距离，从反思者的角度看待此社会现象。

从作家个人文化身份认同来看，厄德里克作为一名族裔作家，加上美国本土裔群体在美国社会的整体经济状况，她在思考阶级问题时显然不能摆脱族裔身份的影响，对当下的美国阶级话语表现出抵抗的姿态。美国本土裔群体由于其不同的历史背景和历史境遇，在阶级问题上明显不同于非裔和亚裔。那么，在厄德里克的写作过程中，对阶级问题的思考和其他白人作家或来自其他种族的少数族裔作家间有何共性和差异？同时，厄德里克作为一位女性作家，她在思考阶级问题时是否也渗透着对当下性别政治的思考？另外，不容忽视的是，厄德里克自身经历了从社会底层阶级到中产阶级身份的转变，不论对于底层阶级还是中产阶级都兼备局内人和局外人两重身份，这一方面给她的文学创作带来了便利，使得她可以摇摆于两种阶级身份之间，对两种阶级身份心理都能有较好的把握；另一方面，这种双重身份又很有可能在阶级身份认同上表现出一定的模糊性。

借鉴斯蒂芬·格林布拉特的观点，当颠覆产生于主流话语，是

"根据自己的需求制造出的反对声音"时,颠覆的力量便被控制在许可的范围之内,而无法取得实质性效果,这种控制力量就是"抑制"(王岳川 159)。尽管厄德里克对族裔政治表现出极大的关注,对主流阶级话语持反叛的立场,但是她是在美国当代社会话语下进行创作,而且她曾在不止一个场合表达了自己对美国身份的认同,那厄德里克的这种身份认同模式在其阶级书写过程中是否也会有所体现?她反叛的姿态中是否也体现了主流话语对个体的抑制性?这种抵抗性和顺应性如何在文本中得以表现?同时不能忽略的是,作者的写作是特定社会文化机制的产物,不能完全被视为具体文本的初始者,正如福柯所说:"一个作品的意义不完全来自作者,作者和作品间没有简单的先后关系,社会话语按照一定原则对小说写作内容和方式进行选择,作者只是其中的执行者(Foucault 118-19)。"近年来,时代背景与作家早期的创作背景已有很大不同,时代的变化必然使得作家对阶级问题的思考相应产生改变,那么这种变化在她的文学创作中如何体现出来?

还有一点值得注意的是,在现有对厄德里克作品中的阶级现象进行研究的有限文章中,研究对象只局限于作家早期的作品,而对近几年的作品很少论及,而作家自其丈夫去世之后[①]的创作风格和内容发生了很大变化,其创作对象不再局限于早期作品中的奥吉布瓦部落几大家族之间的矛盾,同时也摆脱了对底层阶级的聚焦。如 2010 年的小说《踏影》主要围绕已经成功踏入中产阶级行列的本土裔知识分子展开;在 2012 年的《圆屋》中,作家一改之前

[①] 厄德里克的丈夫于 1997 年自杀身亡,在此之前他们一直共同创作,厄德里克本人也承认丈夫对其写作提供了很大的帮助,两人甚至合作发表小说《哥伦布王冠》(*The Crown of Columbus*, 1991)。

的叙事模式,采用了儿童叙事视角,使用传统的顺时顺序进行书写。因此很有必要将厄德里克近年来的作品都纳入研究之中,以更全面地勾勒出作家在阶级问题上的整体思想脉络。

研究厄德里克作品中体现出的阶级问题,首先是对厄德里克研究的一个重要补充;同时,这种研究也是对美国本土裔整体研究一个新的维度探索。通过此研究,本书同样也希望能够凸显阶级在文学研究中的重要性,以帮助读者更好地理解文学与政治话语之间的互动关系,促进阶级理论发展的同时也加深对美国社会当下阶级话语的理解。

六、理论视角、研究内容以及章节介绍

鉴于当代美国社会对待阶级问题的矛盾心理,以及厄德里克在表达阶级时的模糊状态,在探讨其小说中的阶级问题和阶级思考时,就有必要采用历时性的方法考察阶级概念在历史进程中的流变以及作家阶级身份的变化过程,同时也需要采用共时性的方法考察作家具体阶级位置,并将这种阶级位置置于美国主流社会的中产阶级话语下进行考虑。因而本书拟采用法国思想家布迪厄(Pierre Bourdieu)的阶级概念和他的阶级"习性"[①](class habitus)理论,探讨厄德里克文学书写与其阶级"习性"间的关系,以期对该作家的阶级思考有一个全面的认识,并发现她的阶级书写同美国话语之间的互动关系。

---

① 该词作为布迪厄理论中比较重要的关键词之一,目前在研究中译法不一,如高宣扬将该词译为"生存心态",邢杰译为"思维习惯",还有的译为"惯习",朱波也曾专门撰文就该词的翻译进行探讨。本书采用"习性"这一翻译,这是刘晖在翻译布迪厄作品中使用的词汇,作者认为这种译法能够更好地体现该概念同习惯之间的共性和差异。

引 言

在对布迪厄的阶级概念进行解释之前,有必要对"阶级"一词意义的流变进行梳理。通过词源考察可见,"阶级"一词源于拉丁文 classis(复数形式为 classes),最早在古罗马时代开始使用,当时主要有两种含义:一种是指在陆地或水面上的部队,另一种指根据财产和年龄对人的区分(Day 3)。根据威廉斯的文化考察,该词 16 世纪进入英文,当时主要用于与罗马历史有明显关系的事物,后来成为教会组织的一个专门用语。从 17 世纪末开始,自然科学的发展使得对自然界的动植物分类变得非常必要,其他表示分类的词如 order 和 station 都有一定地位高低的含义,为了表明各种生物间的平等关系,class 开始被用来指一个群体或一个部门。进而这种用法日趋普遍,如用来描述植物、动物和人,但不具有现代的社会意涵(Day 6)。在 1770 年至 1840 年间,class 开始演变成具有当代社会意义的词汇。随着人们越来越相信社会地位是建构的,而不全是继承而来的,加上工业革命所带来的经济变化与美国独立革命、法国大革命所产生的政治冲突,人们对于"社会地位"的认识更加敏锐,class 一词慢慢取代了其他意指"社会分层"的旧名词(主要有 rank、order 和 estate 等)(Williams 54)。在 18 世纪末 19 世纪初,class 被用于"生产的或是有用的阶级"分类模式中,"工人阶级"(working class)一词也因此得以问世,working 暗示着"生产性的或有用的",如此一来,非"工人阶级"就成为不从事生产的或无用的阶级。19 世纪 60 年代起,中产阶级开始区分为"低层"(lower)和"高层"(upper)两类,劳工阶级也区分为"有技能的"(skilled)、"半技能的"(semi-skilled)和"劳动的"(labouring)三类,这些不同分类体系的出现使 class 一词慢慢具有了身份地位(status)的含义(Williams 60)。

当然,对阶级最早的系统阐释当属马克思与恩格斯的《共产党宣言》。在《共产党宣言》中,马恩从生产关系的角度来理解阶级,他们认为,阶级就是这样一些集团,由于在特定的社会经济结构中对生产资料的不同关系,其中一个集团能够占有另一个集团的劳动。因此阶级的本质就是剥削,只有通过阶级斗争的方式来消灭剥削。《共产党宣言》明确指出,在资本主义社会,资产阶级和无产阶级是两大对立的阶级,他们之间的阶级斗争不可避免,并贯穿整个人类历史,他们之间的斗争也将促进社会的进步。另外马恩的阶级区分主要是建立在对生产资料的拥有权上,因此具有很强的物质决定主义倾向,再加上对阶级斗争的强调,自冷战思维开始,阶级斗争往往牵涉政治正确性的问题,欧美主流文化因此不愿接受此种阶级观念,或者对此话题直接避而不谈。

随着科技革命的发展,以及西方发达国家对经济结构的调整,财产所有权在建构社会关系方面的职能越来越不明显,大量专业管理人员和技术人员的出现向马克思的经典社会结构理论提出了挑战。因此,韦伯(Marx Weber)在马克思的阶级理论基础上指出,个体的社会地位不单由其物质拥有情况决定,其社会地位(status)和权力(power)两个维度都应被考虑在内。这样韦伯就将阶级概念从基于生产方式(mode of production)的马克思主义模式转向市场分配(market),他认为个体的阶级地位体现在社会生活中他/她的"生活机遇"(life opportunity)上。韦伯强调,"阶级并非是具体的一个共同体,而仅仅代表可能且经常发生的某种社会行动的基础。且只有在下列情况下才能谈阶级:(1)在生活机遇中的某个具体方面具有相同境遇且达到一定数量的群体;(2)至于具体方面的内容只限于财产占有和收入机会等经济利益;(3)这种境遇是在商

品市场或劳动力市场中体现出来的。"(Weber 926)

由于文化研究的影响,当代不少社会学家试图将文化研究的成果纳入马克思和韦伯的阶级理论之中。在威廉斯看来,阶级不仅是一种经济状态的描述,同样是一种形构的过程,他认为"阶级"可以大致表述为三个层面的意义:一是集团层面的意义,它是客观的,见于不同层面上的社会或经济范畴;二是等级层面的意义,它是指相对的社会地位,这地位可以是天生的,也可以是后天形成的;三是形构层面的意义,指的是感知的经济关系,是社会、政治和文化组织方式(陆扬 138)。汤普森同样认为阶级就是一个历史现象,它不是一种"结构",更不是一个"范畴"。阶级作为一种历史现象,它把一批各各相异,看来全不相干的事情结合在一起,既包括在原始的经历之中,又包括在思想觉悟里,总之,它确确实实发生在人与人的相互关系之中(陆扬 138)。另外怀特(Wright)发展出"矛盾的位置"概念,对当代的资本主义阶级结构进行描绘,强调马克思思想和韦伯思想的结合,认为必须将阶级和社会地位问题看作是社会权利分配的问题。

在《社会阶级由何构成?》("What Makes a Social Class?")以及《区隔》(*Distinction*)中,法国思想家布迪厄对阶级问题进行了专门探讨。布迪厄认为,当代西方国家普遍存在无阶级意识,但人们没有意识到不谈阶级并不说明该问题就不重要,相反,这正说明现代西方社会阶级话语的强大。不必因为价值观、意识和显性身份上的模糊,就视其为不可分析,可以将其放在生活的实践背景下,将个体偶然出现的各种意识、所表达出的身份视为其在特定场域中的策略性实践行动(Devine & Savage 16)。因此,布迪厄通过批判吸收马克思主义/新马克思主义的和韦伯/新韦伯主义两大阶级理论,借用现象学的认知框架,既重视阶级的现实存在,又看到历史积累的作用;既关注客观存在,也不忽略主观建构性,从而发展出自己的阶级概念。他指出,马克思主义以及后来的新马克思主义的阶级概念是"实在论"的,这种划分强调了以客观经济结构为基础,尤其是生产关系的内在结构。而在资本主义社会中,社会空间是多维度的,人们在生产关系中的位置只是多种权力结构中的一种,"社会阶级并非单单通过人们在生产关系中所处的位置(position)来界定,也通过阶级'习性'(habitus)得以表现"。(Bourdieu *Distinction* 372)他进而提出:"一个阶级可以通过其存在(its being),也可以通过其被感知(its being perceived)来界定,即生产关系中的位置和消费方式都是其阶级位置的表现。"(Bourdieu *Distinction* 483)在对待韦伯的阶级理论时,他赞成韦伯关于阶级与地位群体的区分,但又不赞成将这两个概念单独看待。在他看来,地位群体并不独立于阶级,而是居于支配地位的阶级地位的合法表现。由此,文化差异成了衡量阶级差异的标志,也就是说阶级差异在文化领域找到了表达自己地位的方式(Swartz 150 - 153)。在两种阶级概念的基础上,布迪厄提出,"行动者主体借助自己的资本(capital),为了获得利益,在特定的社会场域或空间里相互斗争;在特定场域或社会空间内占据相似位置的群体,就构成了一个阶级"(Bourdieu "What Makes a Social Class?" 6)。换言之,阶级指的是在社会空间中一群有着相似位置,被置于相似条件,并受到相似约束的行动者主体的组合,这些在一定社会空间占据相似位置的同一阶级群体内部有着相似的阶级"习性"。

布迪厄的阶级"习性"理论是他的阶级概念与"习性"(habitus)理论相结合的产物。"习性"一词在西方文化中由来已久,早在亚里士多德的著作中就已经开始使用,和 ethos、hexis 两词一起用来表示人的美德。涂尔干继承了亚里士多德对该词的用法,在使用时同样强调人在受外在行为、教育等影响下形成固定下来的行为方式,胡塞尔则强调了该词代表的美德同现实生活的关系。布迪厄在使用该词时,一方面保留其拉丁文中的原有含义,另一方面又结合了胡塞尔的观点,在原词中加入新的意义,强调"习性"在实际活动中的作用(高宣扬 114)。在著作《实践的逻辑》(*The Logic of Practice*)中,布迪厄提出,"习性"就是"由特定阶级条件的调节性所产生的一种持续的可变化秉性系统,以结构化为目的的被结构化结构"。(*The Logic of Practice* 53)

从布迪厄的"习性"概念可见,阶级"习性"作为被结构化的结构,是历史经验中沉积下来的、内在化为心态结构的持久性秉性系统,它同某一特定阶级所处的社会历史条件、环境、行动经历、经验以及以往的精神状态有着密切关系,是一个群体的精神生活和社会行动中呈现的活生生的历史。它以一种"前结构"的形式存在,对于行动者的行动具有指导意义,一方面作为行动中的意识结构,成为行动的目的和规划;另一方面又作为预先模态好的行动模式,规定了行动者的活动方式和风格。因此,阶级"习性"成为行动者的社会行为、生存方式、生活风格、行为规则以及生活策略等精神方面的总根源。同时,阶级"习性"作为以结构化为目的的结构,又具有一定的主动性,成为一个群体进行分类判断时的分类系统。阶级"习性"在运作中主要进行四种分类:一是把自己同他人区分开来,显示自身的自我认同,凸显自身的气质、风格、个性和特质;二是把观察和欣赏的对象区分开来,按照自身所喜爱的程度将对象分成各种等级;三是对他人和整个周围世界进行区分,按照他们的不同状况或类型加以分类;四是对行动实践本身进行自我分类,在对观察对象进行分类时,也完成了对观察活动本身的分类。(高宣扬 125)

此外,布迪厄也试图将阶级"习性"同文化实践理论相结合,因此他认为各种等级分类活动多半不是通过具体规定而实现,而是通过个体在一定结构中的"占位"①(position-taking)得以实现。所谓"占位"就是行动者在客观可能空间内,对实际或潜在的不同位置的选定。这种选择表现出一种问题性,与其他的"占位"同时存在,并客观联系着。不同"占位"通过容许其他"占位"的存在而使之成为可能,不同"占位"之间形成互相否定的关系。(*The Field of Cultural Production* 30)因此,布迪厄的"占位"包含着对其他位置的否定和一个特定视角的采用。另外,布迪厄认为行动者的文化"占位"过程也是对其所属文化的再生产。当代社会的文化再生产不同于早期社会的暴力镇压,而是利用趣味、生活方式等将统治阶级的权力进行正当化处理,因此显得更加隐蔽。

在各种不同阶级理论中,布迪厄的理论既从宏观层面考虑到当下社会以经济身份作为基础的阶级分层的客观实在,又能考虑到阶级作为个体的身份地位和感知方式的主观性和社会建构性。进而他又从微观层面揭示个体文化实践活动与社会整体话语间的互动关系。文学创作作为个体文化实践的一种,必然受到作家自身阶级"习性"的影响,体现了作家的社会出身和身份变化轨迹。另外,文学书写也体现了作家的阶级"习性"所具有的主动性,对各种对象进行书写的过程也是作家进行分类区分的过程。其中,书

---

① 本书采用了刘晖在 *Distinction* 一书的译本中对该词的译法。

写对象与书写策略等作为作家的策略性选择,必然体现出作家的文化"占位"和文化再生产的努力。因此通过布迪厄的阶级理论考察文学作品,能够帮助读者理解作家的文学写作与社会阶级话语间的张力关系。

然而,在使用布迪厄的阶级理论时,不能忽略该理论生发于法国背景这一事实。在阶级分类上,布迪厄区分了上层阶级、中产阶级和工人阶级三大阶级,并在每个阶级内部进行细分。考虑到阶级感知在阶级身份确定中的作用,这种阶级认知方式的提出是基于欧洲一直以来比较明显的等级观。而美国自从建国以来,就以消除等级差异作为目的,从而将自己与传统的欧洲社会区别开来。因此,在美国民众心目中,上层阶级意识非常薄弱,大多数民众都以中产阶级身份自居,即使那些身处社会底层的工人阶级也多相信通过个人的努力和才智总会实现经济身份的转变,最终都能跻身中产阶级行列,中产阶级是社会的主导阶级(dominant class),这也就是所谓的美国中产阶级话语。而且,由于左翼文学运动和冷战思维影响,"工人阶级"一词通常会唤起阶级斗争的想象,所以当代美国社会对此概念提及较少。又鉴于社会中经济身份差异的现实性,通常就将那些无法实现身份流动的人群称之为"底层阶级",从而回避使用"工人阶级"一词,利用布迪厄对支配阶级和被支配阶级(dominated class)的划分方式,"底层阶级"可以理解为被支配阶级。这样,结合布迪厄的阶级定义和美国社会的阶级现状,本书将阶级视为经济状况所代表的个人身份地位,同时阶级也是一种结构性存在,并根据不同人物在此空间所处位置,将厄德里克作品中的人物分为"中产阶级"和"底层阶级"两大阶级,以探讨作家在此社会空间内的思考与"占位"。

"习性"下的阶级迷思——厄德里克小说研究

基于布迪厄的阶级定义和阶级"习性"理论,本书立足于美国社会阶级现状和厄德里克个人文化身份以及阶级身份变化轨迹,将厄德里克的文学创作这种文化实践行为纳入美国文学和美国本土裔文学两大背景下进行考察,对其独立发表的13部长篇小说进行文本细读①,考察围绕作品中对"底层阶级"和"中产阶级"两大阶级的书写策略,以及此文化实践中体现出的文化"占位"。同时结合作家自身文化身份在其阶级"习性"形成中的影响作用,探析文本背后作家对主流文化的再生产,以廓清作家在其阶级"习性"影响下的文化实践同美国中产阶级话语间的张力关系,为更好地理解厄德里克的文学书写、阶级"习性"、阶级"占位"以及社会话语四者间的相互关系提供一定的帮助。

本书由三部分组成,第一部分和第三部分分别为导论与结论。第二部分为本书的主体,共分为四章,主要结合布迪厄的阶级定义和阶级"习性"理论,探讨厄德里克的阶级"习性"在文学书写中的体现,以及在此"习性"影响下的文学书写同美国中产阶级话语间的互动关系。第一章围绕厄德里克阶级"习性"形成过程中的社会出身和身份轨迹维度,认为厄德里克由于早期的底层阶级生活经历的影响,批判了美国的中产阶级话语。她的批判主要从全民中产和流动神话两个方面展开。在作品中,为了凸显阶级差异在美国社会的物质性存在,作家在作品中刻画了大量底层阶级人物形象,并将他们拮据的经济生活呈现在读者面前。值得注意的是,厄德里克笔下的底层人物并不局限于本土裔群体,也包括了不同身

---

① 这13本小说中不包括厄德里克和丈夫多里斯合作的《哥伦布皇冠》和2016年5月出版的《拉罗斯》。另因本书撰写时间所限,也未能包括2016年出版的《拉罗斯》(*Ra Rose*)和2017年出版的《现世上帝的未来之家》(*Future Home of the Living God*)。

份的女性以及白人男性,这样就突破了传统本土裔文学的书写框限,强化了对美国社会无阶级话语的质疑。除了书写底层以凸显阶级差异的存在,厄德里克对中产阶级话语的质疑也体现在她对其话语背后的流动神话的批判,她描写的流动多具有偶然性和依赖性。对于本土裔群体,伴随着阶级身份流动的往往是文化身份上的困惑,而并非如美国梦中所描述的那样,每个个体通过个人的才智和努力都可以在这片国土上实现自我。

第二章结合厄德里克的文化身份,分析她在不同维度的文化身份影响下的阶级"习性"书写策略。既然阶级"习性"的生成过程包括个体所有的社会经历,那么诸如种族、性别、阶级这些文化身份所带来的不同经历,必然也都将融入其阶级"习性"之中,并调节着个体的文化实践行为。由于当下美国社会中少数族裔、女性、底层阶级这些身份都被排除在主流社会之外,这种边缘化状态必然促使行动者在文化实践中针对自身的阶级位置进行反思,布迪厄因此也区分了反思前(pre-reflexive)和反思后(reflexive)[①]两种行为,在反思前多为阶级"习性"影响下的无意识行为,而反思后则从无意识行为变为有意识行为。在文学作品中,厄德里克同样通过书写许多不同类型的中产阶级形象,对自身所处的中产位置身份进行反思。故本章主要围绕厄德里克小说中不同类型的中产阶级形象展开。在其小说中,中产形象多样化,有本土裔的中产阶级,也有女性中产阶级和白人男性中产阶级。在这些不同类别的中产阶级形象书写过程中,作家影射了中产阶级在后现代社会下的身

---

① 该概念因在贝克、拉什等人的作品中都有提及,国内学者赵文书在译文中将 self-reflexivity 翻译为"自反性",布迪厄作品中的 reflexive 目前多译为"反思"。

份焦虑。本土裔中产阶级如何对待自身种族文化？中产女性如何在女性主义思潮下正确处理两性关系？而对于白人中产男性，他们则面临如何正确处理自身的中间身份、与底层阶级间的关系以及自身的殖民历史等问题。对于这些焦虑，厄德里克希望通过涉入本土裔文化予以解决。

个体阶级"习性"影响下的分类行动也是一定场域内进行"占位"的体现，因此第三章主要关注厄德里克在其阶级"习性"影响下如何在"底层阶级"和"中产阶级"之间进行"占位"。厄德里克尽管对美国中产话语持一定的批判态度，但是在具体文学书写中，她仍然"占位"中产阶级位置，这主要体现在她对"底层阶级"的他者化处理以及中产阶级视角的采用。首先，在书写底层阶级时，尽管她凸显了阶级差异的物质性存在，但是更多情况下她都将其归结为种族政治与性别政治的结果，而且一旦撇开种族和性别两个维度，厄德里克仍然不能摆脱主流话语中将"底层阶级"与道德、基因等因素相联系的固定思维模式，从而将社会经济结构所导致的贫穷归咎于个体的品质，强化了中产阶级对底层阶级的"白色垃圾"想象。另外作家也采用了中产阶级视角对阶级差异进行观察，主要体现在对阶级差异的书写过程中，极力消除阶级差异，任意扭转不同个体的阶级身份，以淡化阶级地位的重要性，同时构建了诸多不同阶级的共存空间，另外在不同的自我模式中认同"反思性自我"这一主体身份，这些都体现了作家在文学书写中采用中产阶级视角、试图构建无阶级话语的努力。

按照布迪厄的实践理论，阶级"习性"的主动建构性也体现在行动者文化"占位"过程中对社会文化的再生产。因此第四章主要探讨厄德里克如何通过文学书写参与到中产阶级价值理念合法化的生产过程之中。厄德里克在作品中书写了多元化的家庭模式,同时也思考了当代中产阶级核心家庭所面临的危机,但是她在对不同家庭模式的书写中,特别是亲子关系方面,仍然认同中产阶级家庭伦理,从而在认同中区隔了其他模式的家庭伦理。另外厄德里克在小说中展现了不同文化品位的争论,也表现出对高雅文化的向往。但在大众文化影响下,她的小说中也大量使用通俗文化元素,且在叙事模式上顺应了中产阶级读者所认同的"疗伤"范式。这种既向往高雅,又摆脱不了大众文化影响的写作姿态正是中产阶级审美趣味的体现。这样,通过从审美趣味层面生产中产阶级价值理念,厄德里克也将自己的写作纳入美国国家的中产阶级话语构建之中。

第一章

中产话语下的底层阶级

通过引入"习性"概念,布迪厄指出,主体的实践行为主要受个体的社会出身、社会身份变化轨迹以及在一定空间内的位置所决定。这些都离不开特定个体的出身背景。由此可见,要更好地理解厄德里克在美国社会阶级场域中的文化实践,首先就必须对该社会的阶级话语有全面的认识。针对美国社会的经济以及阶级问题,赛昆在《时间静止时刻》一书的开头就说道:

> 自从清教徒阶段,美国就以不同形式地被认为是上天赐予的一块领土,在这块领土上,没有历史和社会分层的负担。这种话语通常以"例外论"(exceptionalist)名义出现……在整个美国民族历史中,既否认也冲淡着阶级冲突。这构成了美国无阶级神话意识形态中不可或缺的一部分……(Sequin 3)

在这种"无阶级"理念的主导下,美国公民,无论职业、收入等状况,大多将自己划属于中产阶级范畴。尤其在经历二战后的快速经济发展后,多数美国人认为经济以及阶级之类问题在这个国度已经很好地得到了解决。

然而,厄德里克所处的族群以及她个人早期的生活轨迹却和此全民中产的说法有很大的出入。根据官方统计,本土裔人在整个国家中经济水平最低。目前本土裔人的贫穷率达到25.3%,而且这25.3%中只计算了纯血统的本土裔人,如果将混血的本土裔人也算上的话,大概有80%左右都生活在贫困线之下。他们的健康问题在所有种族中最为严重,15至24岁间人群的自杀率接近全国自杀率的3倍,四分之三的本土裔女性都曾遭受过性侵害,吸毒率高出非裔群体3个百分点。其实,即使撇除种族因素,阶级差异在美国也不容否认地存在着。进入80年代和90年代后,美国国内经济整体萧条,两极分化现象日益严重。根据美国国家统计局的数据,进入21世纪以来,贫困人口逐年增长,很多家庭年均收入明显低于社会整体水平,甚至连基本的生活都无法得到保障。

作为一名本土裔作家,厄德里克自身也经历了经济地位的转变,相对于大多数本土裔人来说,她的早年生活虽说不像他们那么贫困,但也远远不能列入中产阶级。从她的个人经历来看,她做过服务员、割草工、铺路工人等。只有在其作为经典作家的地位逐渐确立后,经济状况才得以改善,这种生活经历必然构成了她阶级"习性"的一部分。因此,在这种阶级"习性"影响下,厄德里克很自然就会将贫困纳入她的文学书写之中,这也是美国当代诸多族裔作家,特别是本土裔作家常采用的文学书写策略。出于对自身经历与美国主流话语的差异,以及对自身种族政治文化的关心,他们的文学书写之中必然渗透着对美国全民中产话语的反拨和质疑。

其实,自19世纪中期以来,对于美国文学来说,书写贫困就不是一个陌生的话题。当时由于资本主义的发展和贫富差距的增大,很多记者和作家就曾切身进入底层社会考察,并将他们对底层贫困人群的生活观察写入文学作品中。在20世纪三四十年代,左翼文学的兴起更是使很多作家将视线聚焦于身处底层的工人阶级生活,从而采用现实主义手法揭示社会制度中存在的经济不平等问题。但在近代,随着中产话语的上升,关于贫困的文学创作则多集中在犯罪文学和族裔文学上。

在所有的美国族裔文学中,本土裔文学对贫困的描写尤为突出。无论是在早期,还是当下正在写作的本土裔作家作品中,读者都不难发现贫困问题一直困扰着他们,他们的作品中也出现了大量的贫穷人物形象,甚至有些批评家认为贫穷是美国本土裔人目前面临的一个亟需解决的现实性问题,本土裔作家必须在写作中承担起此政治任务,通过写作,唤起公众意识,从而有利于本土裔人经济状况的改善。即使在民族主义和国际主义的争论中[①],围绕的更多是文化问题,经济问题也是其背后一个主要原因。维力在1992年发表的文章《90年代的美国本土裔文学:中产阶级主角的出现》("American Indian Literatures in the Nineties: The Emergence of Middle-class Protagonist")中也指出:

[①] 主要指以库鲁帕和沃玛克各自为代表的两种对待本土裔的文学态度,库鲁帕等批评家在早期作品中强调了本土裔文学的国际性问题,而沃玛克等批评家则从民族主义内部视角凸显本土裔文学文化的反抗性。

"习性"下的阶级迷思——厄德里克小说研究

在第一批成为经典的本土裔作家作品中,如《典仪》①(Ceremony)、《日诞之地》②(House Made of Dawn)、《血中寒冬》(Winter in the Blood)③和《爱药》,作家们在处理小说人物时,不断利用幽默展现对他们的同情,读者因此也能够对他们有全面了解。多数情况下,这些主人公长期失业,他们贫穷、酗酒,有的甚至遭受牢狱之苦。(Velie 264)

正如伊格尔顿(Terry Eagleton)所认为的,"文学,是一种意识形态,和社会权力问题之间关系尤为密切"(Eagleton *Literary Theory* 19-20)。在中产阶级话语影响下,阶级问题在美国文学中逐渐淡出。在分析了当代社会的教育和中产阶级之间的关系后,鲍尔(Stephen J. Ball)同样提出,文学作为一种社会机制,在必要时,会立足于中产阶级的角度,对社会主流话语进行不断构架、延续和重写。④ 也就是说,其目的就是为了维护中产阶级的霸权地位,通过这种机制,"民族记忆"(national memory)得以保持(Kirk 607)。在美国文学中,中产话语最典型的表现就是后现代主义思潮的流行,其中,文化因素得到了极大重视,而经济问题通常被遮蔽,社会中经济结构导致的社会矛盾被转移到种族、性别等之上,且个体身份被描述为处于不断形构的流动状态之中。

---

① 也有的学者译为《仪式》。
② 目前主要译法有《黎明之屋》和《日诞之地》。
③ 目前主要译为《雪中寒冬》和《雪中冬季》。
④ 具体内容请见 Stephen J. Ball 的 *Class Strategies and the Education Market: The Middle Classes and Social Advantage*, London: Routledge, 2003。

第一章　中产话语下的底层阶级

文学批评更是强化了社会主流话语,批评家格里芬(Larry Griffin)和特姆朋尼斯(Maria Tempenis)曾就美国著名文学批评杂志《美国季刊》自 1949 年以来的所有文章进行梳理,他们发现,美国研究中一直偏向于性别、种族等文化问题,社会阶级问题一直没有受到重视。自 20 世纪 60 年代以来,尽管阶级问题开始被不断提起,但格里芬与特姆朋尼斯认为现在的阶级研究多与文化问题紧密相连,而且最终很容易掉进义化话语研究的窠臼之中,使阶级又变成一个流动的概念,这其实又是对中产阶级话语的顺应。(Griffin & Tempenis 84-86)

当然,在美国文学研究中,偏离中产话语的写作姿态也常受到关注,如 20 世纪 70 年代,劳特(Paul Lauter)就编录了《希斯美国文学选集》(*The Heath Anthology of American Literature*),书中收录了许多非主流文学作品,其中就包括那些背离中产阶级话语而进行写作的作家。臧迪(Janet Zandy)曾收集美国的女性工人阶级文学并出版了《呼唤家庭:工人阶级女性写作文集》(*Calling Home: An Anthology of Working-Class Women's Writing*)一书,之后又收集出版文集《美国工人阶级文学》(*American Working-Class Literature*)。文集中,臧迪将这些描写贫困的作家纳入工人阶级范畴,认为这些作家在写作中关注了劳动、阶级斗争等问题。从劳特和臧迪的文集可见,他们都通过强调诸多作家的工人阶级身份来揭示他们写作中对美国中产阶级话语的偏离。

针对厄德里克作品中对贫困的书写,目前研究多遵循本土裔文学批评途径,只关注其中贫困的本土裔群体,且将其贫困原因归结为白人主流社会对本土裔人的殖民历史,而不能将这种书写同美国的中产阶级话语结合起来,这就忽略了厄德里克在偏离中产话语的书写中体现出的复杂思考。因此，本章立足其小说中对"底层阶级"书写以及对流动性话语的思考，探讨其在阶级"习性"影响下与美国主流社会中产阶级话语间的张力关系。

第一节 底层阶级的关注

鉴于其底层阶级的经历对其阶级"习性"的形成作用，厄德里克在作品中常表现出偏离中产话语的写作姿态。这种偏离首先就体现在她在作品中书写了大量经济状况不容乐观的底层人物，从而质疑美国中产阶级话语中全民中产的神话。对于这些贫困人群，美国社会学家们长期以来一直给予很大的关注。提到贫困，当然也就不能不提到"底层阶级"这一在社会经济平等研究中常被使用的社会学概念。通常情况下，这一概念指的是阶级等级中占据最低层的那部分人，他们身处工人阶级主体部分之下。一直以来，常指无业游民、妓女、流浪汉之类不被公众所关注的人群。在美国，"底层阶级"一词的真正使用可以追溯至20世纪后半期，专门研究贫穷的社会学家甘纳·马尔达(Gunnar Myrdal)20世纪60年代首先采用该词，在他看来，"底层阶级"指的是失业、无法就业、就业不足的那群人，他们无法像其他人群那样去享受美国社会整体发展带来的繁荣(Myrdal 10)。从中可见，他在界定底层阶级时考虑更多的是经济结构上的不平等。"底层阶级"一词进入大众视野要归功于后来的一些记者，其中，肯·奥莱塔(Ken Auletta)被认为是将该词带入美国人的意识之中的主要人物。奥莱塔认为底层阶级就是那些不被同化的美国人，同时他将美国的底层阶级分为四

第一章　中产话语下的底层阶级

类:一是被动的穷人,他们长期享受政府的福利制度;二是占据城市中央的罪犯,他们通常是辍学者和瘾君子;三是无耻之徒,他们不一定贫穷,也不会有暴力罪行,但是赚的是黑钱;四是醉汉、流浪汉、流浪女和精神病患者,他们常在大街上晃悠(Auletta xvi.)。从奥莱塔的定义可见,底层阶级的行为性概念特征取代了结构性的概念,贫穷人群的文化受到了更多的关注,而且其包含的人群也有所扩大。

对某一特定群体的不同定义反映了社会想象方式的变化,但是该词的所指意义一直没有太大的改变。不论是早期的社会学家,还是后期的记者,他们都没有否定经济状况对底层阶级身份的决定作用,即指那些经济状况比一般工人阶级还差的贫困人群。

通观厄德里克现有的作品,底层人物无疑是她关注的一个重点,几乎每部作品中,都会有专门针对贫困个体或群体的描述。《爱药》的开场就是关于一个贫困本土裔女孩琼的故事,琼因无钱坐车回家,在酒吧陪一白人男性喝酒,后冻死在大雪之中。在这部小说中,几乎所有人物都来自底层,这些底层人物只能在自己的社区内进行有限的流动。出生于卑劣的拉扎雷家族的玛丽成为尼科特族长的妻子,露露从体面的身份转变成一个依靠男人而生的鳏寡老妇。艾伯丁在城市中苦苦谋生,凯瑞是白人整日追捕的罪犯,道特为普通的工人,为生计而忙碌,利普沙是被人收养的弃儿,琼的儿子、丈夫酗酒并有家庭暴力行为,甚至儿媳也只是个仅供男性发泄的玩物。即使是钻研于经商的莱曼,也只是活在自己的世界里,无法面对自己卑微的地位。在其他所有作品中,厄德里克都将底层人物摄入了叙事之中,即使在最具有中产特点的小说《踏影》

65

之中,作家也描写了与艾琳离散多年,且经济状况和艾琳有显著差异的另一个女性玫(May)。2012年的新作《圆屋》,尽管主人公乔的父母是典型的职业中产阶级,但是小说中仍然出现了曾经身为脱衣舞娘的宋雅(Sonya),以及来自贫困家庭,最终在车祸中丧生的凯皮(Cappy),即使是对乔的母亲实施了侵犯的白人罪犯林登,他的社会底层身份也不容忽略。由此可见,在作家书写种族政治、性别政治等社会问题的同时,底层人物也是其思考的一个重要维度。

  细读作家笔下的底层人物,尽管具有本土裔身份的人群是作家的主要关注对象,读者也可以发现,作家对底层人物的关注远非这般简单。总体而言,厄德里克笔下的底层人物形象呈现出多样化的特点。一方面,他们的出身不同,有的是欧洲移民,有的是受过高等教育的作家,也有擅长画画的艺术家,有来自修道院的修女,也有来自主流社会的脱衣女郎,甚至也有和印第安人居住一起但经济地位明显不如印第安人的白人。对具有本土裔身份的人群,厄德里克既关注自留地上的贫穷,也关注迁居城市者的贫穷。另一方面,作家在处理这些来自不同群体的底层人物时,采取了不同的叙事策略。他们有的能够顺利步入中产,有的进入中产后又退回底层,作者时而利用儿童视角,时而利用自留地老人的视角,时而利用迁居城市的底层人物视角。在解决贫困问题时有的是采用回归部落文化的途径,有的是融入主流社会。

一、种族贫困的关注

  在现有的批评中,针对作家第一部作品《爱药》中的琼,多强调该人物形象对传统文化的回归,认为厄德里克通过刻画琼这样一

第一章　中产话语下的底层阶级

个女性形象,凸显了本土裔文化中的"回归主题"[①],同时也认为这一人物形象是本土裔传统文化中的女性形象代表,她们身负文化传承的重要任务。然而琼为什么来到镇上?她为什么不能回家?又为什么在大雪中冻死?其背后的经济原因被严重忽视。如果纵观厄德里克三十来年的创作,就会发现,作家除聚焦本土裔人的种族文化身份以及女性性别身份等问题外,贫穷问题也一直是其关注的话题之一。在当下很多批评和社会学研究中,通常将贫穷与族裔历史相关联,而且更多的是,一谈到贫穷,就不可避免地与当下很多城市中的黑人流浪汉联系起来。然而,在厄德里克的小说中,贫穷问题却显得更加复杂。尽管这种城市流浪汉的贫穷也有少许提及,但是作家关注更多的则是其他完全不同的贫穷状态。在厄德里克的小说里,读者可以发现,在美国社会中,遭受最大贫困的人群中除了黑人族裔群体,本土裔人的经济状况更不能受到忽略。不论历史上,还是当下,不论是自留地上的本土裔人,还是移居城市的本土裔人,他们的经济状况都与富足的美国社会不相协调。另外,作者也立足整个社会,通过文学创作让读者感受到,在美国贫穷不单与种族问题相关,性别问题同样起到相当大的作用,即使有些白人女性受过高等教育,她们的经济状况也同样不容乐观。同时,这种贫穷在很多情况下也是跨种族、跨性别的,这和当下美国社会经济不断萧条,中产阶级数量逐渐减少具有很大的关系。

首先,作家给予最多关注的当属美国本土裔人的贫穷状况,而且作家利用小说文本并没有单一维度地描写部分本土裔人的贫穷

---

① 具体可参考邹惠玲的本土裔文学相关研究文章。

状况。相反,从小说中,读者会发现,作品中本土裔人的贫穷呈现出一种复杂状态,从自留地上的本土裔人到移居城市生活的本土裔人,从早期的本土裔人到当代的本土裔人,他们大多都饱受经济问题的困扰。厄德里克通过这种文学书写,将本土裔人的整体贫穷拉入读者视野之中,打破了主流社会的阅读期待。虽然厄德里克小说中也出现一些经济状况得到极大改善的本土裔人物,但是这种偏离主流话语模式的写作方式,同她对美国本土裔文化传统的书写方式一样,在让读者感受本土裔人的传统文化存在的同时,也让读者去感受弥漫在本土裔群体当中的贫困,期望改变主流社会对本土裔人的态度,从而能够提高当代本土裔群体的经济地位,这也就从本质上响应了当代本土裔知识分子普遍认同的政治使命。

社会学家卡萨里(Patricia Kasari)曾专门研究了美国当代本土裔人的就业问题,他在研究后指出:"本土裔人如待在自留地,他们必然贫穷。"(Kasari 17)因为在自留地上,没有好的就业机会,本土裔常面临长期失业,好多许诺好的救济政策,政府也不能完全兑现。2005年美国印第安住房局的统计数据表明,大约有9万多本土裔人无家可归,或居住条件恶劣,14.7%的本土裔人房屋太小,11.7%的本土裔家庭没有完备的管道设施,11%的家庭缺少厨房设施,72%的家庭没有通电和燃气。在所有少数族裔中,本土裔人房屋拥有比例最低,只有33%左右。

在厄德里克的小说中,自留地上的本土裔人的经济状况首当其冲成为描写的对象。在小说《小无马地奇迹的最后报告》(*The Last Report on the Miracles at Little No Horse*, 2001)中,作者通过一个旁观者阿格尼斯(Agnes)的视角,向读者展现了自留地上的本土裔人的整体经济状况。假扮为达米恩牧师的阿格尼斯刚到自留地后,就发现整个自留地正经历着饥饿的灾难。"没有生火的柴火,没有水,只有冰块"(*The Last Report on the Miracles at Little No Horse* 66)。她做了三个梦,第三个梦就是有很多吃的喝的,这个梦一直持续到天亮,由此可见,饥饿伴随着她来到了自留地。在对当地人有了更多了解后,她明白了为什么很多本土裔人将土地卖给政府,因为"一个简单的理由,就是饥饿"(*The Last Report on the Miracles at Little No Horse* 75)。

为了凸显这种贫穷状态的真实性,在对自留地上的整体贫穷描写后,厄德里克进而转向自留地上的个体。小说《小无马地奇迹的最后报告》中,阿格尼斯在自留地上生活一段时间后,逐渐将自己改变为达米恩。一个寒冷的早上,她觉得有必要去拜访下恶棍那那普什[①]和弗勒。这两个人物在作家的多部小说中出现,应该说代表了自留地上固守传统的早期本土裔人形象,尽管在很多批评中,他们被视为恶作剧者,对保留传统文化和抵制主流文化起到了很大的作用[②],但是他们的经济状况往往受到了忽略。当阿格尼斯到达那那普什和弗勒的居住地时,当时天很冷,"寒冷的空气犹如刀片一样,阿格尼斯全身发凉颤抖"(*The Last Report on the Miracles at Little No Horse* 77)。来到他们居住的地方,进屋前,阿格尼斯看到的是"一个小小的房子,圆木为墙,板片为门,杂草塞

---

① 小说中那那普什以一个恶作剧形象出现,但是在达米恩刚到自留地时,她印象中的那那普什不是非常正面的形象。
② 目前的研究中都强调此形象在构建流动空间的社会反抗功能,最早为维兹诺提出,后被广泛应用到美国族裔文学批评中,在厄德里克的作品研究中,我国学者李靓曾专门在博士论文中对此现象进行探讨与补充。

住圆木间的缝隙"(The Last Report on the Miracles at Little No Horse 78)。进入房子后,阿格尼斯看到弗勒和那那普什两个人俨如死人一般,尽管外面天气很冷,屋内却没有生火。因为亲人的不断去世,他们俩已经放弃生存的愿望,就静静地待在小屋里等待死亡的降临。阿格尼斯几乎分不清谁是那那普什,谁是弗勒,

  两个人脸上抹得脏兮兮的,看起来就像到处都是洞眼,且就快被折断的桦树皮,他们的头发乱蓬蓬的,他们头上长的就像杂草,上面布满了小棒、泥土、跳蚤,两人眼睛深陷,骨头就像容易折断的芦苇,走动起来就好像要散架了一样。(The Last Report on the Miracles at Little No Horse 80)

  在美国主流社会看来,本土裔人之所以贫穷,是因为他们不愿融入主流社会,在融入主流社会后,他们自然可以获得基本的生活保障。因此1953年美国政府颁布《埃蒙斯终止法案》("The Emmons Termination Act"),激励本土裔人走出自留地,当时的印第安事务中心(The Bureau of Indian Affairs)也对此表示赞同,他们认为自留地上机会太少。但是在自留地之外,他们没有任何社会关系,语言不通,教育程度和主流社会也有一定的差距。正如布迪厄所说,他们缺少相应的"文化资本",因此找工作根本没有政府当局所设想的那样简单,即使找到工作,也大多是那些底层的体力劳动。

  针对美国政府鼓励本土裔人移出自留地的问题,厄德里克在小说《彩绘鼓》(The Painted Drum, 2005)中这样说道:

第一章 中产话语下的底层阶级

> 曾经有段时间,政府让每个人都移出自留地,到城镇去,到政府建好的屋子去,到马路上去。开始,这看似很好,但是情况渐渐就不是这样了。不久,好像每个移出的人要么身亡,要么酗酒,要么产生自杀心理,要么非常低贱地活着。(116)

在作品中,厄德里克曾专门对这个群体进行描写。他们虽然努力融入主流社会,但很少能过上衣食无忧的生活。其中最典型的人物莫过于《爱药》中的艾伯丁和《宾格宫》(*The Bingo Palace*,1994)中的肖妮(Shawnee)两位本土裔女孩。在第一部作品《爱药》中,艾伯丁远离家人,离开自留地,到城市中谋求生存发展。她努力接受白人提供的高等教育,但是在城市中,她"远离家乡,住在一个白人妇女的地下室,家里的来信让她感觉自己好像被埋葬了似的"(*Love Medicine* 7)。汽车对于美国人来说是不可缺少的生活必需品。艾伯丁尽管也有自己的汽车,但是她的汽车"已经很旧了,暗黑色,车轮已生锈,是手动挡的,雨刷只剩下副驾驶前面的一个"(*Love Medicine* 11)。在《宾格宫》中,女主人公肖妮和艾伯丁相似,她带着儿子在大学学习。同样,她住在廉价破旧的出租屋中,房屋四处透风,"几乎每天早上,她都被冻醒"(*The Bingo Palace* 267)。出租屋的窗户及缝隙塞满了毛巾,她用"夏天穿的T恤盖住冰冷的水管,大多数内衣用来裹住西北墙角露出的基石"(*The Bingo Palace* 267)。正如很多评论家所指出的,在艾伯丁与肖妮的身上,在很多方面,读者可以看到厄德里克的一些自传因素。在其成名之前,厄德里克虽然家庭经济状况在自留地上还算不错,但是放在整个美国经济中,生活水平其实一直比较低，她做过餐馆服务员、救生员、铺路工人、监狱中授课的诗歌老师，也在甜菜地拔过草，因此贫穷本身就是作家早期生活的一部分。

如果说艾伯丁是刚刚离开自留地，还处于向主流社会融合的过渡阶段的话，那么在厄德里克的另一部作品《彩绘鼓》中，她又将那些生活在外部世界和自留地交汇地段的本土裔人的社会经济状况重新展示出来，其中最具有代表性的当属艾克。在小说开头，艾克因偷盗汽车遭到警察追捕，在慌乱驾驶中将车开进河里，与当地石刻家的女儿一同丧生车中。在叙事者菲亚眼里，在小镇上，艾克长期得不到别人的尊重，在石刻家克拉荷得知女儿与其相恋时，几乎有立刻杀了艾克的念头，"他（克拉荷）对艾克讨厌之至，犹如曾被艾克泼了污水一般"（*The Painted Drum* 19）。连具有本土裔血缘的小说的叙事者菲亚（Faye）同样也认为艾克是另一个阶级的人。究竟什么因素使得艾克及其家人不被他人尊重？究其原因，其实背后还是经济因素使然。他的父亲是个修补匠，无稳定工作，母亲是个客车司机，自己在别人眼中没有出息，头脑愚笨。这和克拉荷以及菲亚等人的经济状况比较起来，显然具有很大差异。在提到艾克一家去教堂时，克拉荷认为他们的教堂极为破旧，当地人注意到艾克家人长期将家中狗拴在院中，他们向动物保护协会提出控诉。这样，作家也将经济的问题转到了道德以及宗教信仰层面，即物质上的贫乏与个人品质密切相关。

另外，在厄德里克的小说中，贫困也不单单是对过去的书写。在时间背景上，厄德里克更多指向了当下，从而更加真实地反映了本土裔人遭受的贫穷。的确，很多本土裔人现在已经摆脱了贫穷，过上了富足的生活，但是这种表面的状况也掩盖了很多在城市中仍然遭受贫困之苦的本土裔人的存在。从作家的作品中读者可以强烈地感受到,当下社会中仍然有很多本土裔人虽然基本的物质生活得以保障,但是他们的社会经济地位仍然非常低下,其中最典型的莫过于在《彩绘鼓》中出现的易拉(Ira)。应该说,易拉几乎是《爱药》中的琼的另一个版本,同样是关于本土裔女性只身在小镇上的故事。她们都因为没有钱而无法回家,无奈之下,只得求助于他人,并以出卖自己的身体作为回报。幸运的是易拉遇到了一个比较负责任的本土裔人,回到了家,尽管家已被烧毁,而琼遇到了一个不负责任的白人,没有能够回到家中,丧生雪中。现有的评论多强调了琼回归传统文化的主题,正如早期莫马蒂的《日诞之地》与西尔科的《典仪》一样,都将厄德里克与其他本土裔作家进行了类比。但是时隔二十年后,在作家对琼进行的改编中,文化回归问题已经不再是她的首要考虑,而且厄德里克也试图突破传统本土裔文学模式,将自己的写作视野扩大到其他领域。因此本土裔人所有问题的根本(经济的贫困)自然就成为书写的对象。

在小说《彩绘鼓》中,厄德里克并没有直接指出易拉的本土裔族裔血统,但是从孩子的姓名肖薇(Shawee)、阿帕奇(Apitchi)可以看出,她应该是位当下具有本土裔身份且居住在自留地上的女孩。易拉本来在城里谋生,和一白人结婚,但丈夫离她而去,在父亲的帮助下,回到林中生活。父亲死后,因为要照顾三个孩子,她无法工作,所以在一个寒冷的冬日,她只得留下三个孩子,独自到镇上去申请救济。和琼一样,她错过了最后一班巴士,无法及时回家。与此同时,作家将叙事焦点转向易拉家中经济状况的描写,并围绕留在家中的三个孩子展开叙述。尽管他们家中同样有电视(已经被变卖)、冰箱、电炉、流行杂志等这些为消费时代不断鼓吹的物品,孩子们也看过《星球大战》(Star Wars),但是却没有食物,家中也没有取暖设施。三个孩子翻遍屋中所有角落,希望能找到些许曾被遗忘的食物,但是大女儿肖薇在寻找过程中逐渐明白,她找到食物的可能性太小,因为家中已经被这样翻过多次。为了给自己的弟弟妹妹取暖,年幼的肖薇自己生火,无意中,火势蔓延,将房子烧毁。无奈中,肖薇只好充当起家长的角色,带着弟弟妹妹,顶着大雪,冒着生命危险,徒步穿过丛林,以期获得外界的援助。

二、关注女性贫困

在论及美国社会中的贫困群体时,性别问题也是其中一个重要维度。特别是近年来,在对底层群体的社会学探讨中,通常将女性群体的贫困归结为她们早育、离异或者受教育程度不足等原因。有的学者则结合种族和性别,强调少数族裔女性在主流社会中所承受的双重压迫。在厄德里克的写作中,女性贫困也成了一个不断提起的话题。在现有的作品中,从《爱药》中的玛丽和露露,到《圆屋》中的宋雅,每部小说中都会有不定数量的贫困女性出现。从其所有的作品来看,作家关注的不单单是单身母亲。相反,经历贫困的女性群体呈现出多样化的特征。不论是否具有本土裔血统,也不论她们的受教育程度如何,经济问题总是给她们生活的各个方面带来很大的影响。通过这种多维度的书写,作家质疑了当代主流话语中将女性贫困仅限于单身母亲的观点,批评了男权话语下的社会分工模式,指出如果女性在经济上对男性过于依赖,必然会出现一系列问题。

单身母亲,最典型的有前文提到的易拉和《甜菜女王》(The

第一章 中产话语下的底层阶级

Beet Queen, 1987)中玛丽的母亲阿德雷德(Adelaide)。厄德里克将两位单身母亲的故事背景设在了不同的历史时期,一个是1929年美国经济危机期间,另一个则设在了当下。通过打破时间界限,厄德里克凸显了单身女性经济问题的长期性。特别是在整体经济脆弱的情况下,单身母亲面临的困难就更大。毕竟,易拉可以到镇上去申请社会救济,她也可以从朋友伯纳德处寻求帮助,而且还在镇上碰见了热心人,并得以回家。但是对于阿德雷德,因为社会整体经济的衰退,她为了抚养孩子,只好充当奥博(Ober)的情人。当她所依赖的奥博因破产而自杀时,她几乎一无所有,甚至交不起房租。绝望之至,只好抛下三个年幼的孩子,坐上集市中的表演飞机,消失在空中。

当然,厄德里克笔下的贫困女性不全是单身母亲或本土裔女性,如《燃情故事集》(Tales of Burning Love, 1996)中的白人女孩玛丽斯(Marlis),她投靠姐姐,无任何生活来源,唯有靠行骗获得补偿进行谋生。但是在一次不幸中,差点丢掉性命。玛丽斯一直生活在别人的眼里,几乎没有自我。她和杰克相处的最初原因纯粹是贪图杰克的钱财,因此,这种动机结合下的两人间毫无信任可言。杰克和她一起时,时刻保持警惕心理,而她则时刻等待机会,希望从杰克身上偷窃到一定的钱财。机会最终出现,玛丽斯趁杰克不备,将他很大的一笔钱偷偷存入自己的账户。可是在和杰克关系破裂后,她又完全失去了经济来源,只好到夜店中从事服务生工作以谋生。当孩子出生时,她也根本无力抚养。虽然她极不愿意将孩子交给杰克的前任妻子坎迪斯抚养,但是困窘的经济状况迫使她不得不搬进坎迪斯的家中,和坎迪斯形成了同性恋情关系。在某种程度上,她的同性恋选择是被动无奈的结果,而非自主自愿的选择。小说最后,她仍然和杰克保持着肉体上的关系。由此可见,她其实更是一个异性恋者,同坎迪斯之间的同性关系只是一种迫于生计的生存之道。这样,通过对玛丽斯的描写,厄德里克将贫困问题同性属问题联系到了一起,质疑了性属文化形成的解释方式,让读者也注意到其背后所存在的经济原因。

如果说玛丽斯的贫穷是因为受教育程度不高,那么同一本小说中的女性人物易来娜却曾是一位体面的大学教师。但在与学生发生绯闻后,她不得不辞掉工作,丢掉工作后,她根本无法实现经济上的自足。小说的结尾,她只好躲在寺院中,以研究的借口获得免费的住宿和饮食。即便是《踏影》(*Shadow Tag*,2010)[①]中的艾琳,尽管具有作家身份,而且目前研究中一直被作为一个中产阶级女性进行探讨,但是从她的叙事中也可知,艾琳也承认她早期之所以充当吉尔的模特,除了因为对艺术的喜好和对吉尔的崇拜,另外也因为"我需要钱……这样我才能继续上学"(*Shadow Tags* 173)。小说最后,当吉尔终于答应同她离婚后,因为失去了吉尔经济上的支持,她不得不独自照顾三个孩子。此时,她深深感到生活的压力,"房子一片凌乱,四处都是垃圾,不可回收的,可回收的,打开过的瓶子整箱整箱地堆着"(*Shadow Tags* 232)。在儿子弗兰克的几内亚小猪死后,她为了安慰弗兰克,只好重新去买一个,这时她只能庆幸自己的信用卡还没有被完全刷完。由此可见,厄德里克在描写女性的贫困时,不局限于早期经济危机下的女性,少数族裔血统的女性,以及单身女性。即使在当下社会,那些已经受过高等教

[①] 国内学者张琼将该小说翻译为《影子标签》,黄晓丽、文一茗等人则译为《踩影游戏》,也有学者翻译为《捉影游戏》,本书出于简洁考虑,同时结合小说中的内容指涉,将该小说译为《踏影》。

育的女性,在经济上仍然处于劣势,而且很多情况下仍然依赖男性。这种书写响应了女性主义运动中对男性中心主义的质疑,有助于唤起读者对女性整体经济地位的关注。

三、溢出框架之外的贫困关怀

对于贫困问题,厄德里克除了将种族与性别两个维度拉入读者的视野,也没有忽略美国当下整个社会都呈现出的逐渐阶级分化现象。小说《圆屋》中,侵犯乔母亲的白人男性罪犯林登既非本土裔,也非女性,但是,他在经济身份上同样身处底层。林登从整体上被作为一个反面人物进行描写,乔最终对他的私刑体现了作家对正义的期待。但是细读文本,读者可以发现,厄德里克在对林登的描写中,并没有采取传统的善恶二元对立模式。林登之所以变成一位极端民族主义者,并烧死自己的女朋友,进而又对具有本土裔的乔母亲实施侵犯,其背后的经济原因不应受到忽略。他的女朋友怀上了白人市长耶尔托(Yeltow)的孩子,而耶尔托以促进白人和印第安人之间关系为由,建议修改原有法律中禁止白人收养印第安孩子的规定,在粉饰自己的行为的同时,也实现了一己私利,得以成功地以收养名义将孩子纳入自己的名下。而作为底层人物的林登,既失去了女朋友,又失去了赖以生存的经济来源。正是在这种绝望心理状态的驱使下,加上对本土裔人的偏见,林登才将自己的仇恨转向具有本土裔血统的乔母亲。

可见,厄德里克在描写贫穷的过程中,充分体现了她自身阶级"习性"的影响。首先对于本土裔人群,不论在历史早期还是当代,也不论他们是否迁移出自留地,贫困问题一直都困扰着他们,而非如主流话语中所认为的那样,谈及贫困必然就想到非裔群体。历

"习性"下的阶级迷思——厄德里克小说研究

史学家希姆尔法布(Gertrude Himmelfarb)在讨论早期工业时期的贫穷问题时曾这样认为:

> 如果小说和现实之间只是一种非对等的、想象的关系,这种想象本身就渗透在现实之中,一点不亚于其他的媒体途径在改变着读者的思想、观点、态度和行为。不论文学多么虚构,它都是将社会现实展现给公众的最重要方式之一,公众通过文学可以注意到一种社会现实,并将其渗透到自身意识中,从而形成一种愈加敏感的社会良知。(Himmelfarb 405)

在书写性别贫困的过程中,作家也试图质疑对单身母亲贫困的简单解读,通过对各个层面女性的经济状况进行描写,使读者注意到当代社会女性在整体经济状况上的不利地位,从而将女性的贫困现象置入整体社会结构中进行思考。但是作家也能意识到在表面繁荣的当代美国,贫困已经越来越不局限于种族和性别,贫穷这一物质性的社会现实,在美国整个社会的各个群体中都客观地存在着。这样,通过文学创作,厄德里克向读者展现了更加真实的美国现状。一方面,这体现了自新自由主义政策实施以来美国因社会贫富差距越来越大而产生的社会焦虑。从作家本人来说,这也体现了她试图摆脱文学批评中常将她划入单一种族、性别身份进行解读的困扰,正如她在访谈中所说,她更宁愿被视为一位美国作家,而不是美国本土裔作家或女性作家。因此,通过视角的逐渐放大,厄德里克试图说明自己关心的不单单是部分人群,她也关注了整个国家以及整个社会。另外,厄德里克也将贫困问题同性属和犯罪等问题相结合,通过书写饱受经济困扰的底层人物的性属形成过程和犯罪形成原因,让读者在关注其中的文化原因的同时,也不要忽略其背后实际存在的经济问题。

第二节　流动神话的反拨

厄里克(Schchet Eric)在《消失的时刻:美国文学与阶级》(*Vanishing Moments*: *Class and American Literature*)一书中指出:

> 在美国,人们不谈阶级原因有二:一是保守性的话语让大众认为,在美国身份是流动的,是自我塑造的,其二是因为美国普遍存在的自由主义话语,这种话语下,阶级不断被具象化,这样阶级就被限定在特定的局域。(Eric X)

这种观点也构成了美国梦的主要内容:基于洛克的自由主义思想,这个社会向每个人许诺,只要他通过自己的努力,不论是在物质上,还是其他什么方面,他都有机会取得成功。贫困身份只是一种暂时的状态,只要个体努力争取,这种身份必然会得到改变,因此阶级问题在美国通常被认为根本不存在。但在20世纪初,阶级问题重新受到美国社会学研究的重视。社会学家们提醒大众不要被社会表象所欺骗,表面上看,阶级似乎不再存在,每个人都可以消费同样的物品,但是,在这种平等消费的背后,个体间的收入差异依然很大,而且阶级的流动变得更加艰难。针对阶级流动神话,塞缪尔(Laurance R. Samuel)很早就指出,"根据新的调查结果,这种向上的流动性完全不真实,出身贫困家庭的孩子长大后成为医生、律师或者商业主管的机会微乎其微,他们基本上很难超出父母的教育和经济水平。"(100)另一位社会活动家柏里岗(Philip Berrigan)也认为,美国虽然基于洛克自由主义思想,倡导自由、平等、民主与和平,但是二战后,这些价值理念迅速让位于权威、等级、服从、武力和战争等军事性原则。尽管如此,不容忽视的是,在当代美国,虽然美国梦的价值理念遭受一次又一次的批判,但在很多美国民众心中,美国梦"尽管只是一种幻想和一种集体想象的产物,但仍旧主导着大多数美国人的日常生活理念"(Samuel 136)。目前,大多数美国人对这种流动的身份持有一种矛盾的心情,一方面相信这块领土为每个人都提供了身份流动的机会,另一方面又意识到流动的艰难性。对于厄德里克而言,从她自身的身份轨迹变化来看,虽然实现了流动,但是基于对种族问题和性别问题的思考,她能够意识到这种流动并非如主流话语中宣传的那样容易,特别是对于那些仍旧居住在自留地上的本土裔人。本土裔人不愿离开自己的土地,反而被认为是他们贫穷的原因,对这种社会现实的关注也就自然渗入厄德里克的阶级"习性"之中。因此,在作品中,当作家将贫困与流动神话联系起来时,她也将自己对种族问题和性别问题的思考融入其中,使之变得更加复杂。观察厄德里克发表的所有小说,读者可以发现,她在描写社会个体试图摆脱贫困、实现经济身份流动时,最突出的特点就是在某些情况下,虽然个体能成功实现此种流动,但是通常表现为一种偶然性或者依赖性,而非是足够的诚实劳动和才华使然,其采用的手段甚至是卑鄙的;还有部分人物的经济身份流动则是以丧失自我作为代价,而非个人努力。特别引人注意的就是本土裔人多以丧失自己的文化,女性则以丧失自我方能实现经济身份的流动。对于很多出身贫困但得以改变经济状况的个体,经济身份的提高往往伴随着精神的失落。在书写底层的过程中,厄德里克除了将这一社会现实纳入读者视线中,也试图改写中产话语背后的流动神话,从而表现出对美国中产阶级话语的偏离。

一、流动的偶然性

在厄德里克目前所有作品中,多数主人公的经济身份都表现出固化的特点,实现向上流动的可能性很小,而且,尽管很多主人公的经济身份之所以能够实现向上流动,其主要因素多可归结为偶然或投机,而非主流话语中强调的诚实劳动与个人才华。这在作家小说中经常出现的贝弗利(Beverly)、莱曼(Lyman)、杰克(Jack)和穆色(Mauser)等几位商人身上体现尤为明显。在《爱药》中,贝弗利在工人阶级社区推销供孩子使用的课外练习册。厄德里克这样描述贝弗利的顾客,"他们期待孩子的指导练习册质量更高,这是他们无法给孩子们提供的。贝弗利的销售区是一座聚居着狂热的梦想家的小镇"(*Love Medicine* 113)。贝弗利梦想自己孩子:

儿子打棒球,身穿亮白球衣,膝盖上粘着草,每几周他就能打出一场无安打球赛。① 老师们喜欢这个男孩,因为他全靠自己,学业比其他孩子好得多。他连跳几级,还被邀请去参加郊区埃迪那有钱人家孩子们的聚会。小亨利毫不费力就扫除了社会阶层和学习上的障碍,这让贝弗利大为惊讶,他对那些渴望孩子成功的顾客说,真是后浪推前浪。(*Love Medicine* 113)

对于贝弗利的妻子,厄德里克这样描述道:

  她是个打字员,不停地更换工作。她衣着精致华丽,把自己塑造成贝弗利理想中的职业女性和摩登女郎。尽管她每次换公司,薪水也就相差几美分,但她认为是个内行人,她的重要性和价值在膨胀。她坚信非她不行,但又在公司最需要她的时候拂袖而去。(*Love Medicine* 114)

但是贝弗利终究只能靠零售养家,在《甜菜女王》中,厄德里克利用卡尔这一人物的经历再次重复这个故事,以质疑美国社会的流动神话,使读者感受到个体经济身份逐渐固化的困境。

  然而,也并不是所有的人物都无法实现经济身份的改变。如《爱药》中的莱曼,他能够很快成为商场上的赢家。在回忆自己的成功经历时,莱曼这样描述道:

---

  ① 不让对手击出安打的投手称为"投出一场无安打比赛"。无安打比赛的成就很罕见,且被认为是投手或是投手群的非凡成就。

第一章　中产话语下的底层阶级

> 我(莱曼)是唯一被容许进入美国退伍军人协会礼堂擦鞋的小孩;有一年圣诞节,我还挨家挨户卖神花,修女们让我从得来的钱中提成。对我来说,开始赚钱以后,似乎赚得越多,赚得就越容易。所有人也都鼓励我去赚钱。十五岁时,我在若利埃咖啡找到一份洗盘子的活儿,那儿是我人生的第一个转折点。
>
> 没多久,我就被提升,改去端盘子了。后来,快餐厨师辞职了,我便接替他。没多久若利埃咖啡馆由我来管理。后来的事大家都知道了,我继续管理。没多久我就成为合伙人,当然,我没有原地不动。很快,整个咖啡馆全都是我的了。(*Love Medicine* 183-184)

莱曼很顺利地实现了经济身份的向上流动,十六岁就拥有了自己的产业,这似乎印证了美国梦的真实性。但是,在之后的反思中,莱曼又这样描述自己:

> 我往上爬的速度太快了,两边的树都变得模糊不清。没几年工夫,我就出人头地了,每清理一批设备,我就官升一级。后来我有了一个秘书,接着增加到两个,后来又增加到四个。等到我被升职调到费歇尔家五胞胎的家乡、印第安事务管理局办公室的所在地阿伯丁市时,我成了别人的眼中钉。我满脸狡诈,身材像办公桌一样又宽又结实。我不再让自己看上去像亨利,我变成我自己:跟我母亲一样矮小,但长着一张喀什帕家的脸,敢作敢为,被别人看不惯,眼里只有钱。我恢复了自信,学会了怎么

从错综复杂的部落开发项目里捞钱。(*Love Medicine* 302)

由此可见,莱曼在实现身份流动的过程中,所依赖的并非是如美国梦中所宣扬的诚实劳动。从他最初的成功途径可以看出,他靠的完全是投机取巧,他不断损害他人利益,谋取个人的私利。小说中他自己也承认:"我的成功就意味着别人的失败"(*Love Medicine* 299)。另外,莱曼的成功自身也充满了偶然和脆弱,在咖啡店被大风吹倒后,他重新陷入了经济的困境,完全由于银行的一个打印错误,他不得不一切从头开始。而且他的物质也一次又一次地被毁灭,第一次的咖啡馆在一次大风中完全摧毁,第二次赚到的钱被用来买了一辆汽车,但是最终也被沉入河中,第三次的工厂也在母亲的反对下被完全摧垮,在《宾格宫》中,他又转向了赌场,钱再次被输得精光。同样,在其他小说中出现的杰克和穆色,他们之所以能够很快积攒到大量的财富,依赖的都是对本土裔人土地文化的掠夺,而且他们的成功都处于一种不稳定的状态。因此在《四灵魂》(*Four Souls*, 2004)中,穆色最终破产,并从此在小说叙事中消失,而《燃情故事集》中的杰克则因为财务问题,只好假装在大火中丧生,躲在自己的地下室来逃避债务人的追讨。

二、流动的依赖性

如果说在男性身上,经济身份的向上流动充满偶然性和脆弱性的话,那么对于厄德里克笔下的女性们,她们的身份流动则多依赖另一方,自主的流动几乎不太可能。在更多的情况下,厄德里克都能充分意识到这种依赖,所以在文本叙事中保持一定的距离,对这种依赖进行了讽刺。如在小说《四灵魂》中,穆色的妻妹宝琳(Pauline)通过姐姐的关系,得以待在穆色家中,她宛若女主人,平时经常上上女性礼仪课程,俨然一位上层女士形象。但弗勒闯入了他们的生活之中,并逐渐取代她姐姐的位置,最终穆色完全破产。在一无所有的情况下,她只好和原来家中的仆人结婚。在小说中,由于作家关注的重点是本土裔族裔问题,宝琳和姐姐在后面的叙事中逐渐淡出。但是从小说叙事中可见,作家对这种女性的态度非常明显,明确指出了此种依赖的不可靠性。《甜菜女王》中的席特(Sita)、《燃情故事集》中的玛丽斯、《屠宰场主的歌唱俱乐部》(*The Master Butchers Singing Club*,2003)中的唐特(Tante)、《圆屋》中的宋雅等女性都具有这种特征,寻找理想的另一半成了她们获得经济生活保障的手段,但最终都只能以失落告终。

如果说作家同上面所说的几位女性保持了一定距离的话,那么在一些正面形象的书写中,作家也似乎找不到更好的解决办法。所以在很多正面人物的书写中,女性的经济地位仍然是由其配偶决定。即便是上文提到的《屠宰场主的歌唱俱乐部》中的德尔法,她最终经济地位的改变完全依赖于与肉铺老板费德里斯的婚姻。小说中曾提到,有段时间,她为了避免与费德里斯之间的尴尬,想离开肉铺,自己到外面重新找份工作。她首先到 Step-and-a-Half 的店中,但是被告知她只要照顾她父亲罗伊就可以不用工作了。她想到伐木场谋份差事,正巧碰见酒醉后一丝不挂的父亲罗伊,在德尔法追到父亲并将其安置好,再回到伐木场询问是否可以得到那份工作时,伐木场的人告诉她这个工作已经被别人接了。同时,罗伊在这次事件后不久就因病去世,临终前终于承认地下室的多里斯一家三口的死亡完全是自己的责任。父亲的死亡与罪过让德尔法再也无法坚强起来,在这种脆弱的心理状态下她接受了费德里斯,成为肉铺的老板娘,实现了较为稳定的经济身份转变。所以在《爱药》中,当玛丽听说修道院的利奥波德修女已经卧倒在床的时候,为了表示对利奥波德的报复,显示自己目前良好的经济状况,她在离开家门时,特意拿出一件上等的羊毛连衣裙,并说"我已家道殷实,奈科特是部落酋长。""虽然天非常热,但我还是会穿这件衣服上山"(*Love Medicine* 151)。

这种经济上对男性的依赖正是女性主义研究中一直关注的话题,由于传统经济结构的影响,虽然很多女性已经走出家庭,但是在具体就业过程中,会受到各种条件的限制,有的因为要照顾孩子,而根本无法就业,这也就导致她们经济上对男性的过多依赖。厄德里克在处理此类问题时,更多将此问题让步于女性自主意识的逐渐觉醒,而且觉醒多与种族文化的继承相关。在《爱药》中,当玛丽的丈夫尼科特逐渐移情别恋露露时,玛丽开始学会自力更生,

> 那些日子,我一直在储存奶油,准备卖出去,同时我也做黄油,缝棉被,帮别人缝衣服,为舞衣钉珠子,只要是不需尼科特帮忙我就可以应付的活儿,我都干了。我甚至费尽心思,卖家里的猫或小猫,或是采茶叶和浆果,晒干后去卖,看到高迪手中的野鸭肉时,我脑子曾经冒出把这个老女人家里的野鸭也拿出去卖的念头。……我们需要盐、面粉、糖这些最基本的调料来做稠李果,还需要钱买衣裤料。(*Love Medicine* 100)

在丈夫去世后,玛丽在养老院中与情敌露露逐渐和解,形成了女性主义研究中所提倡的"女性情谊"(sisterhood)①,她们之间的情谊一方面是出于女性间的相互理解,另一方面也起到了维护种族文化的作用。因此最后在莱曼的印第安武器工艺品生产车间,两人在打闹中将工厂彻底摧毁。在当代本土裔文化批评中,有的批评家曾指出,主流社会对印第安工艺品的喜好表现了本质化理解印第安文化的心理定势。因此,通过在叙事中安排露露和玛丽两人将莱曼的生产车间毁掉,厄德里克表现出对固化印第安文化的不赞同态度。从另一角度来讲,这也体现了作家在谈及本土裔群体的流动时,存在着比较矛盾的态度,一方面意识到经济身份的流动异常艰难,另一方面又很容易将贫穷问题转到种族和性别等身份问题上,而无法完全摆脱当代美国社会的无阶级话语,在凸出种族性别问题时必然起到淡化经济因素的作用。

三、流动后的困惑

甘达尔(Keith Gandal)在著作《现代小说和电影的阶级表征》中对比了当代小说和电影中对贫困群体的表征方式,最终归纳道:"在19世纪晚期和20世纪初,美国文学中对穷人的书写方式较之以前出现了很大的变化,我们今天关于贫困的小说都起源于那个时代的贫困书写方式,至今还没有能够超越。"(Gandal 8)他同时认为,这些关于穷人的叙事都是对灰姑娘叙事模式的重写。其中,在19世纪早期的叙事中,个体经济身份的流动通常与道德或罪恶相

---

① 在作家多部作品中都体现了这一考虑,多数情况都是在男性不负责任的情况下,女性的结盟实现个体的独立。如《彩绘鼓》中伯纳德的祖母与皮亚杰的妻子,《四灵魂》中的弗勒与宝琳,《踏影》中的艾琳与妹妹玫。

关。但是从19世纪的最后十年开始,文学叙事中主人公的经济身份流动则同个体的耻辱感(shame)和自尊(self-esteem)相关,而且通常会以如下三种模式出现:贫民窟模式(slumming drama)、阶级创伤模式(the class-based trauma)、贫民窟创伤模式(the slumming trauma),而且在后两种叙事模式中,个体的行为通常通过自我堕落(self-defilement/degradation)以抗击外部世界,来发现真实自我。(Gandal 9-12)但是在德尔法的故事中,在安排德尔法与费德里斯的结合中,作家一方面顺应这种情节发展模式,同时也努力进行改编。与费德里斯的婚姻并没有给德尔法带来道德上的升华或堕落,但经济身份的转变也无法改变她对生活的失望。她的第一任男朋友赛普莱从多方面来说,应该能成为一个合格的丈夫,但是偶然情况下,德尔法却发觉赛普莱是个同性恋者。回到家中后,她知道自己最终不可能和赛普莱走进婚姻的殿堂,但为了免去他人的闲话,她只能假装两人已经结婚。在接近德裔肉铺老板后,她和女主人爱娃(Eva)之间关系日益密切,可爱娃不久却患上不治之症,离开人世。她渐渐进入费德里斯(Fidelis)的生活,获得自己的爱情后,她发觉自己已失去了生育能力。在对四个孩子的照顾中,马尔克斯(Marcus)同她关系最为亲密,但是在马尔克斯最喜欢的女孩的死亡中,德尔法的父亲有不可推卸的责任。尽管德尔法惧怕孩子们参加战争,但是四个孩子逐一成为军人,一个丧生战场,一个成为战俘,一个伤残,只剩下马尔克斯因无法上战场而安然无恙。即便是她最好的朋友克莱里斯(Clarisse),也因为杀害了追求她的警察,而不得不流离他乡。小说最后,父亲终于因糟糕的生活习惯染上疾病,在忏悔中离开人间,同时也留下了一个关于德尔法身世的谜团。深爱着她的赛普莱因得不到她的爱而离开小

第一章 中产话语下的底层阶级

镇,丈夫菲德里斯因病去世,最亲近的养子马尔克斯远在部队,好朋友克莱里斯也无法回到小镇。最终,德尔法又回到了孤独之中。正如小说中所言:"不幸的事在德尔法身边频繁发生,大脑在不断刺激下自动形成了对希望和光明的排斥"(*The Last Report on the Miracles at Little No Horse* 54)。同样,厄德里克在处理马扎里故事的时候,一样将她置于一种看不到希望的情景。在刚刚得到爱情后,弗兰兹就在一次事故中成为残疾人。这也使得整部小说笼罩在一片阴郁之中,读者在感受这些底层人物改变命运的过程中,也能感受到他们在改变过程中的无助,这种书写正是对后现代下个体失落感的应和。在历史的洪流下,个体纯粹是一种偶然的存在,而任何终极意义均被取消。

厄德里克的作品中书写了身份流动的艰难和依赖性。在其作品中,读者可以看到对于某些特定群体,如美国本土裔人,他们如果要想实现经济身份的向上流动,则多以付出文化身份的主体性为代价,将自我置身主流文化中的他者地位,强化固有的负面形象,而不利于整体种族身份地位的提高。如小说《踏影》中的主人公画家吉尔,自幼与母亲单独生活,吉尔的母亲在二手物品商店工作,负责整理捐赠给印第安人的旧货,商店位于一个教堂的地下室。"她身上一股旧货的味道,那种穷人必有的味道"(*Shadow Tags* 24)。为了让吉尔能够画画,"她从牧师的办公室偷取白纸和铅笔,炭笔画棒则是吉尔自己用烧过的木棍做成"(*Shadow Tags* 24)。他们没有固定住所,用吉尔的话,他们四处迁移,"他们哪儿都没地方居住,只有过一次固定住所,那是在乡下的一个旧房子里,没有车,他们吃光了院中所有的蒲公英"(*Shadow Tags* 25)。当吉尔最终成为一名画家时,他们的经济状况得到了很大的改善。

但是,吉尔始终无法摆脱主流社会对他的本土裔身份的偏见,尽管"他的作品已经走出西部和西南部,进入洛杉矶和芝加哥、费城、华盛顿,而且最终进入纽约,"但是他一直被当作是"一名美国印第安艺术家,或者一名美国本土裔艺术家,或一名部落艺术家,或者一名克里(Cree)部落艺术家,或一名混血艺术家,或一名齐佩瓦(Chippewa)艺术家"(*Shadow Tags* 37)。其艺术作品之所以成名多因为他画作中的本土裔女性充满色欲,这也正是主流社会对美国本土裔女性长期存在的错误印象。因此主流社会对吉尔的接受,首先是基于将他划入美国本土裔画家之列,因为他的画作体现了对本土裔文化的内部视角,显得更加真实,这样就强化了主流社会对本土裔女性的负面固定形象,落入对本土裔文化的本质主义解读方式的窠臼之中。

  早在1984年发表的小说《爱药》中,作家就通过尼科特这一早期在城市谋生的本土裔人物形象,指出美国本土裔人在获得物质报酬时通常必须将自己塑造成主流社会期待的模样,因此该书的"纵身一跳"章节中,尼科特所能展现的只能是死亡的和消失的形象。时隔二十多年,作家在《踏影》中对此话题再次重复,这反映了改变主流社会话语中本土裔人固定形象的艰难。尽管本土裔文化近二三十年来得到了很大的发展,主流文化对本土裔文化的态度也发生了一定变化,但是固有的二元对立性的他者化模式依然存在,唯一不同的是,早期是直接和粗暴的方式,当下则多转到更加隐蔽的文艺生产过程之中,本土裔知识分子为了获得更多的文化资本以跻身主流,多数情况下仍旧不得不顺应主流文化心理,自愿接受主流文化对本土裔文化的剥削。

第二章

重塑中产阶级形象

　　布迪厄的理论中没有忽略种族、性别等文化身份和阶级"习性"的关系。特别是在《男性统治》(*Masculine Domination*)一书中,布迪厄专门讨论了男性气质(masculinity)在个体实践中的影响,在《实践理论概要》(*Outline of a Theory of Practice*)和《实践的逻辑》(*Logic of Practice*)两书中,布迪厄探讨了因性别产生的社会分工如何产生两性不同的世界观。同时,从布迪厄的"习性"理论来看,阶级"习性"联结了个体的客观结构和主观经验,对于不同种族、性别和阶级的个体来说,他们由于在社会中所处位置不同,必然有拥有不同的主观经验,从而种族、性别和阶级经验都将融入个体的阶级"习性"之中,并指导个体的文化实践活动。布迪厄也将种族、性别和阶级等身份视为个体"文化资本"的构成部分,而资本的总量和构成对个体的阶级"习性"同样具有一定的影响。同时,布迪厄认为,个体虽然身处一定的结构内部,但是一定条件下也有可能跳离自身所处框架对自己的位置进行反思。对于厄德

"习性"下的阶级迷思——厄德里克小说研究

里克而言,本土裔的族裔身份、女性身份以及中产阶级身份这些不同的维度都是其生活经历的一部分,必然对其阶级"习性"的形成产生一定的影响,尤其对于身处边缘地位的社会群体更是如此。由于当下美国社会中少数族裔、女性、底层阶级这些身份都被排除在主流社会之外,这种边缘化状态会促使作家对这些身份进行反观。值得注意的是,厄德里克没有将种族、性别等与阶级相割裂,除前一章讨论的本土裔、女性、白人男性等不同类别的底层阶级外,其作品中也出现了本土裔中产阶级、女性中产阶级以及白人男性中产阶级等不同类型的中产阶级人物形象。本章即围绕这些中产阶级形象,探讨厄德里克在其阶级"习性"影响下如何表达对种族、性别等身份问题的思考。

"中产阶级"已经成为当代大多数美国人的身份标签,通过使用这一概念,美国人强调了美国社会的特殊性以及他们同欧洲早期社会等级制的分离。这种全民中产意识甚至已为很多少数族裔群体所接受,可这些少数族裔群体,比如本土裔,不论在经济还是文化方面,在主流社会中被边缘化的状况一直没有得到本质性的改变。在美国,自从20世纪30年代以来,在各类调查中,在被问及阶级身份时,大多人很自然地将自己划入"中产阶级"之列。值得注意的是,在所有认同"中产阶级"身份的人群中,经济状况、职业层次等方面都大不相同,在学术界,"中产阶级"同样一直没有一个固定的定义。芭芭拉·艾亨里克就曾指出,这种对中产阶级的粗略观点不单在学术圈里,大多数美国人都倾向于将中产阶级视为一个普世性的阶级,存在于任何地方,包括任何人。(Ehrenriech 4)然而早在20世纪中期,社会学家科尔(G. D. H. Cole)就提出:"中产阶级概念极其难把握,这种身份不是由具体收入数量,或者一个社会结构中的相对收入状况来决定,也不是由收入的本质、来源或职业种类决定,同样,教育程度、言行衣着都不是决定是否中产的本质条件。"(Cole 275)1979年，另一社会学家也提醒读者,中产阶级是一个最难懂但是又最常见于社会的概念,以至于大多试图对其定义的努力都因范围太大而毫无意义。(Sterns 377)

这种社会现实与社会意识之间的不协调促使读者不得不去思考：究竟何为"中产阶级"？到底是何种因素决定了个体的中产意识？其背后隐藏了怎样的国家话语？同时,文学作为文化实践的一种方式,如何参与到中产话语构建之中？长期被边缘化的族裔文学又如何在其话语空间中运作？

针对这些问题,首先应回到"中产阶级"一词的演变过程。通过对美国社会历史考察可知,中产阶级一词从一出现便表现出不稳定性。该词中包含了两个部分,一个是中间的(middle),另一个是阶级(class)。"阶级"一词尚未被用来意指某一特殊人群之前,在17世纪开始就已经出现了所谓的中间人群,当时的英语通常称这类群体为Middling、Middle Rank,或者也叫Middle Order、Estate、Degree、Standing、Station、Strata等。由于当时社会等级比较明确而且固定,个体的家庭出身基本上就决定了他/她的所有社会地位。当时社会整体分为两个群体,即上层和下层。上层通常指那些具有贵族血统的人群,下层则通常包括佃农、劳工、工匠和学徒工。下层中又可以分为下层中的上层(upper Degree of low life)和下层中的下层(lower Degree of low life)。下层中的下层也被称为普通人(common sorts),他们通常没有任何财产,而且多数行为粗俗、野蛮,没有任何文化教养。而下层中的上层则被认为是中等人。这群人因为隶属下层,所以仍被认为具有很多低劣的品质,和贵族形成鲜明对比。此类人物如《鲁滨孙漂流记》中的鲁滨孙,他非贵族出身,但继承了一些财产。受当时文化思想的影响,他一方面提醒自己不能逾越自己的社会地位,将自己列入贵族人群,另一方面也告诫自己不能堕落至底层人群之中。到了18世纪,上下层这种两分法的等级制开始逐渐弱化,"中等人"这种指称不再具有17世纪时的那种负面含义,他们被改称为Middling Sorts,中性词汇sort的使用,调和了早期两个阶层之间的矛盾,他们通常被认为是"逐渐变好,勤劳,有用",但是他们"行为不够绅士,没有受过教育",对他们来说,"生活就好比生意,有特定的目标,能积攒足够的物质财产来养活家人,年纪大了也能保持健康"(Bledstein 5)。可见,在当时,行为举止仍然在很大程度上决定一个人的社会地位。布莱斯坦认为,起初中产阶级是个多元化的概念,"成为中产阶级是个人做事的一种方式,是其某些性格特征的展示,界定了行动者的主体性,是个人偏好和努力方向的表现,而不能完全代表一个人的性格"。(Bledstein 8-9)这样,中产阶级被作为个体向上流动的精神状态和心理结构,而非客观条件的反映,因此具有一定的模糊性,且不易识别。进入19世纪后,经济维度成为决定个人社会身份的主要因素,而个人出身和行为举止已不再起到关键性作用。同时,个人的经济地位可以通过后天的努力得到很大的改变,因此,为了强调个体社会身份中的流动性和经济维度,Middle Classes开始逐渐取代Middling Sorts。到了19世纪中期,马克思的阶级理论区分了阶级意识和阶级存在,认为整个社会由资产阶级和工人阶级两大阶级组成,中产意识只是向工人阶级意识转变的过渡阶段。20世纪50年代初,怀特·米尔斯(C. White Mills)出版《白领:美国中产阶级》(*White Collar: The American Middle Class*)一书,对这种理论进行系统阐释与发展。直至现在,米尔斯的观念一直为左派理论家所坚持。而另一方面,布莱德斯坦(Burton J. Bledstein)等人则认为,在美国,越来越多的

第二章 重塑中产阶级形象

人通过个人的努力获得了物质上的成功,从19世纪的小工商业主到20世纪的白领阶层,他们通常认同的既非资产阶级,也非工人阶级,而是中产阶级。这两种矛盾的观点一直延续到当下,持马克思主义思想的左派批评家通常否认中产阶级的存在,而试图将中产阶级纳入工人阶级之中,而持右派立场的批评家则认为美国整体就是一个中产阶级的社会,中产阶级的统治是整个社会的最终发展结果,这种持续不断的辩论也是当下中产阶级概念之所以具有模糊性的主要原因。

尽管在概念上存在很大的模糊性,但近年来,美国文学研究中还是对中产阶级这一现象给予了很大关注。从目前研究情况来看,主要集中在如下三个方面:首先最为常见的是利用福柯的话语理论,聚焦19世纪末20世纪初的文学文本,从中发现这一中产阶级转型时期的焦虑以及他们同社会主流话语间的对话,如该时期的作家如何通过文学作品构建新的男性气质、女性气质、家庭伦理等。[1]还有一种研究集中探讨了当代的文学书写与美国梦之间的

---

[1] 主要作品有 Mary Louise Kete 的 *Sentimental Collaborations*: *Mourning and Middle-class Identity in Nineteenth-century America* (2000), Stephen Hancock 的 *The Romantic Sublime and Middle-class Subjectivity in the Victorian Novels* (2013), M. Myall 的 *The Middle Class in the Great Depression*: *Popular Women's Novels of the 1930s* 以及 *Representing Femininity*: *Middle-class Subjectivity in Victorian and Edwardian Women's Autobiographies* (1998), Elizabeth Langland 的 *Nobody's Angels*: *Middle-class Women and Domestic Ideology in Victorian Culture* (1995), Thomas Walter Herbert 的 *Dearest Beloved*: *the Hawthornes and the Making of the Middle-class Family* (1993), Amy L. Blair 的 *Reading up*: *Middle-class Readers and the Culture of Success in the Early Twentieth-century United States* (2011), Athena Devlin 的 Between Profits and Primitivism: *Shaping White Middle-class Masculinity in the United States, 1880-1917* (2012)等。

关系,其中不可避免地将中产意识纳入美国梦之中。① 有的研究则将中产阶级研究同种族问题相结合,最为常见的就是探讨美国非裔中产阶级在主流社会下的困境。② 另外,也有少量文章关注了其他族裔文学中的中产现象,如前文提到的维力,他试图将本土裔文学中这一现象带入读者的视野,在犹太裔、亚裔等文学批评中,都开始提及中产阶级问题。但是,不可否认的是,除非裔文学研究之外,在其他族裔文学中,针对该群体的关注远远不足。

从现有的研究来看,研究者多能意识到中产阶级作为一种国家话语,在美国社会文化构建中起到了关键性的作用,而且也能揭示出这种中产意识同社会存在间有种不平衡的关系,这在一定程度上有利于发现中产话语背后的欺骗性。但是,研究仍然存在很多不足之处,如美国中产阶级研究中,很少有研究针对当下中产话语的特点,探讨这种变化的话语特点与文学创作之间的互动关系,研究重点多停留于那个时期的文学创作对于美国进步时代中产话语的构建过程。而经历了一百年的发展,美国社会不论在经济、文化、政治上都有了很大的变化,民众对中产话语的认同模式与特点

---

① 主要作品有 P. W. Kingston 的 *The Classless Society*(2000),Andrew Hoberek 的 *The Twilight of the Middle Class—Post-World War II American Fiction and White-collar Work*(2005),Stephen Schryer 的 *Fantasies of the New Class: Ideologies of Professionalism in Post-World War II American Fiction*(2011),Robert Sequin 的 *Around Quitting Time—Work and Middle-Class Fantasy in American Fiction*(2001)。

② 如 Catherin Rottenberg 的 *Performing Americanness: Race, Class, and Gender in Modern African-American and Jewish-American Literature*(2008),Stephanie C. Palmer 的 *Together by Accident: American Local Color Literature and the Middle Class*(2009),Joe R. Feagin 与 Melvin P. Sikes 合著的 *Living with Racism: The Black Middle-class Experience*(1994),Robert D. Johnston 的 *White Collar: The American Middle Classes*,*The New Black Middle Class*(2013)等。

也必然随之变化,那么当下的中产阶级体现出何种继承性与变化?这种社会心理在文学创作中会有何体现?这些问题显然都没有得到很好的阐释。另外,对族裔文学中的中产现象的关注重心仍局限于非裔文学,这与不同族群的人数以及他们的文学发展状态有关,毕竟非裔文学经历了长期的发展,在当下的族裔文学中,具有最成熟的创作和批评。但是,这种谈及族裔必非裔的惯性势必会遮蔽其他族裔的存在,特别对于本土裔人群,这种忽视很容易使读者想到主流话语中一直存在的"消失的印第安人"这一形象。而且,在主流话语中,本土裔族群通常同贫穷相联系,这种想象方式在一定程度上固化了早期的自留地上贫穷本土裔形象,而不能完整考虑当下本土裔人的实际生活状态。实际上,从20世纪三四十年代起,在美国政府政策的影响下,大量本土裔人移居城市,虽然很多人不能很好地融入社会,但是,还是有很多本土裔人已经逐渐进入主流社会,不论在学业、经济等方面都取得了很大的成功。社会现实在文学创作中必然会得到反映,因此在近年来的本土裔文学作品中,特别是在已经被经典化的本土裔作家作品中,如韦尔奇、莫马蒂、阿莱克西、厄德里克等人的作品都出现了大量中产阶级形象。

值得注意的是,尽管早在1992年维力就注意到本土裔文学中开始出现中产阶级形象,但是在现有的本土裔文学研究中,尚没有对此问题进行专门探讨。针对此现象,福布斯(Jack Forbes)认为其原因是学术界在阅读本土裔文学时,"好像更希望读到神秘和典仪之类的内容,而对于种族灭绝、政治、爱或性的内容不太感兴趣"。(Forbes 21)维力在当时的文章中认为,这种小说主要代表作有莫马蒂的《远古的孩子》(*The Ancient Child*)、韦尔奇的《印第安律师》(*The Indian Lawyer*)和厄德里克的《哥伦布皇冠》(*The Crown of Columbus*)。时隔二十来年,本土裔文学作品中出现了更多的中产形象。其实,在《哥伦布皇冠》之前,从第一部小说开始,中产阶级形象和贫困群体一样,一直就是厄德里克关注的一个重点。如《爱药》中的尼科,他作为酋长,经济生活优越,根本不是那种遭受贫困折磨的形象,还如《甜菜女王》中的玛丽姨妈与丈夫等人,他们都没有遭受经济问题困扰。在《哥伦布皇冠》之后,厄德里克的作品中出现了更多的中产阶级形象,如《宾格宫》中的莱曼,《燃情故事集》中的杰克以及第三任妻子坎迪斯,《屠宰场主的歌唱俱乐部》中的肉铺老板以及他们歌唱俱乐部的会员们,《四灵魂》中的穆色以及他的妻子与妻妹。特别是作者从2005年的《四灵魂》开始,一改之前的创作风格,不再以底层阶级作为创作主要对象,而多将主人公设定为经济状况良好的中产阶级,如《鸽灾》中主要的三个叙事者伊瓦尔(Evel)、法官、考文(Corwin),他们在经济地位上都优于其他人,在《踏影》中,两个主人公更是当代富有知识分子形象,毫无经济压力。小说中尽管还会出现那些经济地位较低的人群,但他们在小说中多作为次要角色或背景人物,即便是带有本土裔族裔身份的人物也大多接受城市生活,不再为生计而焦虑。①

在小说《鸽灾》"The Reptile Garden"一章中,具有本土裔血统的伊瓦尔家境较好,在进入大学学习时,她发现身边的同性同学要么是叛逆性的白人女孩,"听 Joni Mitchell 的音乐,留长发,抽烟,

---

① 在《圆屋》《拉罗斯》和《现世上帝未来之家》三部小说中,中产形象更加丰富,特别是在2017年发表的《现世上帝未来之家》一书中,厄德里克采用了反乌托邦的叙事手法描写了一位出身白人律师家庭的女儿的经历。

第二章　重塑中产阶级形象

不喜欢诗歌"(*The Plague of Doves* 222),要么是不太引人注意且不求上进的本土裔女孩,因此她将自己与其他人区别开来,声称自己崇拜的是法国20世纪中产阶级女性诗人阿娜伊斯·宁(Anais Nin)①,"她(宁)是我的缪斯,我的楷模,我的一切"(*The Plague of Doves* 223)。她还声称自己"和她们都不同,我们是印第安事务管理所(BIA)的中产阶级印第安人"(*The Plague of Doves* 222)。

同时,正如厄德里克在一次访谈中指言,她更愿意被视为一个作家,而不是本土裔作家,或女作家,或美国作家。这种立场体现了作家试图将文学创作视为对人类灵魂共性探讨的手段。在塑造中产阶级形象时,厄德里克没有将视角局限于本土裔人物,从其目前所发表的小说可见,作家也将创作视角指向了非本土裔人群,而且性别因素在其思考过程中占据了一定的位置。这样,作家既突破了种族、性别的视域,又利用种族、性别等文化特质创造出了形态迥异的中产人物。

第一节　中产化的本土裔人

在厄德里克近年来的几部作品中,较之早期作品,小说人物形象的经济状况总体上有了大的改善。特别是从2005年出版的《鸽灾》之后,厄德里克小说中穷人的形象明显减少。阅读她的早期小说时,读者可以明显感觉到各种贫穷,不论是自留地上的,还是自

---

① 法国出身的美国女作家,因其大胆的女性情色书写和神秘的日记被称为女权运动主要开创性人物之一。

留地外的,也不论本土裔人群,还是非本土裔人群,对物质的渴望贯穿《爱药》,直至《彩绘鼓》。然而,在《鸽灾》中,伊瓦尔整个家庭多从事较体面的工作,她和哥哥也都在大学接受良好教育,而且如上文所说,伊瓦尔在身份上认同中产阶级。这样,通过书写此类人物形象,厄德里克将自己的文学创作焦点转向了中产阶级。作为本土裔的女性作家,不可置疑的是,种族和性别等因素都参与到了作家的人物塑造过程中,在创造中产阶级人物形象时也不例外,但是作家也不断突破种族与性别的藩篱,将写作范围放到更大的社会空间中。因此,在现已发表的作品中,她创造的中产人物不拘于单一特点,其中有本土裔人物,也有非本土裔人物,有女性,也有男性,有商人,也有知识分子,这种多样性非常值得注意。

尽管厄德里克在作品中塑造了各类中产阶级群体,但不可否认的是,在所有人群中,当代的美国本土裔群体中产阶级仍然是厄德里克的首要考虑。本节通过阅读厄德里克已发表的小说[1],考察作家在对当代中产化的本土裔人群书写过程中如何思考文化认同问题,以及在新的经济形势下如何处理传统文化与主流文化间的关系。

一、传承传统文化的中产阶级老人

在《痕迹》(*Tracks*,1988)、《小无马地奇迹的最后报告》、《四灵魂》三部小说中,厄德里克塑造了一个自留地上具有恶作剧者特征

---

[1] 因《哥伦布皇冠》为厄德里克同前任丈夫多里斯共同创作完成,写作过程中两人各写不同的章节,不具有连续性,创作过程中具有明显的商业化倾向,不能很好体现作家真正的创作心理。而且在现有的作家研究中,多不将此作品纳入其中,所以本论文研究中也将此作品排除在研究之外。

第二章　重塑中产阶级形象

的本土裔老人那那普什(Nanapush)。通过那那普什的叙述和滑稽表现,读者得以窥视早期自留地上本土裔人的生存困境,以及他们的土地不断流失的历史原因,从中读者也可以认识到本土裔老人在文化继承方面的社会功能,他们在颠覆主流社会形象的同时也传递出继续生存的希望。从《鸽灾》开始,厄德里克从那那普什转向了混血老人穆舒姆(Mooshum),早期小说中的那那普什生活在居留地上,生活完全靠自理,时常不得不遭受饥饿的折磨,而穆舒姆家庭条件良好,两个女儿均为知识分子,一个女婿为教师,且是银行家的后代,另一个女婿则是第三代法官,这也正是伊瓦尔所称的中产阶级出身。同时,穆舒姆生活在大家庭中,生活上得到各个子女的照顾。这样,在最能代表本土裔文化的老人形象刻画上,厄德里克就从早期的贫穷本土裔老人转至当下生活富有的本土裔老人,这种书写对象的转变打破了主流文化对本土裔老人的固定想象模式,体现了作家试图改变对本土裔文化的本质主义解读方式。

　　虽然经济状况得以改善,但这并没有削弱本土裔人群中老人在文化传承中的社会功能。同那那普什一样,穆舒姆主要也是通过口头叙述的方式,讲述族群历史经历。这是本土裔人传统文化中的口语传统的延续,通过讲故事,让本土裔人的宇宙观代代相传。针对老人在本土裔文化中的功能,菲利普·奈斯(Philipp Kneis)在《文化产生的智者:美国印第安文学和文化中的老人表征》((S)aged by Culture: Representations of Old Age in American Indian Literature and Culture)一书中指出,在传统文化中,针对老人在部落中的作用通常有两种观点:一种观点认为老人应该作为文化记忆的承载者,利用自己的生活经验积极地对当下进行评论;另一种观点则认为老人只需被动地传递种族记忆,从而保持种族文化和基因上的团体身份(Kneis 106)。两种观点都强调了老人在本土裔文化中的重要作用,前一种观点重视文化的演变与发展,后一种观点则容易陷入本质主义的窠臼。因此奈斯指出,随着社会的变化,本土裔文化中老人的形象和传承文化的方式都在发生变化。正是基于此种思考,厄德里克在书写不同时代的本土裔老人时,从那那普什发展到穆舒姆,以表现不同时代条件下他们传承文化方式的不同。

那那普什的叙述多强调本土裔人在白人文化侵袭下土地不断被剥夺的历史,白人和本土裔人被对立起来,所以《痕迹》的第一句话就是,"在冬雪之前我们开始死去,雪来了,我们的数量继续减少"(*Tracks* 1),这样就凸显了白人对本土裔的殖民历史,以及白人的殖民过程给本土裔人带来的灾难。

而穆舒姆则在谴责白人社会给本土裔人带来伤害的同时,也反思了本土裔人自身的过失,以减弱白人与本土裔人间的二元对立。同时,穆舒姆的叙事也凸显了对未来的希望,反映了当下本土裔人的生存愿望。在《鸽灾》中,穆舒姆讲述了历史上曾经发生过的一起绞刑事件。由于对本土裔人的偏见,在一次凶杀事件中,当地几位白人错将几位与事件本不相关的本土裔人当作杀人凶手,并动用私刑,将他们绞死。在不同人物对此事件的回忆中,读者不难发现,穆舒姆自身在其中也起到了负面作用。如果不是他酒醉后将他们去过小屋的事情告诉白人,其他三位本土裔人也不会最终被白人实施绞刑。《圆屋》中,故事则主要针对本土裔人自己的过错而展开,小说中圆屋的兴建起源于早期族人那那普什的故事。那那普什的父亲认为妻子是邪恶的化身,便号召族人试图将其处死。所有人中只有那那普什清楚,父亲和族人对母亲的态度极其不理智,于是站在母亲一边。最后母子俩因一只水牛得以幸存,水牛在救助那那普什过程中也将自己的灵魂渗入他的身体之中。在母亲和水牛的感召下,那那普什兴建了此圆屋让本族人以此为戒,铭记历史教训。对比穆舒姆的叙述和那那普什的叙述,读者可以发现厄德里克更为关注历史对当下的功能,反映了作家对当下本土裔生存策略的思考,这也是维沃在《民族将继续生存》(*That the People Might Live*)中所强调的本土裔知识分子应该具备的另外一个职能,即在传承传统文化的过程中,也应关注当下本土裔人的生存愿望(Weaver *That the People Might Live* 168)。同样,在《鸽灾》中,当伊瓦尔思考自己和哥哥喜欢听穆舒姆讲故事的原因时,她这样说道:"我和哥哥乔之所以听穆舒姆的故事,不单单是因为他的故事充满悬念,也是为了获得一些知识,以便我们自己将来遇到爱情时,知道如何去表现自己。"(*The Plague of Doves* 9)由此可见,穆舒姆的故事不单单是文化传统的延续手段,也起到了对儿童的教育作用,体现了本土裔老人在传承文化过程中的主动姿态。

另外,在那那普什的叙事中,那那普什基本上从一个旁观者的角度讲述他人的故事,而在穆舒姆的叙事中,叙事者也是故事的参与者。穆舒姆为了遮掩自己的过错,故意省略了自己酒醉后告诉白人的事情,在《圆屋》中,他的叙述则完全来自梦中。通过这样的安排,作家拉远了同穆舒姆之间的距离,将其摆在一个不可靠叙事者的角度,让读者摆脱了对真实性问题的纠结。通过这种叙事距离的改变,厄德里克调解了本土裔文化中面临的本质主义和文化生成主义两者之间的对立。如库鲁帕所言,这种文化书写策略可以使本土裔传统文化在读者心理上形成感受性存在,也能很好地解决本土裔文化民族主义和国际主义两种倾向之间的矛盾(Krupat *Ethnocriticism* 3-4)。

二、错位的本土裔中产阶级

在厄德里克小说中,之所以称有些本土裔中产阶级是错位的,是因为在这些人物中,他们有的虽然将自己划入中产阶级之列,但是他们的客观经济条件与社会的平均水平仍存在很大的差异,阶级意识与阶级存在之间严重不相符合;有的虽然经济上确实已经跻入社会中层,但是一直无法摆脱种族身份困扰,一直不能够被主流社会真正接受,经济地位与社会整体地位严重脱节。对于阶级意识与阶级地位之间的差异,厄德里克给予了特别关注,其中最典型的人物形象莫过于《鸽灾》中的女主人公伊瓦尔以及《爱药》中的玛丽。在《鸽灾》中,伊瓦尔虽然声称自己出身中产阶级家庭,但是不妨将她的家庭经济状况放到整体美国社会中进行考量。作者将伊瓦尔设在20世纪六七十年代的美国,小说第一章中,在谈到她的家庭成员中各种浪漫爱情故事时,伊瓦尔说"我们家亲属多在办公室、银行、学校工作,最不体面的维迪也是一个技艺精湛的厨师。"(The Plague of Doves 9)她祖父曾经是位银行家,父亲是位自然老师。从这些方面来看,她的家庭当属中产阶级。可是,在提及母亲和杰拉德姨妈的衣服时,"她们的衣服一般都是二手的……人们以为这些衣服是从镇上买的,其实这些都是别人捐赠的。"(The Plague of Doves 68)而六七十年代,美国整体经济快速发展,整体处于富足的状态。相对于美国平均生活水平,伊瓦尔家的这种经济状况显然不足以让他们进入中产行列。这就说明尽管本土裔人逐渐接受了主流社会的中产话语,在意识上也将自己划入中产行列,但是其具体的经济状况较之主流的中产标准仍有很大差异。这样,厄德里克通过描写两种矛盾的中产概念,凸显了当下

第二章 重塑中产阶级形象

本土裔人仍然存在的经济问题。尽管有很多本土裔人已经在主流社会取得体面的工作,但是这还无法改变本土裔人整体经济落后的现状,同时也反映了主流话语中的全民中产概念的欺骗性和渗透性,使得本无中产经济状态的人群也生活在一种中产的幻想中,从而实现了这种话语的遏制性,使得身处底层的人群丧失对社会话语的反叛与抵抗。

在厄德里克的第一部小说《爱药》中,这种中产意识与经济地位的差异也同样有所体现。玛丽的丈夫尼科特虽然已经是部落酋长,也演过电影,当过模特,按照玛丽的话说,家道殷实,尼科特是自留地上的大人物。可是在回忆自己生产的情景时,玛丽说那时她做了个梦:

> 梦见自己下了床,走进厨房……从箱子里拿出几个土豆,用结婚时买的铸铁煎锅,用土豆和着猪油炸出一层皮,还切了一个洋葱。我把烘饼、面粉、盐、发酵粉和一点肥肉混在一起,把火调大……一直吃到心满意足……从树结里拿出一罐果冻,蘸在新鲜的、热乎乎的面包上吃。接着,我又烘了更多的面包,切了满满一煎锅的土豆。(*Love Medicine* 106)

按照心理学解释,梦是我们现实生活中被压抑的潜意识,可见,玛丽这个梦充分表现了她潜意识中对食物的渴望,这种心理状态也正是源于他们缺乏基本生活物质,所以玛丽曾直接表达道:"我们需要盐、面粉、糖这些最基本的调料来做稠李果,还需要钱买衣裤料。"(*Love Medicine* 100)

确实也有些本土裔人凭借自己的努力,在经济上终于取得了很大的成功。如《踏影》中的主人公吉尔一家,他们有自己的大房子,吉尔是一名画家,"即使不是非常有名,他也算成功的,他通过画画可以养家——这是个非常了不得的事(*Shadow Tags* 9)。"他们的子女在当地较好的私立学校上学,那里培养了"高级管理人员、城市明星运动员、交响乐指挥、医生和律师"(*Shadow Tags* 87)。从小说内容来看,经济问题从来不是他们家庭需要考虑的问题。吉尔给孩子买贵重的礼物,会带妻子参加名流舞会。可是,尽管他的画已经卖到纽约,但在主流社会看来,他"仍旧没有大的飞跃,他还是被视为一名美国印第安艺术家,或一名美国本土裔艺术家"(*Shadow Tags* 37)。即使他来自北部,但是还会被认为是一名"西部艺术家"(*Shadow Tags* 38)。同时,吉尔也并没有得到本土裔族裔族群的认可,他的父亲虽然是位本土裔人,但还没来得及与吉尔的母亲结婚,便参加了美国对越南的战争,并不幸在战场失去生命。吉尔对父亲的记忆仅限于父亲的葬礼,葬礼是部落其他族人在他的遗体从海外运回时举办,具有浓重的印第安传统文化色彩。在描写葬礼时,厄德里克将吉尔完全摆在一个旁观者的角度,传统的葬礼仪式在吉尔看来就好像一场表演,所以从葬礼一回到家,他便"将战冠收到床底的箱子后,忘掉了山上的事,直到大学他都没有记起"(*Shadow Tags* 84)。因为吉尔的母亲是位白人,所以他无法申请任何部落身份。可见,吉尔潜意识中对本土裔身份并不是非常认同。吉尔这种特殊的身份也代表了当下很多在城市生存的本土裔人的无根心理状态,他们虽极力摆脱自己的本土裔身份,但是他们在主流社会中又是错位的,经济上的成功并不能给他们带来整个社会地位的提高。所以当吉尔在大学时,一个男孩问他是否认识些本土裔人时,他"自己都感到诧异",但又脱口而出,"我父亲"(*Shadow Tags* 84)。这反映了吉尔对本土裔身份既排斥又希望认同的复杂心理状态。他在画作中更多的是表现本土裔人的痛苦,这应和了主流社会对一名本土裔艺术家的期待,但是这种书写方式只能给他带来痛苦和失落。在对待妻子和孩子时,他唯能想到的就是在物质上给他们满足。而至于他们的内心想法,他根本无法参透。这也最终导致了他的悲剧下场,子女们不愿与他交流,妻子也努力摆脱他的关注。在小说的结尾,厄德里克模仿了《觉醒》一书,只是这次游向大海深处的不是女性,而是男性吉尔,而且他的行为导致艾琳的丧生,同时也让自己的三个孩子成为孤儿。

三、致力于族群利益的本土裔中产阶级

对于当代美国本土裔人来说,摆在他们面前的最主要问题就是如何对待传统文化和如何争取平等的政治权利。这也成为当下诸多本土裔文学文化批评的焦点问题。早在 1936 年,本土裔作家麦克尼克(D'arcy McNickle)就在小说《被包围》(*The Surrounded*)中展示了本土裔人在主流文化面前的焦虑以及争取平等权利的愿望。小说主人公阿式儿(Archilde)从寄宿学校回到自留地上,本打算匆匆离去,但是逐渐被自己的文化所吸引。由于白人法律对本土裔人的不公,他最后只能"将手举起,带上镣铐"(297)。在本土裔文化复兴中出现的莫马蒂、西尔科、韦尔奇等作家都对这两个问题进行了思考。在当下诸多本土裔文化文学的争论背后其实都围绕传统文化与公正两个主题展开,如库克·琳与沃马科强调的部落主义与库鲁帕提倡的国际主义之争,尽管两方采取不同的路径,

但是最终目的都是为了实现种族文化的延续与政治权利的平等。沃瑞尔(Robert Allen Warrior)在《种族秘密:恢复美国印第安智性传统》(*Recovering American Indian Intellectual Traditions*,1995)中指出:"美国印第安运动的领袖们和其他一些人正基于传统文化,采取不同的政治行动,一些基于传统文化保存的项目也正在发展之中。现在,这种诉求已经成为一种常识。"(Warrior 88)但是不容忽视的是,对于当代已经逐渐融入主流的很多本土裔知识分子,或者已经跻入中产之列的本土裔人来说,他们则极力摆脱本土裔身份。正如吉尔,本土裔身份给他这样的中产阶级造成了难以修复的心理焦虑,尽管他试图摆脱这种困扰,但因为不能正确对待自己的传统文化,他无法发现正确消除焦虑的方式。这种焦虑体现了当下一部分本土裔人在经济身份发生改变后,为了寻求主流社会认可的一种文化心理状态。显然,厄德里克在小说的情节上让吉尔无果而终,从而质疑了这种文化身份认同方式。那么,对于当下本土裔中产知识分子,究竟以何种方式才能摆脱这种非此即彼的对立,同时又能服务于族群利益,逐渐实现对本土裔文化的保护,并且消除当下本土裔人受到的不公正待遇?

在《彩绘鼓》与《圆屋》两部小说中,厄德里克将这一文化任务交给了中产化的本土裔人物菲亚和法官巴依(Brazil)夫妇。通过对他们行为的描写,读者可以感受到小说背后作家寻求正确处理这一身份变化的努力。首先,通过菲亚对彩绘鼓的恢复,可以看出厄德里克试图指出,作为本土裔中产知识分子,修复本土裔传统文化是他们面临的一个重要任务。菲亚和母亲经营一家遗物处理中心,一次偶然的机会,菲亚在处理长期居住在印第安自留地的塔托尔(Tatro)遗物时,发现了对于本土裔部落文化具有神圣意义的彩绘鼓，从而展开了将鼓归还到部落的努力。在将实物归还过程中，作家插入了鼓的原主人伯纳德(Bernald)的家族创伤经历，从而又引发了伯纳德对此创伤经历的叙述，通过叙述，叙事者达到了疗伤的功能。同时彩绘鼓也恢复了原有的传统文化意义，在当代社会中发挥出它的神奇功能。小说的开头描述了菲亚因为儿时自己双胞胎妹妹的去世而留下心理阴影，导致她与同当地艺术家克荷拉交往时，一直不愿敞开心扉。最终，在成功将鼓文化带回部落后，她不但能正面面对自己的爱情，也和母亲之间实现了和解。因此，通过菲亚的故事，厄德里克指出了当下本土裔知识分子解决种族身份的正确态度，只有正面接受自己的文化，才能更好地面对当下。修复传统文化的过程既有利于种族文化的延续，也有利于个体的心理完善。

如果说菲亚代表了努力修复传统文化的当下中产本土裔形象，那么，《圆屋》中的父亲巴依法官以及在印第安事务所工作的母亲杰拉德两人则代表了另一种为部落社区服务的本土裔知识分子，他们主要通过法律途径极力为本土裔人争取公正与正义。小说以乔和父亲试图清除他们房屋上长出的小树苗这一情景展开，利用这些夹缝中生存的小树苗，作家喻指了当代零散分布于不同地方的本土裔人群，而房屋正像一个顽固的主流话语一样，"尽管只有一两片像样的树叶，这些小树干从混凝土砖块上用来装饰的瓦片间缝隙挤过，它们已经形成了一道墙，很难疏松"(*The Round House* 1)。父亲巴依和母亲杰拉德在维护本土裔权利中所做的工作正如这些小树苗。巴依视父辈传下来的由菲利克斯·科恩(Felix S. Cohen)所写的《联邦印第安法律》(*Federal Indian Law*,

1941)一书为圣经。① 因对种族历史不太了解,乔起初并不能理解父亲工作的真正意义,正如《联邦印第安法律》第 38 页中关于联邦政府与自留地上的威士忌问题的案件。因为此案件代表了本土裔人实行法律自治的关键一步,父亲和祖父都非常重视,但乔却想当然地认为此案件标题过于滑稽,并认为"穆舒姆所说的那种光荣与力量并没有完全消失,而且仍旧被法律保护着"(The Round House 2)。正是因为这种对父亲工作的不理解,所以在法庭无法给林登定罪,准备将其释放时,乔对父亲的工作彻底失去了信心,认为父亲的工作无非是徒劳,"你抓到的都不过是些酒鬼和偷热狗的人而已","你没有任何权威"(The Round House 226)。为了让儿子理解自己的工作,巴依将一盘冷冻了的砂锅倒在桌上,然后在上面放上一把大切刀,在切刀四周摆上叉子、饭勺、抹刀等各类餐具,最后形成杂乱且形状奇怪的一团,在这团餐具上他开始小心地摆上四把锋利的切肉刀。然后他告诉乔,最底下的砂锅就好比印第安法律的最初状况,随时会因解冻而变得不可靠,而他和很多部落法官们正在做的事就好比搭这些餐具一样,"我们做的每一件事,不管多小,都必须额外小心,为了我们的主权我们必须搭好根基部分","国会会检查我们的记录,来决定是否扩大我们的司法权。我们希望在将来的某天,我们能够用我们的法律惩处所有在我们原先领地上犯法的人"。"尽管在你看来我现在的工作很小,微不足道,甚至令人厌倦,但这都是为了我们部落的未来"。(The Round House 230)由此可见,巴依充分认识到,为了本土裔人能够实现充分的平

---

① 科恩是第一个开始搭建美国印第安人新政的人,他在所编纂的《联邦印第安法律》中,努力基于历史上白人与本土裔人的各种协议合同,形成一套系统的法律体系,以减少联邦政府对本土裔部落事务的干涉与控制,加强本土裔部落人的自主权。

等权利,在当下社会中他们必须采取渐进手段,逐渐让白人意识到自己的过失,从而得以修改法律中不完善的部分。而极端的方式只能增加主流社会与本土裔人之间的不信任,这样反倒不利于本土裔人长期公平权利的争取。从中,厄德里克指出了本土裔中产知识分子维护种族利益的一条途径,那就是在充分认识历史不公的同时,也能理性对待,甚至有时要牺牲自己的利益。这种实现公正的方法也是早期作家麦克尼可在《被包围》《来自敌方天空的风》(*Wind From the Enemy Sky*)等作品中极力寻找的道路,阿式儿的母亲及女朋友对白人的简单报复最终将阿式儿一步一步推上绝路,且更加恶化了白人与本土裔人之间的关系,使得交流变得愈加困难。

随着经济地位的不断提高,本土裔人逐渐中产化,他们面临的境况已不同于早期。在处理传统文化与主流文化之间的关系时,他们就需要不断调整自己的文化策略。但是,文化认同过程中不能完全抛弃传统文化,本土裔人也应明白,当代美国社会还有很多不公正的地方存在,在主流社会的各种政策法律中,仍有很多需要修改之处。厄德里克通过书写中产化的本土裔老人穆舒姆和法官巴依,提醒当下的中产本土裔人群应该继续为族群服务,而不能像吉尔那样,在强烈认同主流文化的愿望中丧失自我。

第二节 中产阶级女性

现代社会的中产阶级女性同样也是厄德里克写作中思考的一个维度,她在独立创作的 13 部小说中,塑造了大量此类女性。她们经济或职业地位较高,与前文所描述的底层阶级存在明显差异,如《甜菜女王》中的席特、《燃情故事集》中杰克的第三任妻子坎迪斯、《四灵魂》中的宝丽姐妹、《鸽灾》中的妮薇(Neve)、《踏影》中的艾琳、《圆屋》中的母亲杰拉德等。这几位人物,除了艾琳之外,在小说中多作为配角,而不是小说发展的主要人物。从族裔身份来看,也并非全部来自本土裔,而且大多为白人女性。鉴于目前厄德里克研究中种族维度的凸显,在从女性角度考察时,这群人物通常得不到评论界的关注。经常出现在批评研究性文章中的多为那些具有本土裔族裔身份,或者具有本土裔文化特征的女性。如果将厄德里克小说中的这群女性置于美国中产阶级的历史演变过程来看,正如中产阶级职业特征变化轨迹一样,这些中产女性也逐渐从小工商者转变成职业女性。同时,在消费文化的影响下,部分中产女性被动地成为男权话语中的凝视对象,而有些女性则在新的女性主义思潮影响下,将性属视为一种表演性的存在,拒绝异性恋,有力地抵制了男权话语。另外,厄德里克在书写多种模式中产女性的过程中,不断介入自己的文化态度,试图利用传统的本土裔文化中的性别关系来构建一种平等与互补的和谐两性关系。

一、"腌制"的中产阶级女性

在《甜菜女王》中,除了玛丽与塞勒斯丁(Celestine)以及塞勒斯丁的女儿多特之外,还有一个人物值得读者注意,那就是肉铺老板的女儿席特。席特外貌出众,家庭良好,一直生活在父母的娇惯之中,和玛丽与塞勒斯丁两人的身份不同,席特是位典型的中产阶级女性形象。她从小崇拜姨妈,即玛丽的母亲阿德莱德(Adelaide),在一定程度上,席特代表了那个时代最具有女性气质的人物形象。

在父母离开后,她不愿待在小镇上继承肉铺生意,她向往城市的喧嚣,希望成为众人瞩目的明星,所以独自离开小镇,在一个规模不大的城市从事模特工作。

在女性主义研究中,批判最多的当属席特这种深受消费主义影响的女性,因为她们在过于关注外表的同时,将自己置于两性中被凝视①的地位,对于"凝视"现象,穆维尔认为"窥视者从观看行为本身获得满足,建立一种主动的、物化一个他者的控制。(Mulvey 2184)"当代文化批评家霍桑也认为"凝视的主体拥有权力,在父权统治中产生关于性别关系的凝视,而这种凝视反过来又加强了父权统治"。(Hawthorn 513)女性在被凝视中无法同男性一样实现自我,缺少男性的思想深度,从而固化了社会话语中的女性气质,成为男权话语下的附属品,而且她们只能依赖对方才能实现自我。波伏娃在20世纪40年代就对这种性别模式进行了批判,提出女性不是天生的,而是后天形成的观点。所以在小说的开头,作家通过玛丽表达了对女性过于追逐美丽容颜的态度:"席特绽放出的美丽就如树上的花儿一样脆弱,任何一个路过的男孩都可以将其折断,当花香不再的时候,只能沦为弃物(*The Beet Queen* 21)。"席特在厄德里克的作品中正是充当了这种甘愿沦为男性凝视对象的中产女性。华丽的外表和优雅的举止一直是席特的追求,按照她的话,她"从来不嚼口香糖",因为她曾听姨妈阿德莱德说:"只有流浪汉

---

① "凝视"理论的传统与弗洛伊德、萨特、拉康、弗雷德、穆尔维、福柯等人紧紧相连,关于凝视的研究,根据关注的对象不同,可以分为如下三种:一种是黑格尔、弗洛伊德、拉康等人偏于关注自我主体身份构建的理论构建;二是劳拉·穆尔维针对大众文化,特别是影视文化中对女性身体过度描写现象的考察;三是在旅游学中关于观看与被观看之间关系的探讨。

才嚼口香糖"(*The Beet Queen* 29)。她曾经告诉玛丽她的梦想是:

> 搬到法尔郭属于自己的现代公寓中,为德兰德莱斯(DeLendrecies)做服装模特,而且她也希望仍旧能在专门销售男性帽子的柜台工作,因为这样,她在那儿或许会遇到一个刚刚崭露头角的年轻职业男性。她会同他结婚,他会帮她在市政厅附近离岛屿公园不远处的火车道旁买栋房子。一到冬天,她就到山下滑雪。(76)

但是她也为她的美丽付出了自己的代价,随着年龄的增长,年轻的容颜总要消逝,赛勒斯丁所以这样评论席特:"为了保持美丽,她不得不在自己身体上下更大的功夫,花上数小时整理发型,花大量的钱保养皮肤,最后,看起来她就好像被填塞过的腌制品。"(*The Beet Queen* 112)

在席特看来,她的姨妈是一个知道如何利用自己外表的人,她也努力效仿。但是在男性的目光里,她们不能意识到女性气质本就是男权话语建构物,从而无法摆脱被物化的困境。席特的第一任丈夫吉米总是喜欢利用甜点之类的名字称呼她。在书写阿德莱德与奥马尔的生活时,厄德里克特意提到了他俩饲养的供顾客观看的小鸟。通过将小鸟意象与阿德莱德并置,厄德里克影射了男权话语下通常将女性与小鸟对等的观点。在小说此段内容中,厄德里克使用全知叙事视角评论道:"它们的头脑只有手表里面的机械那么点大,虽然精确但是很愚蠢,任何事情隔一夜后都会忘掉。"(*The Beet Queen* 231)这样,作家间接指责了阿德莱德的行为,因为她为了追求虚荣,舍弃了自己的三个孩子,而且再也无法得到孩子的谅解。只是和小鸟不同的是,她作为一个母亲,无法将这段经历从自己的脑海中抹去,所以只能在痛苦中度过余生。

在叙事中,厄德里克没有给席特安排一个圆满的结局。相反,席特的生活充满了失败与落寞。第一任男朋友是个已婚的医生,根本不愿抛弃家庭与她结合。第二任男朋友吉米虽然最终与她结婚,但是行为粗俗,与她的精致形成鲜明对比。席特在与吉米离婚后虽然想自己开家高档饭店,但是最终也以破产告终。她同路易斯的婚姻,虽然几近完美,但是她精神逐渐分裂,并身患疾病。丈夫路易斯去世后,她孤独一人,终日不得不依赖药品维系生命。临终时,她蜷缩在改装的地下室里,最令她讨厌的玛丽居然带着她最不喜欢的动物狗闯入她的生活,从而加快了她的离世。

在厄德里克的叙事安排中,席特腌制自我身体,应和了男权话语下的女性形象,在一定程度上,为自己赢得了爱情和经济上的回报,毕竟第一任丈夫吉米与她离婚后,给她留下了房产与餐馆,第二任丈夫路易斯不论在情感还是物质方面都满足了席特。"尽管结婚才两个月的时间,但我们(和路易斯)好像自出生就已在一起。(*The Beet Queen* 144)"因此在生命的最后一刻,她也未能够意识到自己人生失败的真正原因,再次表达了对姨妈阿德莱德的认可:

> (父亲)他们认为阿德莱德是因为生活的绝望才登上飞机,但是我太了解她了,根本不是这样,在我眼里,她骨骼空如鸟,翅膀轻盈,被云彩卷入空中,根本不需像小鸡那样扑腾翅膀。她毫不费力,悄静无声地就飞到了上空的气流之中。就这样,她飞走了。(*The Beet Queen* 287)

在早期的创作中,针对这种身份的女性,厄德里克显然不能设想出更好的结局。一方面厄德里克表示了对席特的不认可,但对于另一端的玛丽,她也并没有给予赞同。在与席特的争夺中,玛丽获得了席特父母的信任,并接管了他们的肉铺,也从席特手中将塞勒斯丁争取到自己的一方,看似始终是一个胜利者的形象。但是,作家也不断将叙事视角转向玛丽的内心,通过将玛丽的内心真实想法呈现给读者,展示了一个精明算计的女人形象。而且玛丽在作品中多次充当了小丑的角色,故而可见,厄德里克也并不愿完全排斥社会规约下的女性气质。只有在涉入种族与母性身份的塞勒斯丁身上,厄德里克才投射出部分认同。但是由于塞勒斯丁的底层身份,很难看出作家在中产女性问题上的态度。17年后,在小说《四灵魂》中,厄德里克终于又将中产女性纳入写作范围,通过宝丽与姐姐珀拉塞德的书写,修改了早期的中产阶级女性形象。

二、逐渐苏醒的中产阶级女性

与《甜菜女王》中的席特相似,《四灵魂》中的宝丽小姐与姐姐珀拉塞德(Placide)从一出场便具备中产身份。由于姐姐整日沉浸于自己的艺术创作,对家庭生活不闻不问,作为男主人公穆色(Mauser)的妻妹,宝丽俨然家中女主人。他们住在城市的顶端,白色的房子犹如一片蛋糕般精致,"精心打磨的屋顶、墙角、阳台,个个都形状独特"(Four Souls 11)。穆色出身贵族,既是学者也是企业家,名下拥有伐木公司与铁路,他的铁路一直向西延伸,似乎没有尽头。姐妹俩与席特同样,注重自身外部形象,闲暇时到凯瑟琳·哈蒙德(Katherine Hammond)学校学习女性礼仪。但是,与席特不同的是,她们并不希望通过展示自己的女性气质来得到男性的关照。帕拉赛德选择了几乎僧侣式的生活,她心中只有自己的画作,整日待在画室,"除了关心在自我中不断发现迷人之处外,其他的事一概不问,用她自己的话说,这是一种令人震颤的冲动"(*Four Souls* 17)。她甚至排斥男性,在小说开头,那那普什虚构了她性冷淡的场景,虽然那那普什的叙事并不一定完全代表作者的声音,但从小说中可以看出帕拉赛德的确对自己的婚姻不是太感兴趣,她也向医生承认她同丈夫的性生活只强调情感交流,并不期待高潮。在妹妹宝丽提醒她,她的丈夫有可能移情弗勒时,她却表现得似乎自己就是位局外人,而且不同意妹妹将情敌弗勒赶走,反而认为弗勒为她们做得很好。在丈夫与弗勒确定关系后,帕拉赛德完全是一种失声的状态,厄德里克没有让她发出任何声音。从宝丽口中可以知道,帕拉赛德根本不在乎穆色做了什么。用厄德里克的话,帕拉赛德在艺术中不断发现自我,这种发现让她最终抛弃两性关系于身外,完全将自己封闭在自我世界之中。

而妹妹宝丽与姐姐不同,在对待两性关系时,能够冷眼观看,清楚女性的外表对于男性的重要性。所以当帕拉赛德不能够接受她对男性的评价时,她这样说道:

> 我的确看得很清楚,因为我在以一个局外人身份进行观察,对于男性的欲望我知道的比你(帕拉赛德)要多。我注意到,以前在你还没有苍老、头发没有脱落时,他们看你时,眼睛盯着你的每一个动作,你要是在房间里换个位置的话,他们身体就开始跃跃欲动,准备着或侧行,或跳跃,或爬行,或优雅地漫步冲着你的方向而来。不论他们如何掩饰对你的兴趣,你总是给他们渴望的面孔带来

阳光。但是这是一种空白的力量,那时的你身体苗条,皮肤柔嫩,招人喜欢。(*Four Souls* 34)

正是出于这种对男性的了解,宝丽也不愿甘当男权话语凝视下的小鸟依人,在了解哑巴仆人范丹(Fandan)的身世后,能够逐渐摆脱自己之前的偏见,将自己的终身托付于范丹。在憧憬与范丹的未来美好生活时,她拍拍脚边的小狗迪亚波罗说道:"献殷勤是小狗的生存之道,而一个女人只有知道如何不需献殷勤而生存,才能将自己的命运抓在自己手上。"(*Four Souls* 161)但是,在宝丽的女性独立意识苏醒中,厄德里克的书写仍然显得过于简单,她只是意识到女性作为男性话语下的凝视客体,要想摆脱这种附属的身份,就必须将自己的命运掌握在自己的手中。可是在具体的行动中,她还是无法摆脱对男性的依赖,在某种程度上,她和范丹的结合也是在自己的经济地位完全丧失下的选择。尽管在她眼中,范丹的形象突然发生了变化,但是厄德里克将这种心理的变化同宝丽对经济地位的思考紧紧联系在了一起,凸显了宝丽这种中产女性根本无法彻底摆脱男权话语下附属地位的窘境。

也许是出于对自己婚姻的思考,厄德里克于2010年发表了小说《踏影》,在其中,她对中产女性的问题又进行了重新思考。在早期,她与丈夫多里斯的婚姻一直被誉为文学界的一段佳话。两人共同写作,共同发表,而且在多次访谈中,厄德里克都对丈夫在自己写作上提供的支持与帮助表示感谢。但在1996年,他们的婚姻走到了尽头,第二年多里斯便在家中自杀,由此也引发了外界对厄德里克婚姻的大量争议和猜疑。多年来,对媒体厄德里克一直不愿谈及自己的婚姻,直到2010年小说《踏影》的发表,她才开始公

第二章 重塑中产阶级形象

开面对各种非议。在现有的研究中,有的评论家直接将这部作品视为作家对自己婚姻的反思。这部小说相对于作家之前的作品,最大的特征就是小说女主人公艾琳具有最典型的中产女性特征。结婚前,艾琳一直是丈夫画作的模特,自己也正在继续博士论文写作。小说开头,吉尔因为对妻子艾琳的不信任,开始偷看她的日记。在隐私逐一丧失的情况下,艾琳开始了自我意识的逐渐苏醒。她开始反思丈夫对自己的画作:

> 你已经画了我15年,以前我是有秘密的,我会让这些秘密像蜻蜓一样停留在我的身体表面,但是你一次居然在我大腿内部画上一个布满纹理的透明翅膀,那时我就想:我的秘密被你发现了!我们的孩子出生的时候你都在场,关于我,还有什么你不知道的?(*Shadow Tags* 17)

艾琳进而意识到丈夫对其的窥视"最能说明问题的解释就是,你想占有我。我犯下的错误就是由于爱你,而纵容了你这种想法"(*Shadow Tags* 18)。带着这种心理上的不安,她在和吉尔再次见面时,"不得不躲开吉尔的目光,悄然走出房间,这样慢慢抚慰她心灵上因不断觉醒而感到的疼痛"(*Shadow Tags* 20)。以前,她从不去关注丈夫对她的画作,然而在这种意识的觉醒下,她翻看了丈夫的画册,看到自己被涂画的模样时,"胃里翻腾,合上画册后,难以站稳,只好坐下将目光放到窗外,努力从这种突然产生的恶心中恢复"(*Shadow Tags* 31)。并寻思"这画像上画的不是人,甚至不是人影。人的形象只是一种抽象的物质,对这样的东西描写或者涂描怎么会伤害到一个人呢"(*Shadow Tags* 31)?所以在当艾琳表面上说"我知道这种微不足道的冒犯,其他人或许不太在意,但是我……"的时候,她没有继续说下去,她"转了下手腕,发觉手掌发干并发凉,她感到全身发冷而不禁发抖"。随后说出她内心的想法:"这对我来说就犹如生死一样重要。"(*Shadow Tags* 47)而且她由此想到这种画"让她在其他印第安人面前特别是老人面前非常尴尬……她总是会想到通过吉尔的眼睛,她的身体完全裸露在当时说了这话的人面前。进而艾琳也意识到自己只是别人得以利用的快餐而已"(*Shadow Tags* 90)。

最能表明艾琳在丈夫"凝视"下的不安心情的莫过于她提到了凯特琳从欧洲带回两只熊。在凯瑟琳的故事里,两只熊被带回后,因一直被置于笼中供游客观赏,最终相继死去。就如前文提到的那样,艾琳说如果是她的话,她也情愿去死。在她看来,这种被肆意观看的处境就如印第安文化中的捉影游戏一样,当影子被他人踩住时,就相当于其灵魂被他人抓住,也意味着在游戏中的失败。其实艾琳也故意利用画家凯特琳的故事间接向丈夫表明,在他的画作下,她的灵魂被慢慢抽走。

正是因为这种不安的心理,艾琳在他者的"凝视"中开始审视自我。她逐渐深入思考她和丈夫之间的关系,同时也越来越多地反思自己的印第安身份,更好地认识了自我。正是因为此事,她也才遇到了自己的孪生姐妹玫。在意识到这种严重的性别角色的不对等后,她开始利用日记,进行虚假叙事,支配丈夫吉尔的行为,同时也在这种反向的"凝视"中确立自我的主体性。

三、凝视之否定

在《踏影》中,艾琳的母亲维尼·简(Winnie Jane)是位英语老

第二章 重塑中产阶级形象

师,也是印第安事务所的活动家。叙事者在表现艾琳与吉尔出身不同的时候,提到艾琳和吉尔一样,他们都是家中唯一的孩子,但是她"属于中产阶级,且自幼接受良好教育。"(*Shadow Tags* 91)艾琳自幼便通读西方经典诸如莎士比亚等人的作品,在与吉尔一起生活时,她仍旧保持了知识分子的形象。"在做母亲之前,她发表过几篇声誉非常不错的文章,是个很有希望的学者"(*Shadow Tags* 7)。虽然在做母亲后,艾琳停止了几年学术研究,但是在第三个孩子斯都尼(Stoney)上学后,她为了重新找份工作,又继续开始自己的博士论文写作。由此可以看出,不论是经济地位上,还是文化教育程度上,相对作家早期小说中的伊瓦尔、宝丽等人物,艾琳更加具有中产阶级特征。她不需像席特那样刻意装扮外表,也不需像宝丽姐妹那样去学习女性礼仪课程,有更大的空间思考两性关系,所以她的自我意识最为强烈。

尽管艾琳起初对丈夫的爱更多来自精神层面,而且她也非常乐意担当丈夫吉尔的模特,但是在结婚前一夜,她做了个噩梦:"我梦见野狗野蛮地攻击我,并撕裂我的身体"(*Shadow Tags* 18)。艾琳之所以有这样不祥的预感是因为她逐渐意识到"你想将我视为你的占有物"(*Shadow Tags* 18)。进而,她也发现丈夫对她的占有不单单局限在身体上,在吉尔的画作中,她也完全被物化,成了丈夫想象性的欲望客体,变成丈夫获得名利的途径,正是因为能够真实地表现出本土裔女性艾琳的情欲,吉尔才获得自己专业上的权威性。在谈到吉尔的画作时,艾琳意识到丈夫对她的凝视是肆意的,从"小女孩时的瘦弱和纯洁,到成年后怀孕的样子,裸露的身体、端庄的姿态甚或露骨的色欲形象"(*Shadow Tags* 8),无一不被吉尔固定在画像上。同时,在吉尔画作时,她的身体也成为可以任意摆弄的物体：

> 手脚都任(吉尔)涂抹，时而表现出受虐的样子，时而扮作一只嗥叫的狗，时而被涂成流血的模样，时而是月经来潮的模样。其他画作中，她的乳头上被涂上金黄色火焰，表现出女神的小模样……也有表现出被强暴、或被截肢、或如医学详图上濒死的天花患者形象。(*Shadow Tags* 30)

这种无视个体内心的涂抹一直延续到吉尔的新画作中：

> 新的形象变的混杂，有些是毫无掩饰地充满色欲且表现出挑逗的柔弱；有些画中她形象残忍、目光锐利且脸颊发红，就如刚被人抽打后似的；有些画中她的美丽中透露出幸灾乐祸，或者空虚，或者渴望；另外一些画作中则充满狡黠、贪婪或令她生厌的佯装高兴的模样。(*Shadow Tags* 31)

最让艾琳无法容忍的是，丈夫竟然还偷看她的日记，试图窥视她的内心，这也直接导致艾琳开始自觉抵制丈夫的凝视。在《燃情故事集》中，厄德里克描绘了杰克第三任妻子坎迪斯这一女性形象，在对男性话语的抵制过程中，坎迪斯采取了完全独立的方式，将自己与男性彻底分离。《踏影》中也附带提到了艾琳的同父异母姐妹玫，她同样也采取了这种割裂方式。但艾琳却采取了表面温和、实质却更为激烈的抵制方式，那就是完全扭转两性间的凝视关系,将丈夫吉尔置于被凝视的地位。

应该如何反抗"凝视",颠覆它所赖以运作的权力等级机制?英国文化批评学者霍尔的建议是解构性的:通过戏仿等策略,制造复杂的观看游戏,企图用它真正的关心来"使之怪异",即使之生疏化,从而使通常被掩藏的东西变得明确起来。(霍尔 278)美国黑人女性主义批评家贝尔·胡克斯提出"对抗性凝视"的方法,通过对抗性凝视,挑战权威,表达抵抗姿态,从而被观看的他者不再是无能为力的观看对象,而是观看主体,这个主体不仅看,而且想用"我"的看法改变现实。(Hooks 198)

小说中,艾琳则主要使用了虚假叙事的呈现方法来扭转和丈夫间的凝视关系。其中最明显的就体现在她的两本日记上,一本蓝色日记记录了她的真实想法,而在另一本红色日记中,她则故意编造自己有外遇的故事,从而达到刺激和掌控丈夫的目的。在艾琳这种虚假叙事的摆布下,吉尔成为艾琳观看的对象,艾琳因此占据了主动地位。玛萨曾评价:"被观看者的目光回望是一种潜在的界定和重构统治地位格局的方式。"(Mass 59)而卡普兰也认为:"被凝视者观看凝视者是被压迫者对压迫的挑战和对平等的诉求。"(Hawthorn 514)所以在作品的每一篇红色日记后,作者都会对吉尔进行大段的描写。在第一篇红色日记中,艾琳非常含蓄地说自己"因为目前的境地快失去理智"(*Shadow Tags* 6)。由此,艾琳开始审视吉尔的内心,思考吉尔会如何理解这句话以及会做出什么样的反应。在引起丈夫的怀疑后,艾琳在第二篇日记中又进一步说自己"自从斯通尼出生后就不再爱丈夫"(*Shadow Tags* 29)。这促使吉尔不断反思在斯通尼出生时自己的过错,并向妻子道歉。可是艾琳故意装作不知道,说自己已经将此事忘记。再到后来,她在红色日记中说"吉尔可能发现了自己在和别人交往"(*Shadow Tags* 100),后来的日记中则说他们的孩子并非是吉尔所生,最后一篇红色日记中则直接编造自己的一次外遇经过。吉尔在艾琳的假日记的驱动下,逐渐失去信心与理智,无奈与失望之下,只得同意艾琳的要求,结束他们之间的婚姻关系。而艾琳也进而思考了自己作为女性被男性观看的处境,女性的主体意识逐渐苏醒,她这样认为:"他(吉尔)按照别人的欲望创造了女性形象,每天他是同自己创造的女性形象发生关系,而我不应该是这样的女性……过去的我真让我自己失望。"(*Shadow Tags* 183 - 184)这样通过对凝视主体的考量与观察,艾琳自身也得到了解放。

艾琳的虚假叙事也体现在其有意识地改编有关印第安人的故事,在讲到哥伦布刚刚踏上美洲时,说哥伦布看到的第一个人是个土著女孩,带着对哥伦布的好奇与信任,女孩游过水面,登上哥伦布的轮船。可是艾琳对哥伦布对待女孩的方式提出质疑:

> 你有没有想过后来女孩结局如何?是做了哥伦布的奴隶?还是因为哥伦布他们从欧洲带来的疾病而死去?十年后女孩的部落人群全部消失,她是怎么死的呢?……我们(女性)本应像蛇一样对外界时刻保持警惕的时候,我们却总是太过于好奇。(*Shadow Tags* 22)

利用这个故事,艾琳给丈夫吉尔发出了信号,表明她对丈夫一贯凝视行为的不满态度。可是吉尔仍然不能放弃心理上的优势,相反,他对艾琳的行为感到愤怒。在这种情况下,艾琳进而又改编了关于凯特琳的故事,更直接地让丈夫明白他的凝视对其是一种

第二章　重塑中产阶级形象

灵魂上的剥削与压抑。画家凯特林在一个印第安部落画了一个当地女孩,在他将画带回到城里后,印第安人找到他,要求他将画像还给他们,因为画像中具有女孩的灵魂,如果不将画像还给他们,女孩将死去。按照艾琳的叙事,画家没有将画还给印第安人,女孩也因此而死去。可是后来吉尔查资料却发现,在原作品中,其实凯特林最后把画还给了印第安人。由此我们读者可以清楚地看出艾琳修改故事结局的原因。艾琳这种通过虚假叙事控制丈夫的方式也体现了印第安文化中恶作剧形象的影响。在分析作家另一部作品《痕迹》时,格劳斯(Gross)指出:"在灾难带来的混乱面前,恶作剧人物不但能寻找到适应变化的现实方法,还能在新的世界秩序中茁壮成长。"(Gross 48-66)

通过虚假叙事,艾琳扭转了两性之间"凝视"与"被凝视"的关系。但是这种关系的颠倒并没有彻底摆脱男权话语中的二元对立思维,所以最终也并没有能够给她带来彻底的解放。相反,在这种扭转的关系下双方都受到了伤害。艾琳在与丈夫分开的那段日子里,在日常家务、照顾孩子中逐渐发现女性独立后将面临巨大的压力。她一分为二为智性艾琳与护工艾琳,而且智性艾琳逐渐让位于护工艾琳,她关于凯特林的博士论文也就此搁置,几乎所有时间都被家庭生活所占据,吉尔则整日在酒精中试图将生命之火逐渐熄灭。两败俱伤中,艾琳拨通了丈夫的电话,"我要打电话告诉你,我可以照顾你,给你端上这杯热汤,我会盼咐你把它喝下。"(*Shadow Tags* 238)从而,究竟如何正确处理两性之间的关系?这个一直困扰女性主义运动的问题再次摆在了作家面前。

四、"性别互补"理念的诉求

针对本土裔文学中的女性问题,艾伦曾指出:"在基督教被引入部落生活之前,印第安社会不是父权社会,而以'妇女政治'为主。"(Allen *The Sacred Hoop* 2)女性往往是家族的中心人物,精力旺盛,顽强且富有智慧。很多印第安部族神话中都不乏这类女性神祇原型,如克里克人信奉的"思想女"、拉古纳-普韦布洛人的"蜘蛛女或蜘蛛祖母"、玛雅女神的"光之母"、切诺基人的"谷女希露",以及那瓦霍人的"变形女",等等。(Allen *Grandmothers of the Light* 27-83)在谈及本土裔文化中的两性关系时,库克·琳认为:"在部落生活中,性别差异是后天的,通常情况下,两性地位不会产生冲突和模糊。"(Cook-Lynn 99)同时,男性和女性的世界截然不同,但并没有等级差异(Klein 14)。在互补性的性别关系下,女性有自己的智性主权,能够自主决定自己的生活(Klein 6)。在厄德里克所隶属的齐佩瓦族部落中,女性甚至享有更高的地位,也可以承担猎人、战士、领袖或药师等传统意义上男性的工作。然而,随着基督教和主流意识形态的传播,白人社会父权制的性别角色渐渐深入本土裔文化之中,使得由来已久的本土裔文化中的母系传统慢慢被放弃。

在主流文化中,女性主义思潮不断冲击着父权制话语。而在部落传统文化中,性别平等的原则逐渐让位于父权制的两性关系。厄德里克身处两种文化的交界处,在表征中产女性时,同样面临这样进退两难的困境。传统的父权制话语业已失去其早期的权威,彻底退回到部落文化中的两性关系也已不再可能。因此,中产女性如何在这种边界状态进行抉择成为作家不得不思考的一个问题。通常，在边界地带，弱势一方会受制于强势一方，因此形成负面心理影响。但是安扎尔杜亚（Anzaldua）认为在边界地带，弱势一方同样也可以主宰自己的命运（Anzaludua 43）。法雷利（Rita Farrari）在分析厄德里克的作品时，针对作家的边界身份，认为其"将边界视为一种比喻和叙事策略，形成个人和文化身份新的想象调解空间"（Ferrrari 145）。国内学者陈靓通过对弗勒的分析认为，厄德里克通过性别杂糅策略，创造出跨越不同边界的中性人物弗勒，从而实现了对主流父权制话语的质疑和颠覆。从中可见，这种分析方法利用了当下性别研究中的去本质主义解读视角，注意到了作家试图利用文学创作恢复传统文化的努力。但是，不容忽视的是，从作家整体写作过程来看，在《四灵魂》的最后，也就是作家作品中最后提及弗勒的地方，玛格丽特对弗勒说："现在你该走一条中间道路了。（*Four Souls* 206）"但是弗勒的这条中间道路是走到森林深处，与世隔绝。那那普什说："她静静地住在树林之中，她住的地方与外界没有道路，甚至连小路也没有。"（*Four Souls* 210）从而可见，弗勒更多代表了本土裔文化的回归，而不是向外的一种融合，这种解决方法对于不断走向外部的中产女性显然不太现实。

随着作者自己婚姻的变故，以及对两性关系的深入思考，在2012年发表的小说《圆屋》中，读者会发现，乔的父亲巴依和母亲杰拉德两人的关系完全不同于之前小说中的两性关系。传统文化中两性互补的性别模式，被给予了更多的认同。巴依是当地的一名法官，杰拉德致力于当地印第安事务，专门负责部落成员申请工作。他们的第一次相见在《鸽灾》中有所提及，杰拉德"步伐轻盈，非常女性化"（*The Plague of Doves* 89），"她是个含蓄的女性"（*The Plague of Doves* 90）。在家庭分工上，充满女性气质的杰拉德同时也负责家庭中父子俩的饮食。所以在《圆屋》的开头,当杰拉德不能准时为巴依和乔父子俩做饭时,他们的生活节奏顿时被打乱。"女性不知道男性对她们的习惯有多大的期待,她们的来与去,她们的节奏被我们吸收直至骨髓深处,我们的脉搏跟随她们而动,每个周末的下午我们就会顺着母亲的节奏进入夜晚。"(The Round House 3)在儿子教育方面,巴依承担了一个中产阶级男性的家庭责任,他极力树立正面的父亲形象,正值成长叛逆期的乔认为父亲"有责任心,正直,甚至有临场表现出的英雄气概"(The Round House 5)。当巴依注意到乔因被溺爱而具有些许女性气质时,他教乔去"玩传球游戏、踢足球、野外宿营、垂钓","乔八岁时巴依就教他开车"(The Round House 25)。通过这种教育,父亲巴依试图让乔建立起为主流社会认同的男性气质。工作性质上,两人同样也顺应了中产阶级的两性社会分工模式,法官被赋予了更多的男性气质,而杰拉德所做的更像一个秘书性质的工作。在小说中,杰拉德作为一个中产女性,不论在身体上还是心理上,都极容易受到伤害,而巴依则充当了保护女性的形象,尽管他最终不能利用法律手段让罪犯林登得到应有的报应,但是他的让步更加体现了成熟男性的思考。因为他是为了部落种族的长远利益,才不得不忍辱负重。这样,不论在家庭私人空间,还是社会公共空间,巴依与杰拉德都形成了互补的平等性别关系。但是这又不同于传统意义上的性别互补关系,男性和女性分别有自己的智性空间,没有等级上的优劣与差异,从而使得两性互补的关系也呈现出一种流动性,避免了对本土裔文化本质主义的解读方式。

综上所述,从席特到杰拉德,厄德里克通过书写不同种族的中产女性,将她们的身份认同方式从自动接受被物化逐渐转变为新型的性别互补模式,这种变化体现了作家在处理中产女性身份时希望建立新型的两性关系。不论是主流话语的父权制,还是纯粹的传统性别模式,显然都不能很好地处理两性关系。因此,厄德里克利用本土裔传统文化修改主流话语的两性关系,这种文化的借鉴过程体现了当下本土裔知识分子的文化姿态:一方面既要继承传统文化,另一方面也不拘囿于本质主义。正如沃瑞尔和库鲁帕在著作中都提到的文化姿态,在两种文化的交流过程中,本土裔作家们应该致力于让本土裔文化在主流文化中被感知性地存在,从而更好地保护本土裔传统文化。

第三节　中产阶级白人

本土裔文化在同白人主流文化的交流中,如同女性在男性话语中一样,往往都处于一种劣势和被凝视的地位。为了扭转这种不对等的关系,在《踏影》中,艾琳通过虚假叙事,扭转了与吉尔之间的凝视关系。在处理本土裔人和白人之间的关系时,厄德里克同样利用文本叙事,将白人纳入自己的写作范围,这样就改变了本土裔文化长期以来被凝视的地位,将主流社会的白人转换为凝视客体。在美国本土裔文学早期作家的作品中,如麦克尼可的《被包围》与《来自敌方天空之风》中就出现了不同的白人形象,其中的白人形象多自恃为优等人种,将自己置于执法者或拯救者地位。根据戴义(Dye)的观点,通过对白人的书写,"将白人置于被叙说的位置,让其失去特权地位,也使其丧失讲述这个世界的权威性"(Dye 2)。因此,对于少数族裔作家,书写白人的过程也常常是对白人叙事方式与内容合理性质疑的过程。

　　针对本土裔文学中的白人形象，鲁夫（Mary Ruff）曾利用后殖民理论，从19世纪的美国本土裔文学的非小说开始，一直梳理到当代的莫马蒂、韦尔奇、多里斯以及特瑞尔等人的作品，然后她聚焦西尔科、厄德里克与哈根三人的作品，认为美国本土裔文学中的白人形象多样，有贪婪、自我、傲慢，甚至好斗、令人尊重、充满激情等各种形象。通过对白人形象的多样化描写，本土裔作家们颠覆了白人中心的优越感与特权。（Ruff V）在对厄德里克小说中白人形象书写的研究中，鲁夫关注了其中的白人警察、官员、医生等形象，认为厄德里克对白人的书写既顺应了某些固定形象，也展示了白人的可变性（Ruff 150），"展示了白人个体的复杂、流动与多维性"（Ruff 234）。

　　值得注意的是，鲁夫主要关注的是白人与本土裔人的交流过程中所表现出的特质，未能将本土裔作家笔下的白人中产男性置于美国整体社会的中产阶级发展进程中进行考量。另外，鲁夫的分析研究集中于厄德里克早期的作品，自《彩绘鼓》之后的作品都没有涉及。如前文所言，自《彩绘鼓》之后，作家的写作对象发生了很大的变化，其中最明显的变化是中产阶级形象逐渐成为主要书写对象，这种书写对象的变化体现了作家对美国社会不同阶层问题思考的不断深入与修改的努力。

　　从19世纪末到20世纪初，中产阶级逐渐从早期的小工商业主身份向公司白领身份转变，这导致作家们在处理中产阶级形象时表现出极为复杂的心理。随着战后美国经济的快速发展，以及消费文化的不断侵入，再加上后现代主义思潮的逐渐兴起，中产阶级逐渐陷入身份的困惑之中。从20世纪70年代一直到当下，由于美

第二章 重塑中产阶级形象

国整体经济下滑,中产阶级身份又开始受到了严重的质疑。早在1935年,科雷(Lewis Corey)就曾出版《中产阶级的危机》(The Crisis of Middle Class),针对美国中产阶级身份的危机进行批判性探析。但由于科雷主要是鼓励被剥夺生产资料的中产阶级同工人阶级的认同,以避免成为法西斯分子,故该书没有受到太多关注。到了20世纪50年代,米尔斯发表了《白领》,特里林(Trilling)发表了《自由主义想象》(The Liberal Imagination, 1950),怀特(William H. Whyte)出版了《机构中的人》(The Organization Man, 1956),这一系列著作深入探讨了中产阶级身份从早期的有产阶级转变为白领雇佣工人后的身份危机。进入七八十年代后,随着里根上台后新自由主义政策的执行和美国经济的整体下滑,中产阶级的经济安全地位逐渐丧失,同时在后现代话语的影响下,中产阶级身份呈现出碎片化的状态。这种中产阶级身份的不断变化,在各类作家的作品中都有所反映,如品钦、厄普代克、德里罗等主流作家都对中产阶级白人男性进行了专门书写,以表现他们的心理焦虑。虽然厄德里克多被标签为本土裔作家进行讨论,但是读者不应忽略的是,她在写作过程中不断试图摆脱这种身份标签。她的作品之所以能为主流文化接受,既有其本土裔身份的原因,也有其成功展示美国时代心理的因素。将厄德里克笔下的中产阶级书写置于这一总体背景下进行考察,必然能更好地理解作家如何利用文学手段同主流文化不断进行协商的过程。

在小说《彩绘鼓》中,厄德里克描写了具有本土裔血统的菲亚,她和母亲居住在汉普夏县的乡下。母女从事财产评估工作,菲亚同暂住在该地的雕塑家克拉荷偷偷相爱。一次车祸中,一位当地人塔特勒(Tatre)被撞死,菲亚在负责对其遗产评估时发现一个印第安传统仪式中使用的彩绘鼓,于是便将鼓偷走并归还给本土裔人伯纳德,进而引发了伯纳德对鼓的历史的叙述,并接着讲述了之后在鼓上发生的故事,最后菲亚因幼时双胞胎姐妹意外死亡带来的创伤得到疗愈。在现有有关《彩绘鼓》的研究中,瓦特(Jane Wyatt)与忽拉尔(Patrice Hollrah)两人的文章都分析了美国本土裔人的集体创伤以及小说中不同人物的个体创伤,强调了本土裔文化中的叙事传统的疗伤功能。① 韦斯特曼(Gwen N. Westerman)则结合厄德里克的另一部小说《踏影》,指出厄德里克利用现实生活中的姐妹关系暗示本土裔文化中的原型形象,体现了作家传承本土裔文化传统的愿望。②

从现有研究中可以看出,这些视角都同目前厄德里克整体研究保持了一致,强调作家对传统文化的关注,但小说中的白人中产阶级男性克拉荷却一直没有得到关注。厄德里克在将克拉荷这样的白人中产阶级男性人物纳入自己的写作范围时,体现了她对此类人物怎样的思考? 同时值得注意的是,《彩绘鼓》中的克拉荷不同于作家其他作品中出现的白人形象,他是唯一不用为生计奔波的中产阶级艺术家。其他作品中的白人,职业多为警察、医生、小工商业主、银行家和医生等。因此,通过对克拉荷形象的研究,努力发现文本背后的作者声音,探讨这种作者声音与时代话语间的关系,对于理解作家以及作家作品必然具有很大帮助。本节即主

---

① 见 Jane Wyatt 的 "Storytelling, Melancholia, and Narrative Structure in Louise Erdrich's *The Painted Drum*" 与 Patrice Hollrah 的 "'Life will Break you... You Have to Love': Historical/International Trauma and Healing in Louise Erdrich's *The Painted Drum*" 两文。

② 见 Gwen N. Westerman 的 "Sister Lost, Sister Found: Redemption in *The Painted Drum* and *Shadow Tag*" 一文。

第二章 重塑中产阶级形象

要围绕《彩绘鼓》中的白人中产阶级男性克拉荷这一人物形象,同时联系作家对其他白人中产阶级男性形象的书写策略进行研究,以发现作家对白人中产男性思考的发展轨迹,并将作家作品中的白人中产男性与主流白人文学中的此类形象进行比较,发现他们之间的共性与差异,进而探讨其背后的形成原因。

一、"间隙性"存在

在妻子因事故丧生后,雕刻艺术家克拉荷带着女儿坎德拉来到菲亚居住的汉普夏县。在小镇上,克拉荷爱上了具有文艺气息的菲亚,女儿坎德拉正值成长叛逆期,爱上了当地一位底层男孩艾克。尽管克拉荷极力反对,但女儿对艾克不离不弃。在一次意外中,艾克开着偷来的汽车为了躲避警察的追捕,载着坎德拉双双坠入河中并丧生。从菲亚的叙事中可知,在经济方面,克拉荷不需为生计整日奔波,属于典型的中产阶级,他"曾经在市场中获得一些成功,现在可以奢侈地享受隐居生活"(*The Painted Drum* 6)。而且在汉普夏县,因为当地税收政策的优惠,像克拉荷之类的艺术家们变得愈加富有。然而,正如当代美国社会中的中产阶级一样,物质上的富有并不能改变中产阶级出卖劳动力的生存状态。克拉荷主要仍然以出售自己的艺术劳动为生,同时又对诸如艾克之类以出卖体力劳动的人群持疏远态度,这样,中产阶级在将自我置于中间状态的过程中也产生了无根的心理。

为了凸显克拉荷的中间状态,厄德里克让其出身以及艺术创作都显现出此种没有归属的"间隙"性特点。小说并没有给克拉荷太多的叙事权力,读者对他的了解多从菲亚的叙事中获得。克拉荷刚在小说中出场,菲亚就指出:克拉荷"尽管以前在石头收集方面颇有名望,但他现在陷入了事物之间,他称这种状态为'间隙'"(Zwischenraum)。"克拉荷陷入了自己作品之间的空间里,现在基本无人关注,已经有很多年没有重要作品问世"(*The Painted Drum* 6)。在很多后殖民主义作品中,中间地带或许代表着抵抗和斗争的场所,但是对于克拉荷而言,这种中间状态表现了中产阶级的无根状态。克拉荷犹如被作者抛入汉普夏县,他"少年时代离开家乡堪萨斯的农场,到纽约闯荡时,性格压抑,而如今,曾经的那个男孩身上已包裹上几层伪装,有虚假的欧洲式疲倦,男性的刚性与好斗,对他人信仰等行为常常作出路德宗式的评判"(*The Painted Drum* 9)。在社会环境的不断浸染中,克拉荷身上已经失掉能表现他出身的真实品质。值得注意的是,克拉荷没有家族历史可以追溯,而且在女儿去世的纪念会上,克拉荷的亲人中只有一个妹妹出现,会后这位唯一亲人就匆匆离去。女儿的离去在一定程度上增强了他无所归属的状态,他本来打算利用自己的痛苦博得菲亚的同情与许可,将两人的恋情公开,以结束自己情感不定的状态。但由于幼年时的心理创伤,菲亚根本不愿完全接受克拉荷,本来长期为克拉荷夜晚留着的后门也被菲亚完全锁上,克拉荷只能不时在菲亚住处的后门徘徊。

《彩绘鼓》全书叙事体现了本土裔文学的寻根主题传统。整体来看,小说贯穿着主副两条寻根叙事线索,一条是菲亚与母亲对彩绘鼓的历史根源的探寻,另一条则是小说中另一人物吉特(Tatro Kit)试图在印第安血统中寻找归属感。厄德里克故意将克拉荷无根的状态置入本土裔文学的寻根主题叙事中,难免会让读者注意到他身份与其他人群的不同。在同菲亚以及吉特的比较中,他综合了中产、白种、男性三种特征,这必然又会让读者将这种身份与他的生存状态联系起来。

其实,在小说《彩绘鼓》中,也有一位具有相似境遇的中产阶级白人男性,那就是已经过世的菲亚父亲。同样,菲亚没有交代关于父亲出身的任何情况。在回忆中,当父亲出现的时候,菲亚只说他是个"工资较低的哲学教授,一直试图将自己所写的关于米格尔·德·乌纳穆诺的论文重新加工以成书发表"(*The Painted Drum* 81)[①]。联系其他作品中的中产阶级白人,他们也大多都脱离亲人,在异乡生存,如《屠宰场主的歌唱俱乐部》中的德裔白人男主人公费德里斯来到美国,其中只回过家乡一回,两个儿子回德国后分别失事与被捕,之后,费德里斯在德国的亲人就从小说的叙事中完全消失。

米尔斯在《白领》一书中曾指出,白领阶层的中产阶级自身就是资产阶级与工人阶级两大群体间隙间的产物。而且与传统的小工商业中产阶级不同,当下的雇佣白领一方面从事体面的工作,物质生活富有;另一方面又仍以出卖自己的劳动力为生,他们逐渐意识到个体在被置入官僚体制内后,主体身份逐渐丧失,因此他们怀念早期的中产状态。从本土裔人的视角来看,白人在美洲的生存本就是无根的状态。迁居美洲生活后,他们脱离了自己的文化故乡,于是不得不重建文化社区。而在重建过程中,如果他们不能融入当地文化,不论他们在物质上获得多大的成功,都无法改变内心那种无所依靠的漂浮状态。厄德里克在《我应该在哪》一文中也指出,"我们的作家着迷于我们美洲的每个细节,同时伴随着的是内

---

① 米格尔·德·乌纳穆诺(Miguel de Unamuno,1864—1936),西班牙著名作家、诗人、哲学家,他认为只有通过炽热狂烈的、不顾一切的献身行动,人才能得以击破与生俱来的矛盾和绝望。

心深处那种微妙的疏离感,这种疏离感源自西方文化中基于进步主义思想的易变性"。("Where I Ought to Be" 44)

这种无根状态以及主体性的丧失也是后现代话语下个体的典型特征,由此可见,厄德里克通过对中产阶级白人的深层心理书写,表现了当代美国社会的整体结构,试图将自己的文学纳入美国整体文化之内,有摆脱种族和性别等标签的努力。但在论及如何解决中产阶级白人无根的焦虑状态时,厄德里克凸显本土裔文化在其中的救赎作用,扭转了长期以来美国社会中白人拯救本土裔人的主流话语模式。小说的最后,另一苦苦寻根的白人吉特也终于在印第安文化中找到自己的归宿。在菲亚的叙事中,吉特的形象前后具有很大的差异。之前,他只是菲亚为了拒绝克拉荷临时利用的工具,无论是居住的住处还是自身形象都不受欢迎,在印第安文化中找到归属后,他

> 看起来不是曾经种植过大麻的样子,身上的夹克松软干净,让人觉得他在剖杀鹿的时候一定要围上围裙才行。……他穿着靴子大步离开,头发在身后飞扬,从我的视线中消失,这时,他不再像我以前认为的那个孤苦的模仿者,而是一个让你不能忽略,具有自己思想而且具有个人魅力的一个人。看起来他确实不容忽视。(*The Painted Drum* 267)

二、来自底层的威胁

当下美国中产阶级的焦虑除了来自主体性的丧失以及无根的

第二章 重塑中产阶级形象

心理状态外,还有来自外族与底层的威胁。同样,导致克拉荷焦虑的所有因素中,除了他间隙性的存在状态外,也包含了对来自诸如艾克、吉特等底层阶级的恐惧。这些底层阶级以他者形式闯入他们的生活并打破了他们本有的生活秩序。克拉荷试图利用自己的悲伤情绪获取菲亚的同情,在没有获得菲亚同意的情况下,先入为主,主动同菲亚母亲拉近关系,并一厢情愿地帮助菲亚母女修理草坪与果园,希望通过这种方式公开他与菲亚的恋情。而菲亚由于幼时妹妹的意外去世,心中留下了深深的创伤阴影,加上对克拉荷占有意识的反感,为了打消克拉荷帮助她们修理草坪与果园的努力,情急之中她想到之前在路上碰到的吉特。但克拉荷一听到吉特的名字,随口就说道:"哦,这个没出息的男人。"(*The Painted Drum* 55)[①]的确,从菲亚的叙述中也可了解到,吉特在当地身处底层,"有过好几个女朋友,但都脸色苍白、身体佝偻,看起来极不健康……最后没有一个和他长期处下去"(*The Painted Drum* 57)。但是,从克拉荷的第一反应中可以看出,他在面对底层阶级时,一方面将自己摆在了道德评价者的位置,从道德价值上进行排斥,但是他的言行又受到他人的道德评判,所以,菲亚在听到克拉荷对吉特侮辱性的描述时,立刻给予驳斥。正是这种既排斥又无法排斥的状态使得克拉荷之类的中产人物也表现出无力的状态,这种无力反过来加剧了他们内心对底层的恐惧。

在处理艾克的问题上,克拉荷这种对底层既排斥又无力的状态表现得尤为明显。在他看来,艾克代表着愚笨、无礼与肮脏,甚

---

① 小说中使用了 squaw man,意指那些娶印第安女性为妻的白人男性,是对印第安女性侮辱性的词汇。

至是道德上的卑劣。故当克拉荷雇了艾克之后,就和菲亚抱怨说艾克简直就是个"没脑子的笨蛋"(*The Painted Drum* 10)。随着故事情节的发展,艾克逐渐进入克拉荷的生活并打破原有的平衡状态,两人之间的冲突也随之不断深化。克拉荷在谈及自己的艺术创作时也承认:"尽管一切肯定偏离了现实,而且是极其病态性的,但我能察觉到其中的平衡。"(*The Painted Drum* 9)这种艺术创作上的病态性平衡同样被投射到克拉荷的实际生活当中。他完全不顾身处底层的艾克的真实感受。在艾克向他抱怨乌鸦时,他只给了简短的回答:"去适应它们。"(*The Painted Drum* 6)但是,在艾克用弓箭射杀了他房前的乌鸦后,他视之为极其无耻的行为,认为这是对文明秩序的挑战。由此可见,在克拉荷眼里,艾克的生命等同于乌鸦,甚至低于乌鸦。因此他采用了以暴制暴的简单报复方法,试图用艾克猎杀乌鸦的弓箭伤害艾克,事后,洋洋得意地立马电话菲亚并炫耀此事,而且说自己只是想吓唬吓唬艾克。但是作家通过叙事代理菲亚,揭露了克拉荷内心的真实想法,他因此"尴尬得再也不提此事"(*The Painted Drum* 17)。

当艾克与克拉荷的女儿坎德拉产生恋情时,这种来自底层的威胁以及克拉荷的无力更明显地显现出来。读者通过菲亚的叙事可以知道,克拉荷之所以反对女儿同坎德拉一起,主要原因是阶级身份的差异。"我们否认阶级差异,这种观点根深蒂固,以至于我们在坎德拉的对象问题上根本不会去考虑艾克,而且一点不觉得这种态度奇怪。"(*The Painted Drum* 12)在得知女儿与艾克在一起时,克拉荷试图通过武力威胁和欠薪的形式打消艾克的念头。但艾克在听了克拉荷的提议后,对这种愚蠢的行为发出了乌鸦般刺耳的笑声。克拉荷为了博得女友菲亚的赞同,列举了很多"艾克"式的坏品质，但令他没想到的是，菲亚完全不赞同他对女儿恋情的干涉。菲亚虽然猜想克拉荷对艾克的排斥可能源自"没有信仰的人对那些为宗教疯狂的人的恐惧"(*The Painted Drum* 19)，同时又不经意间指出，其实更令克拉荷担心的是，艾克家人常去的教堂破旧凌乱，万一女儿加入他们怎么办？从而向读者呈现了中产阶级白人惧怕丧失自身体面地位的内心焦虑。另外，在艾克对自身地位产生的威胁面前，克拉荷又是软弱的，他的愤怒并不能阻止女儿与艾克的交往。女儿坎德拉我行我素，甚至同父亲划清界限，直至最终于车祸中丧生。在厄德里克2010年发表的小说《圆屋》中，凯皮女友的父母对凯皮的态度同样反映了中产阶级白人对底层，尤其是来自其他族群的底层的恐惧与无力状态，因此当他们知道女儿同凯皮在一起时，他们绝望地认为凯皮毁了女儿的一生。

三、赎罪中的焦虑

在20世纪60年代民权运动的推动下，主流社会不断进行自我反思，这就促进了他们对本土裔群体的认识和理解的加深。另外，在很多本土裔身份的作家、历史学家、政治家等的努力下，许多白人，特别是具有反思性的中产阶级白人，逐渐意识到美国的发展过程同掠夺本土裔人的土地、自然资源等是分不开的。曾经被主流社会所鼓吹的"发现"(discovery)、"进步主义"(progressivism)等概念越来越受到怀疑与挑战。这些中产阶级白人在处理与本土裔人的关系时，多带有负罪的心理，极力为本土裔人争取权益，试图在此行动中得以赎罪。这种赎罪心理的出现不单来自历史进程中对本土裔人过错行为的悔过，也有白人社会基督教的原罪思想影响，以及建国过程中对黑人的蓄奴制等原因的反思。这种赎罪心理普遍存在于多数中产阶级白人当中,这也构成了他们内心焦虑的另一维度。在文学领域,一些白人作家和本土裔作家针对部分白人的历史负罪感进行了书写。早在20世纪30年代,美国本土裔作家麦克尼克在《被包围》中就描写了印第安事务所的白人帕克在处理本土裔人艾施尔的问题中,认识到本土裔人的现状与历史之间的关系,由此极力摆脱对本土裔人的固定偏见,试图进入他们的世界,并帮助他们摆脱困境。在另一本小说《来自敌方天空之风》中,印第安事务所的白人拉弗蒂(Rafferty)和佩尔(Pell)同样努力去正确对待历史,弥补白人历史过错,以化解白人与本土裔人之间的隔阂。但是,值得注意的是,麦克尼克的小说中,中产白人在赎罪过程中,由于对本土裔文化的片面理解,根本不能找到解决本土裔人问题的合理途径,最终都以交流的失败而告终。因此,《被包围》以阿式儿自愿让白人警察铐起来结束,《来自敌方天空之风》则以拉弗蒂和佩尔被绝望的布尔杀害而终结。这种书写方式一方面表现了那个时代本土裔人同白人交流的困难,另一方面也传达了本土裔人希望被真正理解的渴求。

在厄德里克的小说中,许多中产阶级白人男性也常以有罪者的形象出现,他们的过错多体现在对本土裔文化的剥夺或误解上。如小说《四灵魂》中的穆色,他通过骗取印第安人的土地进行伐木,因此获得了巨额财产,但本土裔女性人物弗勒的出现,促使他开始反思自己的过失。另外还有《鸽灾》中的银行家穆都家族、《燃情故事集》中易来娜的父亲,他们都因历史的过错,心理上一直无法得以解脱,只有在同本土裔女性的结合中,他们心灵才获得解脱。《彩绘鼓》中,具有中产身份的白人克拉荷同样以有罪者的形象出现。但是他的罪不同于作家之前作品中的白人。在菲亚看来,他的过失主要体现在对本地人的偏见,正是这种偏见引发了后来艾克的事故。因此在女儿和艾克去世后,克拉荷"沉默寡言,对自己错误的家长制处理方式感到自责,觉得自己的行为过于情绪化,这种干涉方式极端愚蠢,冲艾克发的火令人不安且残忍……他现在无比懊悔"(*The Painted Drum* 47)。不能忽略的是,在克拉荷看来,他的过错在于他对艾克的排斥情绪以及对女儿事务的过多干涉。他之所以排斥艾克,是因为艾克代表了当地人和底层阶级,而克拉荷对艾克的种族身份态度并没有直接表达出来,这样,厄德里克在促使读者深入思考白人的历史过错与偏见时,不拘囿于美国社会的种族问题,将经济问题也纳入思考范围。

在早期的本土裔文学作品中,那些致力于赎罪的白人多能意识到他们群体性的历史性过错。对于个体而言,他们则往往无法意识到个体的当下性错误。他们积极参加到印第安政治事务中,主动纠正他们的群体性过失,但无法摆脱固有的偏见,因而导致交流的失败。但是在厄德里克的作品中,白人的过错既是群体性的,也是个体性的;既是历史性的,也是当下性的。对个体来说,他们主要反思的是个体当下的过失,而更少反思他们历史性的群体性罪行。在《四灵魂》中,穆色努力去弥补的过错是自己早期对本土裔人的欺骗,《鸽灾》中银行家穆都一直无法释怀的是当初自己的杀戮行为。而且,在赎罪过程中,厄德里克笔下的白人多缺乏主动性行动,《鸽灾》中的穆都一直都没有敢于主动承认自己的过错,绞死几位印第安人的家族也只是对他们所犯的错表示懊悔,但对本土裔人的偏见依旧存在。同样克拉荷对于自己的过错并没有采取任何积极的弥补,他只是将自己的情感转移、投射到自残、女性与艺术当中,这种无力的赎罪方式反过来又加剧了对自身无能状态的焦虑心理,反映了当下美国中产阶级的普遍心理状态。

在《被包围》中,印第安事务所的白人帕克的努力最终无果而终,《来自敌方天空之风》中的佩尔与拉弗蒂不但没能消除白人与本土裔人间的隔阂,还搭上了自己的性命。而在《彩绘鼓》中,尽管雕刻的作品被艾克的母亲完全砸烂,但是他"看起来更是兴奋,而不是害怕。"(*The Painted Drum* 273)在菲亚看来,"这是他应得的惩罚,除此之外,好像根本没有任何事情发生,也根本没有过任何伤心。""克拉荷和我热情自然地揽着对方胳膊,穿过一小片田地,到他的屋子里去喝咖啡。"(*The Painted Drum* 273)从而可见,克拉荷不但得到了解脱,也获得了菲亚的爱情。克拉荷内心焦虑的消除体现了作家趋于和解性的叙事特点,但是这种化解来得过于突然,而且充满了神秘与非理性色彩。由此可见,作家也非常清楚其中的艰难,坚持理性的思维只能让白人与本土裔人之间的矛盾不断深化,唯有利用本土裔文化的思维模式才能真正进入本土裔人的世界。所以,小说的最后,代表传统文化的鼓也最终回归部落,这或许也是作家为当代白人指出的一条赎罪道路,那就是正确接受本土裔文化,帮助重建本土裔文化,这也反映了近年来本土裔文化研究中一直提倡的部落志(tribalography)视角[1]。

由此可见,厄德里克书写中产阶级白人形象时,一方面能够揭露他们在当代社会无根的焦虑,同时由于经济地位的不断下滑,导致他们对来自下层的威胁充满恐惧。这些白人怀着历史罪恶感,

---

[1] 该概念首先由 LeAnne Howe 在文章"The Story of America"(2002)中提出,指的是将本土裔人的口语传统纳入叙事中来扩大种族部落的身份。2014 年 *Studies of American Indian Literature* 杂志第二期专门就此问题进行探讨,强调该概念中通过叙述本土裔人的文化历史故事得以扩大种族部落身份的特点。

第二章　重塑中产阶级形象

试图弥补曾经给其他群体带来的伤害。但是厄德里克的书写与后现代社会下的个体焦虑又有所不同,作家试图利用传统文化对其进行修复。厄德里克对白人中产的表征也不同于其他本土裔作家的书写方式,她更多强调了文化的和解,而不是冲突。这种书写方式体现了作家处理本土裔传统文化的矛盾心理。

从厄德里克的中产阶级反思中可见,她充分结合自身的种族身份和性别身份进行思考,并通过自己的反思行为,以期构建新的中产习性,其中体现了个体实践和阶级"习性"间的互动关系。她意识到当代本土裔群体虽然经济状况得到很大改善,但身处白人主流文化之中,自身文化多不被承认,这导致了他们身份上的焦虑,这样她就提醒中产化的本土裔人不应忘掉历史。当下,对于他们来说,保存传统文化与争取政治权利仍是最主要的任务。通过展现当代中产阶级女性与白人男性的心理困境,厄德里克也将本土裔文学的书写范围扩展至整体文化,而不局限于种族之内,这较之其他本土裔作家来说,无疑是一大进步。而且在书写中产女性与白人男性的过程中,作家又能融入本土裔特有的文化元素和文化视角,丰富了当代美国主流文化中的中产阶级书写内容,使得本土裔文化逐渐进入主流文化的感知体系中,实现本土裔文化的感知式存在。

第三章

中产阶级话语的顺应

布迪厄认为,个体的文化实践是其在一定场域内的具体位置和"占位"的综合,每个位置都被它同其他位置的客观关系所决定。所谓"占位"是主体在客观可能空间内,对实际或潜在不同位置选定的实现,不同"占位"通过容许其他"占位"的存在而使之成为可能,而且"占位"在否定关系中获得其特殊价值(Bourdieu *The Field of Cultural Production* 30)。布迪厄还指出,在一定场域内,相同位置的主体往往具备相似的阶级"习性",即相同阶级身份的主体的文化实践通常具有同源性和相似性。如果将阶级话语视为一个场域的话,那么在美国社会中最为明显的就是底层阶级和中产阶级两种位置。对于厄德里克,其变化的阶级位置促使其能够在文学创作中突出底层阶级的存在,这看似偏离了中产阶级话语,起到质疑全民中产和流动神话的效果。但她自身所处的中产位置也不应受到忽略。针对个体的文化态度与社会话语间的关系,詹明信曾指出:"文学和审美在与现实建立一定关系时,不可能对现实无动于衷,并保持一定的距离。它必然会将现实纳入自身文本结构中,通过语言将现实转变为自身的副文本。"(Jameson 81)同时詹明信认为小说具有意识形态的功能,"对社会中不可调和的矛盾,利用想象和文本形式进行解决"(Jameson 81)。布查纳同样认为,文本同时具备两种相互矛盾的功能,"首先为了唤起我们的兴趣,它会展现出一种不同的社会景象,但它同时也通过对社会问题象征性的解决,遏制我们的这种变化的欲望"(Buchanan 63)。可见,布查纳和詹明信都提醒读者在阅读文学文本时,不能忽略文本都是一定社会话语的产物,注意到文本对话语背离的同时也应考虑其中隐藏的遏制性功能。那么对于作家厄德里克的文学创作来说,阶级"习性"在她的"占位"中如何体现?她是否能够完全摆脱社会话语的影响?她的小说和中产阶级话语间除了偏离是否还有认同?即她在文学表征过程中是否也会有中产阶级"占位"的倾向?

要考察厄德里克的阶级"占位"问题,读者还应考虑的是美国主流社会一直以来对贫穷问题以及底层阶级的复杂心理,而且有必要将该作家的人文思考置于此文化心理背景下进行考察。早在1962年,哈灵顿(Michael Harrington)就在其著作《另一个美国:美国的贫穷》(*The Other America:Poverty in the United States*,1962)中对无阶级、无经济问题的提法进行了质疑。但是在整个国家的无阶级话语下,这种质疑并没有引起太大的反应。当很多美国人发现自己的国家中居然还生活着物质条件如此落后的群体时,他们往往不愿相信,觉得这种事实完全与美国整体社会理念相悖,他们会感到不安、震惊甚至恐惧。同时在潜意识中为了保持自己认知心理的连续性,维护想象的美国价值理念,他们往往将这种贫困现象归咎于种族和文化等因素,有时甚至觉得这群人有道德缺陷,并阻止政府将福利发放给他们。

在文章《贫穷与文学批评的局限》("Poverty and the Limits of Literary Criticism")中,琼斯(Gavin Jones)指出,目前针对贫穷人群的文学批评和文化研究尚没有形成统一看法,更没有独立的理论体系,虽然现在美国文学文化批评界不再有"理论的贫穷",但是却缺乏"贫穷的理论"。因此琼斯建议在研究中可以"将他们视为一个独立的范畴,以发现文学作品中定义贫穷时涉及的道德、文化和语言等困难"(Jones 1)。

有些批评家将"贫穷的理论"的缺乏归咎于美国文学中阶级分析的贫乏。在二战过后,的确有过一段时间,由于美国政府及社会中的冷战思维,阶级问题几乎是文学中禁忌的话题。但是,从近年来的文献看,文学中针对工人阶级的研究也并不是如想象那般缺乏。尤其自20世纪80年代以来,这方面明显取得了很大发展。如罗宾逊(Lillian S. Robinson)于1979年出版《性别、阶级与文化》(*Sex, Class and Culture*)一书,美国文学批评家保罗·劳特(Paul Lauter)于1980年发表文章《工人阶级女性文学》("Working-Class Women's Literature"),并于1989年编著《希斯美国文学选集》(*The Heath Anthology of American Literature*)一书,这些作品都努力将阶级问题重新拉回到文学批评中,促使更多批评家开始关注阶级问题。到了90年代,更是出现了大量关于阶级问题的批评文章和著作[1],这种对阶级以及工人阶级问题的关注一直持续到

---

[1] 其中最有影响力的有 Janet Zandy 编著的 *Calling Home: An Anthology of Working-Class Women's Writings*(1990),Michelle M. Tokarczyk 和 Elizabeth A. Fay 合著的 *Working-Class Women in the Academy: Laborers in the Knowledge Factory*(1993)以及芭芭拉·弗雷(Barbara Foley)的《激进表征》(*Radical Representations*, 1993)等。

21世纪。① 在这些著作中,他们重新从阶级视角探讨美国文学写作中的社会思考问题,特别是其中的工人阶级问题,这对于推动理论界重新思考美国阶级问题起到了很大作用,并且许多本来被经典排除在外的工人阶级文学也被重新拉入读者的视野,让读者更好地思考美国中产话语下表征工人阶级的复杂性。

在众多的工人阶级研究中,贫穷问题自然常被提起。但是在处理工人阶级与贫穷的关系时,批评界通常有两种方法:一种是将工人阶级等同于贫穷;而另外一种方法则是将贫穷视为工人阶级文学中的一部分。按照盖文·琼斯的观念,如果将贫穷的研究等同于阶级研究,按照目前的阶级研究范式,多强调其与种族和性别的不同之处,认为具有一定的流动性,从而排斥一种本质主义的解读方式,这种研究范式势必又落入文化研究的窠臼之中,使得贫穷问题看似又超越了社会经济范畴,这显然与贫穷本身具有的社会物质实在性不相符合。②

---

① 如迈克尔·托卡兹克(Michelle M. Tokarczyk)又出版与编著《阶级定义》(*Class Definitions*,2008)和《美国工人阶级文学批评方法》(*Critical Approaches to American Working-Class Literature*,2011)两本著作,阿米施莱格·朗(Amy Shrager Lang)发表《阶级句法》(*The Syntax of Class*,2003),盖瑞·雷哈特(Gary Lenhart)2006年出版了《阶级标记:关于诗歌和社会阶级的思考》(*The Stamp of Class: Reflections on Poetry and Social Class*)、里萨·奥尔(Lisa Orr)次年也出版了《转变美国现实主义:二十世纪工人阶级女性作家》(*Transforming American Realism: Working-Class Women Writers of the Twentieth Century*)一书。

② Michael Tavel Clarke 认为战后美国将贫困分为两种,一种是"poverty",另一种是"pauperism",第一种每个人都有可能经历,能够激励个体在道德和身份上不断完善,而第二种则完全是由于个体性格中的缺陷所致,这种贫穷对社会具有威胁性。通过这种区分,我们可以明白为什么战后美国人对贫困和对自己经济上的富有持有模棱两可的态度。具体请参见 Michael Tavel Clarke 的 "After the Welfare State: The New Marxism and Other Rough Beasts", *American Quarterly*, Volume 61, Number 1, March 2009, pp. 173 - 184.

第三章 中产阶级话语的顺应

前文提到,在美国,贫穷同"底层阶级"紧密相连,多数情况下,经济身份决定了个体的社会地位。在社会学研究中,"底层阶级"一词与贫穷同样经历了从关注经济结构到关注文化行为的转变。值得注意的是,在强调底层阶级这一群体文化行为时,"底层阶级"一词常被赋予很多具有否定贬低意味的内在社会含义。很多研究者往往强调贫困群体所遭受的实在物质性剥夺,以及这种物质性剥夺对他们身体、心理等带来的实在性伤害过程,这种方法实际上又回到本质主义的思考模式,顺应了主流社会对贫困群体的他者性建构,起到固化他们负面形象的作用。在另一些研究中,研究者们虽然强调了其中的经济问题,但是他们又将这些经济问题同犯罪、吸毒、早孕、失业等社会问题紧密联系。在这种逻辑下,贫穷的原因则被归咎于个人的道德缺陷和家庭环境等问题。

其实,自19世纪晚期以来,美国文学界虽然没有针对贫穷系统的理论,但是这个社会现象一直是美国文学创作和批评中不断被讨论的话题。在那个时期的流行小说和剧本中,穷人通常被英雄化或者病态化,从而通过强调穷人身上具有的精神品质等方面,回避了产生贫穷的社会原因。1857年布希库特(Dion Boucicault)在剧本《纽约的穷人》(*The Poor of New York*)中曾这样评价:"贫穷是一种通过自我否定而实现精神富有的形式,真正的穷人是那些总是努力去保持自己的身份,但在精神上饱受折磨的中产阶级"(13)。当时,也曾有一批作家化身穷人,与社会底层人物打成一片,以切身体验贫苦生活,因此,他们的文学创作中饱含着对穷苦人群的同情。批评家皮腾杰(Mark Pittenger)在文章《一个不同的世界:构建进步阶段美国的底层阶级》("A World of Difference: Constructing the 'Underclass' in Progressive America", 1997)中认为,在这类的文学作品中,"尽管它们各自背景不同,但它们看待穷人的视角很一致,那就是强调贫穷中的基因、环境、生物学、自由意志、决定论等科学与文化因素"(Pittenger 27)。

同时,皮腾杰也指出,"进步主义"阶段这种对待贫穷的观念一直延续到当代,穷人仍旧被认为是固定行为和文化特征的产物,而社会经济结构是其主要形成原因。(27)在皮腾杰看来,在对待贫困的底层人物时,当下主流话语多将其视为一种对社会整体文明的威胁,这种态度可追溯至1899年专注于基因犯罪研究的人类学家隆布鲁索(Cesare Lombroso)的一篇论文。在文章中,龙布鲁索认为"这种底层人群的犯罪根源在于他们精神和道德上的基因问题"(Pittenger 28)。基于基因角度对阶级差异的思维在当代一直没有完全消失,正如生物学家理查德·勒文廷(Richard Lewontin)所言:"我们这个时代的社会和个人生活的每个方面都和基因有关。"(Lewontin 31)优生学专家尼库尔·拉夫特(Nicole Hahn Rafter)在《白色垃圾:优生家庭研究》(*White Trash*: *The Eugenic Family Studies*, 1877—1919)一书中也曾宣称:"关于等级的自然性与社会品质的可遗传性的话语在当下仍然很受欢迎。"(Rafter 5)

可见,在此种话语下,贫困群体遭受的不单是物质性的剥夺,他们在社会文化层面同样受到排斥,他们会因为贫困而遭受主体性的缺失,并失去各方面的社会机会,如接受知识教育、延续传统、获得自身能力以及行使自身权利等。在所处社会话语影响下,文学中的贫困书写必然渗透着文化表征问题。这种表征方式影响社会和个体在感知贫穷以及处理贫穷时携带的知识、价值、态度和情感,即影响着大众想象或者"社会想象"。①

作家厄德里克在小说中表征了不同类别的底层人物,并将他们置于不同的社会背景下,赋予他们不同的家庭出身、身体结构和性格特征。他们在社会生活中扮演不同的角色,也有不同的命运。在对不同底层人物的处理过程中,是否也体现了厄德里克一定的阶级"占位"?

第一节 底层阶级的差异性书写

凯特(Crassons Kate)认为,文学文本对贫穷不是简单被动的表征,在将贫穷现实展现给读者的过程中,具有自己的审美形式、修辞技巧和言语特点。在阅读过程中,读者不能仅限于对这些现实进行解读,就如施舍的人在给予过程中会对穷人的身体和言语反应进行揣摩一样,读者还要揣摩其中的道德含义。可见,文学不单是改变对待贫穷历史态度的载体,更是通过复杂文本书写展现贫穷表征过程中的那种焦虑意识。② 考尔特(Barbara Korte)在著作《当代文学中的贫穷》中同样指出:

---

① Charles Taylor 将 social imaginary 定义为"人们如何想象他们的社会存在,如何和他者相处,和他人之间是何种社会关系,正常有什么样的社会期待,这些期待中包含的概念和形象。"详细内容见 Charles Taylor, *Modern Social Imaginaries*. Durham, NC: Duke University Press. 2004:23.

② 参见 Crassons Kate, *The Claims of Poverty: Literature, Culture, and Ideology in Late Medieval England*. Notre Dame, IN: University of Notre Dame Press, 2010:13.

文本世界中的贫穷是通过特定的文本人物和环境进行组织的：什么样的人和生活方式被认为是贫穷？他们所经历的贫穷其种类、原因和结果是什么？贫困的人如何被展示？他们如何进行选择或失去选择机会？他们的贫困同性别、年龄、种族、阶级等因素如何互相作用？他们生活中是否有好的或不好的品质？是否有摆脱贫穷的可能？作者是否有对贫困人群的评价、恐惧或欲望等情感投入？贫困的个体或群体同固定形象间有何不同或相同之处？作者对贫穷以及对抗贫困的社会行动持什么态度？作者和潜在读者间的距离如何？文本是否对贫穷进行了异域风情化，使之在时间、空间抑或社会经验现实上远离潜在读者，以实现一种遏制思维？（Korte 12）

可见，文学作品对贫困对象的处理方式通常体现了作家和主流话语间的一种对话关系。由于本土裔人本身不容乐观的经济状况，本土裔文学中对贫穷人群的表征由来已久。厄德里克同样也遵循了这样的文学传统，在作品中书写了大量的贫困人群形象。通过文学表征将这一社会现实展现在读者面前，使读者重新思考美国当下的贫穷问题，其中渗透了对种族、性别以及美国整体经济结构的思考。但是，在书写贫穷人物时，厄德里克同样不能完全摆脱社会主流话语对底层阶级的想象。在她的作品中，除了指涉范围的逐渐扩大，在对不同人物的处理上也各不相同，有的底层人物被赋予了高贵的品质；有的在道德上明显具有瑕疵，理应受到指责；有的能够顺利改变穷困的状态；而有的则不能。这些不同的表征反映了厄德里克文学书写中的中产占位。

第三章　中产阶级话语的顺应

一、贫穷与道德

在众多关于厄德里克的研究中,对《屠宰场主的歌唱俱乐部》提及较少,目前只有零散的两三篇文章对其进行了分析,而且只关注小说中厄德里克对种族问题的思考以及对德国裔身份人物的书写。[1] 其中主人公的经济身份尚没有引起注意。小说中的女主人公德尔法(Delphine)出身于贫穷而且卑贱的家庭,捡垃圾为生的 Step-and-a-Half 在德尔法的亲生父母施美克(Shimek)家旁"很少停下,因为那儿除了煮过的骨头、毛发或者脏报纸外,什么也没有"(*The Master Butchers Singing Club* 381)。母亲施美克极度懒惰,在年纪偏大的时候,天天待在床上,让女儿马扎里照顾自己,连"洗脸水都不愿端到门口去倒,而是直接从窗户泼出去"(*The Master Butchers Singing Club* 353)。在一个寒冷的夜晚,施美克在厕所中生下德尔法后,试图将她溺死在粪池中。正巧 Step-and-a-Half 撞见此事,并在施美克毫不知情的情况下将德尔法从粪池中救出,后又将德尔法交于当地亚格斯(Argus)[2]小镇上的单身汉罗伊(Roy)抚养。而罗伊因为得不到 Step-and-a-Half 的爱情,整日酗酒,根本不能承担起父亲的责任。当罗伊听说女儿将辍学时,不是失望而是高兴。德尔法第一次将工资分给他时,他"在其他地方喝酒了,第二次,将朋友请到家里一起喝酒"(*The Master Butchers Singing Club* 55)。当德尔法疲倦地从工作的

---

[1] 分别为 J. James Lovannone 的"Mix-ups, Messes, Confinements and Double-Dealings: Transgendered Performances in Three Novels by Louise Erdrich"和 Thomas Austenfeld 的"German Heritage and Culture in Louise Erdrich's *The Master Butchers Singing Club*". *Great Plains Quarterly*.

[2] 厄德里克将很多小说的背景都设在这个小镇上。

地方回到家时，他们正喝得开心，"尽管她（德尔法）不去理睬他们，他们仍旧在那吵吵闹闹，把家中所有能吃的东西一扫而光，而且趁着酒兴冲进她的卧室"（*The Master Butchers Singing Club* 55）。只有在德尔法挥起斧头后，他们才悻悻离去。德尔法不在家的日子里，罗伊整日和酒肉朋友鬼混，家中堆满了垃圾，并散发出一股恶臭味。德尔法和她的朋友赛普莱（Cyprian）刚回到家中时，屋中臭味难忍，在屋里，他们看到的是：

> 地板上，一层黑黑的霉菌已经变硬，衣服、食物与呕吐物、便溺物、猪蹄骨头、鸡骨头混杂在一起，已经开始发烂。也许还有只腐烂的狗尸体。昆虫躯壳、发臭的老鼠屎、烂掉和发芽的土豆堆了几层，这些土豆可能是些好心的邻居怕罗伊饿死送过来的。（*The Master Butchers Singing Club* 48）

更令人难以容忍的是，那股重重的恶臭味来自地窖中的三具尸体，三位死者是他们的邻居多里斯夫妇和他们的女儿。他们的死与罗伊有着直接关系。可是罗伊虽很早就知道是自己害死了他们，但他一直不愿承认，直到自己生命即将结束时才敢于将事情真相告诉女儿德尔法。

在对美国的阶级话语研究中，德维纳曾指出："阶级愈来愈被理解为一个人的道德文化特征，是个人的一种态度和行为，而不是直接被称为某个阶级。"通过将经济的问题转到文化特征上，使得"特定人群逐渐被认为具有某个阶级的特点从而成为他者"（Devine 50）。在论及当代阶级话语对工人阶级的表征中，德维纳认为，通

第三章 中产阶级话语的顺应

常"和工人阶级相关的负面道德价值有过度饮食、浪费、娱乐化、缺乏品味、落后、危险、不整洁、没有羞耻感,等等"(Devine 49)。

从厄德里克对施美克和罗伊的描写中同样可见,贫穷与懒惰、肮脏、酗酒、罪恶等相联系,这与体面的中产阶级生活互不相容。正如劳雷(Stephanie Lawler)指出的,"中产阶级的形成一部分依赖于对白人工人阶级的厌恶情绪。"(Lawler 430)也正是基于此思维模式,美国主流社会通常将贫穷原因归结为道德上的瑕疵,从而将阶级问题转移到道德层面,这也正是当前很多文化研究为了避免谈及阶级问题所采用的策略。

同样,在厄德里克的其他小说中,某些底层贫困人物也被描绘为在道德上具有不可饶恕的瑕疵。如《爱药》中的琼、《彩绘鼓》中的易拉以及《圆屋》中的宋雅,她们尽管不是妓女,但都试图以自己的身体作为资本换取物质报酬,从而将下层女性与妓女这种负面形象联系起来,固化了贫困人必然道德败坏的形象。里萨·奥尔(Lisa Orr)在研究19世纪文学中的工业工人和移民形象时曾指出:

> 那些在美国出生的精英群体通常将野蛮和暴力倾向等品质投射到工人阶级身上,工人阶级或移民们没有良好的超我,很容易会有酗酒、乱性、犯罪或其他暴力行为,这其实是中产阶级在将他们自己对性、饮酒和暴力等的焦虑投射到工人阶级身上。矛盾的是,他们同时又会认为工人阶级的生活更自然、更人性,甚至更幸福。(14)[1]

---

[1] 具体内容参见 Lisa Orr, *Transforming American Realism: Working-Class Women Writers of the Twentieth Century*(2007).

从而可见，厄德里克在描写底层贫困人物时，继承了早期的工人阶级书写方式，无法完全摆脱主流话语中对底层人物的排斥。这种书写方式的使用在一定程度上响应了当代主流话语，强化了某些底层人物的固定形象，将经济地位的低下归咎于他们的道德行为，这也体现了中产阶级话语下那些中产阶级身份的人群对失去稳定经济身份的担心与害怕，以及其中难以表达的心理焦虑。

但是，鉴于作家出身的卑微，以及对本土裔整体贫穷问题的关注，她在描写底层人物时，试图修改长期以来的固定形象，塑造出一些贫穷但品质高贵的人物，在一定程度上，利用本土裔文化特有的方式，对主流话语中那种负面形塑方式进行了质疑。在罗伊身上，读者可以发现他也并非一无是处，他多年来一直坚持对Step-and-a-Half的爱情，并尊重Step-and-a-Half，从未将她的身世告诉他人，在Step-and-a-Half不愿与他一起时，他能够承担起德尔法的父亲这一身份，而且在抚养过程中他不像厄德里克另一本小说《宾格宫》中琼的养父那样，至少还是尊重了女儿，也没有对德尔法有人身的侵犯，和女儿之间建立了很深厚的父女情谊。在肉铺老板娘爱娃重病期间，他更能挺身而出，强行闯入药房，盗取药品为爱娃减轻病痛。作者同时也将他整日喝酒的原因归结为无法得到自己想要的爱情的自我放纵，因为只有酒精才能填补他心中的空虚。这样，厄德里克通过罗伊的酗酒问题，也反思了当代本土裔人的酗酒行为。长期以来，通常自留地上的本土裔人会被描绘为懒惰、酗酒和暴力，因此作者通过进入一个非本土裔人的内心，向读者揭示出本土裔人之所以酗酒的深层原因，那就是面对现实社会的无奈与失落，而不是其本性使然。

另外，读者也可以注意到，罗伊虽然撒谎，但是又不乏滑稽成

第三章 中产阶级话语的顺应

分。在看见女儿从外地回到家时,他"取下耷拉着的帽子,盖在脸上,开始对着帽子哭了起来,哭时整个身体发抖,不时将帽子垂下让他们看到他扭曲的嘴巴,然后立马又用帽子将脸遮住。"紧接着厄德里克加了一句,"这种表演技术实在精湛"(*The Master Butchers Singing Club* 47)。一次酒醉后,他赤身睡在伐木堆中,被女儿发现后,顾不上身上一丝不挂,立马转身开始逃跑,最终被一个体育教师按倒在地。这些喜剧化场景的融入,使读者也能感受到厄德里克在描写贫困底层人物时,故意融入了本土裔文化中的恶作剧形象特征,从而让读者在阅读感受底层人物的时候,也能将对底层人物的情感投射到当下本土裔人身上,感受到他们文化的存在。

在小说《屠宰场主的歌唱俱乐部》中,厄德里克在书写德尔法和其妹妹马扎里的同时,一方面继承灰姑娘叙事模式,另一方面也对此模式进行一定的更改,试图开辟新的写作空间。虽然生母施美克懒惰、低贱,养父罗伊酗酒肮脏,但德尔法仍旧通过努力和美德,最终获得了自己的爱情。虽然没有变得非常富有,但是她的经济地位较之亲生母亲和养父,有了很大的改善。在德尔法身上,读者读到的更多是美德,而不是那种自我放弃的形象。首先从情感上,虽然养父罗伊极不负责任,整日不务正业,和一群酒肉朋友混在一起,她并没对父亲产生强烈的恨意,而是充满了感激。在她看来,她"没有被抢劫和强奸,也没有比其他人感受更多没有上帝的日子,她没有被别人威胁或强迫去伤害别人,也没有被打过,或被剥夺说话的权利。""她目睹更多的是别人更加悲惨的命运"(*The Master Butchers Singing Club* 54)。德尔法非但没有对自己的命运感到悲伤,还对其他的人给予更多的同情。在看到一个男孩眼睛失明后,她梦到了自己也失去了视力。看到沃生(Vashon)夫人被丈夫丢弃,不得不独自养活九个孩子的时候,她梦到了自己被丈夫抛弃。尽管她的生活看不到什么希望,但是她从来没有停止过自己的追求。在离家后,她靠自己的身体平衡技巧和赛普莱一起卖艺为生。即使在1934年这样经济状况整体低迷的情况下,他们也不用为生计担心。而且,正是怀着对养父的牵挂和担心,"一系列情景剧的图片出现在她的脑海中,图片就像童话故事《野兽与美女》中即将逝世的父亲一样,盼望着她的归来"(The Master Butchers Singing Club 46)。她终于决定带着自己的朋友赛普莱回到小镇亚格斯,并临时买了两个戒指,假装已经与赛普莱成婚,好让父亲向他人解释。在处理与赛普莱之间的关系时,尽管对赛普莱充满了期待,但是在爱娃去世后,她能够大胆摆脱世俗的目光,走进费德里斯的家庭,帮助打理肉铺并照顾四个孩子,逐渐疏远赛普莱。

德尔法是一位有智慧的女性,厄德里克在小说中赋予她很大的主体性,并多次将叙事声音交给德尔法,思考人生、宗教、社会、战争等问题。在回忆自己的童年时,作者通过一个全知叙事者的角度说道:"事实上,德尔法很聪明,她本来在学校是最聪明的学生,要不是辍学太早,她本来可以获得大学奖学金。"(The Master Butchers Singing Club 53)尽管过早辍学,她一直保持着阅读习惯,她阅读的作家有伊迪斯·华顿、海明威、帕索斯、艾略特、奥斯丁、福斯特、勃朗特姐妹、斯坦贝克等(The Master Butchers Singing Club 301)。在父亲去世时,她感觉顿时身上负担轻松了很多,于是她梦想自己可以把房子卖了,"搬到一个小小的公寓中,只要靠近图书馆和艺术博物馆就行,她要学各种门类的知识,丰富自己的大脑,做个老师,为报纸写稿,她甚至想到自己坐在打字机旁,一只手夹着烟的模样。"听说马尔克斯要去参加战争时,她能够敏锐地告诉马尔克斯,媒体的宣传充满了欺骗,战场上只有死亡。"让她恼火的不是战争本身,是其中的虚伪、快乐的外表和谎言"(*The Master Butchers Singing Club* 340)。这些都充分说明德尔法完全是一个具有反思精神的知识分子。正是在这些美德的作用下,德尔法逐渐摆脱了卑贱贫穷的身份。同费德里斯结婚后,厄德里克从一个局外观察者的角度对她描述道:"她已成为镇上最为稳定和受尊重的女性之一,人们向她寻求意见,引用她解决问题的思路,羡慕她处理廉价肉和省钱的做法。"(*The Master Butchers Singing Club* 343)

小说中的另一个人物马扎里同样也顺承了德尔法的成长模式。她和德尔法其实是亲姐妹,这个身世只有 Step-and-a-Half 知道,恶劣的家庭条件并没有使她丧失自我,尽管深爱弗兰兹,但发现弗兰兹的背叛后,她毅然选择了分手。但是在弗兰兹最需要她的时候,她又能体现出宽恕的品质,而且马扎里最终同样也选择了教师职业,母亲不再成为她生活的羁绊。

但是,在厄德里克之前发表的小说《燃情故事集》中,另一位贫困女性玛丽斯则没有德尔法这么幸运。她不是依靠美德逐渐改变自己的命运,而是试图依赖自残诈骗以获得物质报酬,并在一次诈骗中差点失去性命。虽然杰克和她待在一起,但是两人的结合根本不是出于爱情,互不信赖是一种肉体与物质的交换。玛丽斯不是德尔法那种节俭实在的女孩,对物质生活充满了极度渴望。得不到杰克的爱情,她采取了极端的报复手段,生下孩子后,她又无法承担起抚养的责任,只能寄生于同性女友坎迪斯家中。

二、贫穷与家庭

贫穷的形成原因,除了种族与性别之外,家庭以及教育通常也被认为是直接原因。厄德里克在小说里,充分考虑了不同的贫困个体的家庭出身。其中,父母单方或双方责任感的缺失往往是其贫困形成的主要原因。厄德里克的小说中,很多身处贫困的个体往往都来自不幸福的家庭,而那些父母关系和谐的家庭通常不会在经济上遭受太大的痛苦。

在第一本小说《爱药》中,玛丽和奈科特结婚之前,从修道院刚刚下山时,奈科特认为她肯定偷了修道院的东西,因此强行将她拦住。"玛丽·拉扎雷一家都是酒鬼、盗马贼,她在家庭中排行最小。就我所知,她们家干得出偷盗修道院亚麻枕头的勾当"(*Love Medicine* 65)。因此可以看出,在奈科特的逻辑中,玛丽的低贱地位与其家庭出身紧密相连,这种观点甚至也逐渐为玛丽自己所接受。与奈科特结婚后,玛丽的经济身份逐渐得到改善。当她的母亲到她们家拜访时,玛丽这样说道:"那位我已经不再称之为母亲的老太婆喝得醉醺醺的"(*Love Medicine* 88)而她的姐妹的丈夫则是"整天好吃懒做,游手好闲,脏兮兮的"(*Love Medicine* 89)。

厄德里克的其他小说中这种不负责任的父母多次重复出现,如其早期作品中一直不断出现的人物琼(June)。从小说《爱药》中可以得知,她从小被玛丽收养,由外公艾利带大,至于她的出身,作者没有太多涉及。在《宾格宫》的第六章,厄德里克特意岔开小说的主要叙事内容,将焦点聚集到这位女孩一天的家庭生活上来。本章的标题虽为"琼的运气",但是其中描写的根本不是她的运气,而是她的厄运。短短的两三页中描写了琼的母亲责任感的缺失,

第三章 中产阶级话语的顺应

以及琼在家庭生活中心理上强烈的不安全感。母亲鲁塞尔（Lucille）只顾自己的感受，吃喝玩乐到深夜不休息，而根本不顾仅隔着一个门帘的女儿。早上琼自己起床，火炉没有生火，她找了一块冷饼就匆匆上学去了。在描写琼对母亲的头发羡慕时，厄德里克这样描述：她希望能有母亲那样的长发，因为这样头发就可以把她完全遮住，"她就可以安全地坐在头发丛中"（*The Bingo Palace* 58）不被别人发现。可见，琼在家庭中有极度的不安全感。的确，母亲不能给予她任何保护，从学校回来后，她出于对母亲头发的羡慕，伸手抓了一下，母亲随手就给了琼一个巴掌，把琼打得直冒金星。因为对母亲的恐惧，琼只好跑到外面，躲在树上，一坐就是几个小时才敢回屋。看到母亲不在喝酒，她才敢偷偷爬到自己的床上。可见，母亲不能给予琼一般母亲对子女的那种照顾与保护。之后，厄德里克对这位母亲的麻木与不称职进一步强化。当天晚上，母亲的男朋友李奥纳多来了，他们俩在一起时只顾着自己快乐，而完全不顾身边的孩子。被迫无奈，琼的哥哥只好逃到灌木丛中睡觉。琼因为天气较冷，不愿在外受冻，所以只好待在床上忍受母亲和李奥纳多两人的喊叫声。无意识中，"恐惧让她冲向门口"（*The Bingo Palace* 59），但是李奥纳多像抓小猫一样将她抓住。母亲"用膝盖压住琼的腰部，然后用棉质晾衣绳将琼捆在炉灶的支架上"（*The Bingo Palace* 59），就是在这种情况下，李奥纳多强暴了琼。

在这种对贫穷的书写中，读者看到的是家庭暴力和一位极不称职的母亲。这种书写方式同样体现在《彩绘鼓》中伯纳德（Bernard）的祖父和父亲身上。伯纳德的祖母因为移情别恋，抛下丈夫和儿子，带着女儿出走，但女儿在途中被狼群吃掉。在失去妻

161

子与女儿的痛苦中,伯纳德的祖父自暴自弃,对儿子的家庭教育中充斥着暴力殴打。伯纳德的父亲长大后,同样继续了这种家庭模式,对三个子女不闻不问,对他们更多的是殴打与谩骂。虽祖父和父亲的家庭暴力是出于个人的忧伤,但是贫穷与不负责任的父母的结合带给伯纳德很大的伤害。作者在对这些身处贫穷状态的人物投射同情的时候,也将这种家庭生活拉入读者的视野。在贫穷与不负责的父母并置的情况下,读者在阅读过程中必然将二者联系起来,从而强化了主流话语中认为的贫困家庭不能承担起抚养子女责任的观点。但是在涉及种族问题时,厄德里克的态度又是摇摆的,因此在《彩绘鼓》的第十五章"莱德福德的运气"中,母亲肖薇将年幼的儿子交给自己两个底层的姐妹抚养时,人们是充满怀疑的,警察、社会工作者一起努力,将莱德福德从两个姐妹手中抢回。按照主流社会的家庭标准,莱德福德显然是幸运的,因为他终于被带走,从而脱离了两个贫穷的姨妈。社会工作者库布(Vicki Koob)为了证实这是对孩子好,她对两个贫穷的姐妹的房内情况进行了详细记录:"整个房子就是个长方形的白墙面房间,煤气灶摆在屋子中间……生锈的冰箱内只有些发皱的土豆和一包火鸡脖子……床上盖着破烂的被子和廉价的毛毯"(*The Painted Drum* 175)。她的记录又是有选择的,她的关注点只是那些能够证实两姐妹无力抚养的经济贫困状况,而屋中的"摇椅、带有塑料兰花的玻璃底座的无影台灯和立体的耶稣画像对她没有任何意义"(*The Painted Drum* 175–176)。

这种有选择的书写方式刻意强调了值得肯定的家庭教育条件,由此厄德里克指出了主流社会对贫穷与抚养职责之间的关联。通过这种联系,厄德里克指涉了美国政府在20世纪30年代针对本

第三章　中产阶级话语的顺应

土裔人实行的住宿学校制度。因为政府认为要让本土裔人改变恶劣的经济状况，必然要给他们的孩子以良好的教育。他们认为居住在自留地上的本土裔人因为自身的贫穷和传统观点的影响，根本不能真正承担起对子女的教育职责。因此他们采用强制手段让自留地的孩子进入住宿学校。这种强制性的教育给很多本土裔人带来了很大的伤害，从早期的本土裔作家麦克尼克，一直到当代的本土裔作家，他们都对此问题提出了深刻批判。①

在莱德福德被带走的时候，读者可以看出，警察和社会工作者对他姨妈的粗暴行为给他留下了很深的心理创伤，他感到了一种强迫性的给予与无奈的接受。这种感受在莱德福德吃社会工作者给他的那块巧克力时淋漓尽致地表现了出来。库布把巧克力给莱德福德的时候，莱德福德没有反应，库布"将他（莱德福德）的手指合在巧克力上，并帮他从一头将包装纸撕掉"（*The Painted Drum* 178）。莱德福德"看了下手中的巧克力，发觉已经因为抓得太紧而开始顺着胳膊融化"（*The Painted Drum* 179）。他机械性地将巧克力放在嘴里咬下去的时候，他的姨妈被他们从屋子里抬出来时的样子清晰地出现在他的大脑里："她平趴在地上，胳膊被按在头上，好像睡着了，她抬起一条腿，好像准备往地下钻，这就好像她是

---

① 是美国政府在1880年至20世纪30年代针对美国本土裔人实行的教育制度。该政策的初衷是按照欧美的教育机制对自留地上的孩子进行教育，教育过程中要求本土裔孩子改变原来的装束打扮，不容许他们讲本土裔语言，改掉原来的本土裔特征姓名。对于很多本土裔年轻人来说，这种教育极其粗暴，特别是他们被要求离开父母，而且被鼓励忘掉自己的本土裔文化与身份，接受欧美文化身份。现在大多数本土裔批评中，这种教育机制都受到了严厉批判，被认为是对本土裔人群的强制性文化殖民政策。也有部分学者认为这对于改善本土裔人的生活和意识都有一定的积极作用，早期很多知名本土裔批评家和作家就是当时寄宿学校的产物。

准备跑到地下将自己掩埋了一样。"(*The Painted Drum* 179)看到姨妈身上的血后,莱德福德因为咬破了自己的嘴唇,他最终感觉到的不是巧克力的甜,而是血的滋味。在他习惯性地想向"挽救"他的人表示感谢时,从他嘴里发出的却是"一阵阵短促的尖叫声,就好像要把自己的身体撕碎"(*The Painted Drum* 179)。

由此可见,作者在思考民族问题时,没有直接书写留宿学校的情况,而是通过莱德福德的章节,让读者回忆了主流社会在实施这种政策时给本土裔人带来的痛苦,并对其背后的逻辑进行批评,拒绝将贫穷与家庭教育与父母的家庭责任心相联系。但是当没有种族问题的困扰时,作者又强化了这种联系,对贫困的家庭父母进行了他者化的刻画。这种书写方式正应和了美国主流社会中的"白色垃圾"[①]形象,正如艾亨里克(Barbara Ehrenrich)所说:

> 中产阶级创造出来的贫穷反映了他们自己的需求与焦虑,贫穷和贫穷文化相联系,这是中产阶级对底层阶级偏见的延伸。展现贫困群体的文化其实就是说他们是不健康的。中产阶级在穷人身上看到的是物质富足给他们自己带来的可怕后果。穷人没有享受到物质富足,却代表了在此影响下的最坏的品格……即消费文化所带来的享乐主义、冲动与自我放纵。要让消费文化得以发展,中

[①] Newitz 和 Wray 指出"白色垃圾"一词是对那些经济社会地位处于边缘化的白人的一种指称方式,这种称呼方式证实了这些边缘性白人之所以被边缘化的自身原因。(Wray and Newitz, *White Trash*, 60).) Michelle M. Tokarczyk 认为,白人穷人的存在揭示了美国无阶级话语的虚伪性,也反映了白人中产不愿与少数穷人认同的心理。这些贫穷白人是美国梦中的阴暗面,是美国噩梦,如果你不能成功,必将在贫穷与耻辱中度过。

产阶级的标志就是能够克制自我,推迟满足感;而要发展消费文化,最好的办法就是让每个人都不要推迟自己的满足,于是乎穷人就被描述为沉溺于即时快乐的人群。(Ehrenrich 52)

厄德里克虽然能够意识到种族和性别在贫困中的作用,但是一旦脱离这两个因素,她对底层的书写无意中又顺应了中产阶级对底层阶级的集体想象,这充分体现了作家在阶级话语中的中产"占位"。

第二节 中产阶级身份认同

除了在否定他者的关系中能够观察到行动者的文化"占位",行动者在叙述或书写过程中所采取的视角(perspective)同样也是其文化"占位"的具体体现。从普通意义上来讲,视角是我们观看、表征事物的方式,体现了观看者对事物、人或交流的一种知识位置,通常被认为是一种总体概观。但斯盖格斯(Beaverly Skeggs)认为,"视角不是总体概观,而是强加在他人身上的一部分兴趣,看似无关细微之处,其实不然,当其他视角都被忽略的时候,视角的强大力量就显现出来。"(Skeggs 6)斯盖格斯还认为,一个视角的选定取决于我们的知识、阐释方式、表达方式以及使用方法,因此视角的选用也是对一定位置的"占位"。厄德里克由于其自身的中产阶级位置,在表现不同阶级人物的交流过程中采用了何种视角?

在访谈中,厄德里克对美国的阶级问题表示了肯定:

小说中出现的品牌名称和物品类别可以暗示人物的经济地位、生长环境以及生活理想,甚至是宗教背景。有的人喝进口的喜力啤酒(一种顶级啤酒),而有的人则喝舒立兹啤酒,从两种不同的啤酒中我们就可以感受到人物的不同阶级性情和阶级地位。("Where I Ought to Be?" 46)

在小说中,厄德里克也描绘了大量中产阶级和底层阶级形象,并指出他们在生活"习性"方面的不同。但是,值得注意的是,厄德里克在所有发表的小说中,"阶级"一词出现的频率不是很高。在仅有的几次使用中,其所包含的内容也有所变化。如在小说《爱药》中,奈克特在试图拦住玛丽时,曾这样认为:"她这个瘦弱的白人女孩,你们甚至不会将她的家庭与我们卡帕家族当作来自同一阶级。"(*Love Medicine* 63)从小说中可以知道,奈克特之所以认为玛丽和自己的家庭来自不同阶级,主要就是因为玛丽来自"肮脏的拉马丁家族"(*Love Medicine* 64)。卡帕家族和皮亚杰家族完全不同,他们偷盗马匹,帮助白人出卖本土裔人的土地,对待传统文化完全是一种背叛者的形象。因此,在奈克特的思考中,决定个体阶级身份的不是经济因素,而是如家庭出身、道德品质以及对待传统文化态度等因素所决定的文化身份。这种文化构建的阶级身份易于流动,因此随着故事的推进,奈克特对玛丽的态度逐渐变化,不久玛丽就成了他的妻子,而且玛丽越来越呈现出值得称颂的正面形象。奈克特尽管做了酋长,但他不能像他的兄弟阿莱那样为保持传统文化做出贡献,同时他也不能很好地融入主流社会。他在玛丽和露露之间不断摇摆,也不能很好地尽其作为丈夫和父亲的责任。小说结尾,玛丽既能不计前嫌帮助露露,也能和露露联手保护本土裔文化不受掠夺。这样,厄德里克就消除了玛丽和奈克特之间的阶级差异。

同样,在小说《彩绘鼓》中,叙述者菲亚在描述她的情人克拉荷的女儿坎德拉和当地人艾克恋爱时,这样说道:

> 尽管我真心希望她能够给自己找个男朋友,但是在我们这个国家,对阶级差异的否定如此之深入人心,以至于我和克拉荷根本不会想到坎德拉会找艾克做男朋友,或者想到去鼓励或反对这种结合,而且我们认为自己这种想法非常符合常理。(*The Painted Drum* 12)
>
> 他不属于我们智性群体,我们根本想不到他。(*The Painted Drum* 12)

可见,菲亚所说的阶级,仍然是代表个人品质的文化身份,而且她作为一名反思型的知识分子,能够意识到自己观念的狭隘。故在艾克死亡之后,她和克拉荷都努力去改变原有的阶级观,从而消除了艾克家庭与他们自身之间的阶级差异。通过从经济维度向文化维度的转变,厄德里克使得笔下人物的阶级身份表现为一种流动的状态。

结合厄德里克的访谈内容,可以看出,她一方面能够意识到经济因素对个人阶级身份的决定作用,另一方面又很难摆脱将阶级视为流动的文化身份特征的心理惯势。不难看出,厄德里克对阶级现象的复杂心理体现了其身份轨迹与阶级位置之间的不同。布迪厄在定义阶级时,既强调了阶级的物质性,同时也注意到了由经济状况的文化行为参与到阶级身份的构建过程之中,而且在阶级"习性"的构成中,另一主要因素就是行动者的具体阶级位置。厄德里克随着自身经典化地位逐渐确立,其经济地位已毫无争议地进入了中产阶级行列,这种中产阶级位置必然使得其会采取中产阶级的视角来书写阶级问题。如在她的小说中,她一直努力消除阶级差异,让不同经济阶层的群体共处同一空间之内。在这些共存空间内,经济身份让位于文化身份,不同个体间平等相待。当经济差异过于突出而影响到个体间的平等交流时,厄德里克则常利用乌托邦式的方法打破小说人物经济身份的稳定性,并扭转经济身份,以便让不同阶层的个体得以平等对待。另外,在不同经济阶层人物的接触中,厄德里克也常将叙事权力赋予具有反思能力的知识分子,从旁观者的角度揭露经济因素对个人身份的限制,反对将阶级差异与性情差异相联系,以彰显个体之间的平等地位,从而起到将"自反性主体"这种中产阶级主体价值观进行普世化的作用。

一、共存空间的构建

在美国,尽管主流话语一直回避经济问题,否认阶级的存在,但不可否认的是,残留的欧洲等级意识在部分美国人心中仍然存在,只是在当代社会中以更隐蔽的文化形式存在,如消费习惯、生活方式等。经济地位较高的人通过将自己的生活方式或价值理念合法化,以实现对经济地位低的人群的区隔与控制。从厄德里克自身经历来看,早期对贫困的切身体验,加上其所属的本土裔族裔群体在美国的整体贫困状况,使得她对因经济不平等而造成的心理差异必然有深刻的感受,在情感上对底层阶级会有一定的认同感。所以,在文学创作中,她理想化地构建了诸多底层与中产阶层的共存空间,展现底层的内心真实状态,给底层人物更多的话语权,甚至在道德上对他们进行美化,从而打破普通读者的心理定势,让读者在阅读过程中重新思考现实生活中的阶级差异。

在这些共存空间当中,《屠宰场主的歌唱俱乐部》中歌唱俱乐部尤其值得一提。男主人公费德里斯因怀念德国家乡的屠宰场主们所组织的歌唱俱乐部,因此在和医生西奇(Heech)一起唱歌后,他产生了在美国也组织一个歌唱俱乐部的念头。他认为,"在美国这个社会,俱乐部没有必要根据职业对不同人群进行隔离"(*The Master Butchers Singing Club* 42),他欢迎各类人群参加到他们中间。最终参加俱乐部的成员有银行家、银行职员、医生、行政长官、私酒贩卖商和小镇上的酒鬼等各色人物。小镇上另一屠宰主皮特(Pete)也能不计前嫌,消除了与费德里斯之间的隔阂,加入聚会当中。他们的聚会构成了巴赫金的所谓"狂欢化"空间,在此,人与人之间的等级差异被暂时搁置,建立起自由、率真、随意而亲昵的新型关系,人们的行为从阶级等范畴中解放。在费德勒斯的俱乐部聚会中,"行政长官浩克(Hock)对私酒贩卖故作不知,医生西奇不再太关注他们对酒精的摄入量,底层的醉汉罗伊不停地加酒。""他们唱自己最喜欢的歌,分享歌词,通常一人领唱,到第二段时大家兴奋地一起合唱,一直唱到天明"(*The Master Butchers Singing Club* 42)。

除了狂欢化的空间可以消解身份差异,灾难性的空间同样也可以让个体摆脱身份限制,毕竟在死亡面前,每个个体都是平等的。如在小说《燃情故事集》中,厄德里克描写了杰克的四位妻子,她们经济文化身份各不相同,易来娜的生活经历跨越中产阶级和底层阶级。她出生于中产家庭,接受过高等教育,但因为父母之间关系的破裂,生活陷入贫困之中,在做了一段时间大学老师后,又因勾引男学生而失业。道特出生普通家庭,坎迪斯作为一名牙医,生活富有,代表了美国社会典型的中产阶级形象。马利斯则完全是底层阶级的典型代表。她在酒吧里做服务生谋生,没有文化,没有稳定工作,也没有和谐的家庭环境。在易来娜眼里,马利斯就好比一个"没脑子的洛丽塔"(Tales of Burning Love 84)。但在参加杰克葬礼后的回程路上,她们四人遭遇大雪,在无法寻求救援的情况下,只能一起待在道特的汽车中。此时,来自底层阶级的马利斯完全占据了主动地位,正是在她的建议下,她们轮流讲述与杰克间的故事,四人才免于被冻死在风雪之中,而易来娜身份上的优越性则完全丧失。在每个人都讲述了自己与杰克间的故事后,她们之间加深了相互理解,"最终,她们之间的敌意转变为姐妹情谊"(Tales of Burning Love 200)。鉴于易来娜一直难以改变的身份优越感,厄德里克在情节安排上,故意对她进行了惩罚。在轮到易来娜清除汽车气缸口的积雪时,马利斯故意松开了手,使得易来娜被暴风雪卷走。作家进而采用了魔幻现实主义手法,让易来娜在幻觉中遭遇已逝的利奥波德,这才最终使得她摆脱身份上的优越感。小说最后,易来娜反思自己和利奥波德的遭遇后,在笔记本上写道:"我们身上充满了平凡,陈腐"(Tales of Burning Love 448)。这样易来娜改变了之前的心理优越感,意识到了自我的平凡,不再将自己的身份置于他人之上。通过易来娜的文字,作家成功地消除了她们之间的阶级身份差异。

在厄德里克构建的个体平等相处的共存空间中,也不能忽略她想象性地创造出的儿童交往空间。毕竟,对于儿童来说,心理、价值等都尚在形成时期,他们更倾向于理想地根据自己的性情、爱好等因素来决定自己的交往范围,经济地位的差异往往不会影响他们之间的交往。《圆屋》中,小主人公乔的父亲巴依是名法官,从作家之前的小说中可知,母亲杰拉德也曾接受过高等教育,有份不错的工作。和乔家境相似的还有扎克(Zack),扎克的父亲是《鸽灾》中擅长音乐的柯文(Corwin Peace),母亲负责经营自留地上的报社。但是另外两位伙伴的家庭条件却不尽人意,凯皮父亲的形象类似于《屠宰场主的歌唱俱乐部》中的罗伊,没有稳定工作,妻子早早去世,单身一人带着两个儿子。安格斯(Angus)来自自留地上最穷的那片,而且他的父母自始至终缺场于叙事,他和姑妈斯达(Star)住在政府安置的一个三室房屋中。"房子四周都是烂泥杂草,没有树木和灌木丛"(*The Round House* 19),而且房屋连楼梯都没有,他们只好"用板片斜着当楼梯,或者就自己撑着身体上楼,下楼时就直接跳出来"(*The Round House* 19)。在这个破旧的三室房屋里还挤着安格斯的两个兄弟、斯达男朋友的两个孩子,而且斯达还有一个又一个怀了孕的姐妹,他那些酗酒或吸毒的堂姊妹们也时常过来住上一段时间。但是这种经济身份的差异丝毫没有影响四位儿童间的交往,斯达那儿有个破旧电视,他们没事的时候便一起看电视。他们都喜欢《星际迷航》[①],也都希望能变成电视中的沃尔夫(Worf)和柯林根(Klingon),观看过程中,"我们不会感觉到自己是瘦弱的、胆小的、被人同情的、没有母亲的或贫穷的,其他人不知道我们在说什么,我们感觉很酷"(*The Round House* 20)。于是,在对通俗文化中的英雄人物的共同崇拜中,他们的经济地位

---

① 《星际迷航》是由美国派拉蒙影视制作的科幻影视系列。

差异完全被隐藏,厄德里克从而也慢慢将读者的注意力转移到乔的复仇情节以及美国当代本土裔人所受的不公正待遇上,阶级问题转移到了种族问题上。

二、阶级身份的扭转

为了淡化经济身份在个人地位中的决定作用,凸显个人身份的文化性,厄德里克在一些情节设计中也故意扭转小说人物的贫富关系,使经济身份表现出不稳定的状态。在丧失经济地位后,个体不得不重新思考自我身份,经济地位的差异从而不再是个体之间平等交往的隔阂。如在小说《四灵魂》中,这种经济身份的转变表现得尤为明显。宝丽和姐姐住在姐夫穆色的豪华住房里。在那那普什的叙事中,该住所象征着本土裔人的血汗与白人的贪婪,"烟筒的砖里渗透着猪血与牛血,房屋四周挂满的泪珠形状饰边是上百万毫无用处的绳结,窗户上挂满深肤色未婚女性的绝望。""毫无疑问,好多不同年龄的人都因为这个房子失去了生命"(*Four Souls* 8)。但是,当作家将叙事视角交给宝丽时,这充满罪恶与贪婪的房屋"如面包房橱窗里摆设的蛋糕,洁白而初朴"。"不论是屋顶、屋角,还是门廊,都雕工精妙,形态迷人"(*Four Souls* 11)。由此可见,经济维度在宝丽的身份认同中起到了相当大的作用。特别是她和弗勒第一次见面时,这种依赖经济地位而产生的优越心理表现得更为明显。宝丽在决定是否雇佣弗勒做家中的洗衣工时,因为过于关注弗勒的外表,她误判形势,在客厅会见了弗勒。在意识到自己的过失后,宝丽这样叙述道:"本应该在堆放家中各种用品的后屋找个房间接待她(弗勒),而不应该在客厅里,因为客厅是身份平等的人聚会的地方。"(*Four Souls* 12)宝丽之所以认为弗勒的身份低下,其主要原因是她们之间因经济地位所决定的主仆关系,而在外表、性格、体能、品质等各个方面,弗勒都对她形成了极大的威胁。显然,在厄德里克看来,这种纯粹经济身份上的优势是脆弱的。可是,宝丽如果一直是家中的主人,她不可能改变自己对待弗勒的态度。为了彻底让宝丽失去身份上的优势,厄德里克在小说中很快将宝丽与弗勒两人间的经济地位进行了扭转。穆色同宝丽的姐姐离婚,并娶了弗勒,弗勒从仆人一跃变成女主人,宝丽则成为弗勒家中不受欢迎的客人。此时,宝丽的经济身份没有了任何优势,她这才开始反思自我,意识到自己的可怜,"终于,我只能看到一个不断做出愚蠢行为的宝丽,过去的我是什么样的人?什么样的人?在别人眼中只是个很无聊且有危险的人"(*Four Souls* 62)。宝丽因此决定彻底改变自己以及对待弗勒的态度。在不断想和弗勒修好而屡次遭到拒绝后,终因能在胎儿方面给弗勒提供帮助才获得弗勒的接受。小说中,当弗勒因胎儿有问题而向她寻求帮助时,厄德里克这样描写宝丽当时的心理,她顿时充满了希望,"弗勒居然需要我帮忙,尽管我当初瞧不起她,但她那么结实、胆大和有头脑"。"我如果能放下我的那点小小的居高临下的心理,我会很珍惜她的"(*Four Souls* 65)。特别是在医生误以为弗勒是佣人而不愿为弗勒看病时,宝丽承认,"以前我可能会和医生一样看法"(*Four Souls* 65),此刻的她毅然站在弗勒一边,愤怒地告诉医生,她将会让穆色知道他们这些人是如何为他的妻子服务的。宝丽也甘当弗勒的佣人,"我曾经命令她帮我洗衣服,现在我却去迎合她,可以说,我降低了身份,也可以说我变得高尚了,真正的人性在我身上占据了上风"(*Four Souls* 66)。而且,在与弗勒更多的交流中,宝丽逐渐意识到,"要将弗勒想象为和我一样,是个有家庭、有情感的女性"(*Four Souls* 67)。这样,之前两人间因经济差异造成的身份上的隔阂完全被消除,厄德里克将经济的问题转移到女性之间的情谊中。而且宝丽在同弗勒的交流中,开始了解弗勒族人的遭遇,从而种族问题也成为读者不能忽视的一个维度。通过这样的叙事,作家也同样将经济身份决定的阶级问题完全转移到性别与种族问题上。

当代欧美著名社会学家尤瑞(John Urry)认为当下社会正处于"后社会文化"阶段,其最主要的特点就是相对于社会结构和位置,社会关系呈现出流动性。[①] 布迪厄虽然也强调了当代社会的流动性,但是从他的资本理论可知,文化资本是社会身份流动的基本条件,这也就意味着虽然当下社会充满着流动,但并不是每个人都有流动的条件。再回到小说《四灵魂》,厄德里克在赋予弗勒流动的特权时,读者不难发现,这种流动是纯粹乌托邦式的。穆色之所以会与宝丽姐姐离婚而娶弗勒为妻,原因是多方面的:首先,他自己的婚姻本不幸福,妻子长期性冷淡,两人保持着名存实亡的夫妻关系;再者,穆色因为早年大肆掠夺美国本土裔人的土地,自知罪孽深重,所以当他得知弗勒前往报复时,他是为了保命,更是为了赎罪,才答应娶弗勒为妻;不能忽略的是,从外表来看,弗勒也很漂亮。这种流动显然不是美国梦所鼓吹的流动,相反,弗勒被赋予了神秘和传奇性色彩,文本背后也揭示了经济身份流动的艰难。同时弗勒的经济身份流动也是短暂的,女主人没做上几年,穆色就宣告破产,弗勒只好带着儿子回到自留地,结束了之前人上人的生活。由此可见作家在处理流动问题时,有转向性别、种族的努力,

---

① 具体内容参见 John Urry, *Mobilities*(2007)。

但她也不能提供一个合理的流动方式。

三、"反思性主体"的认同

厄德里克除了将不同经济身份个体置于共同空间,或扭转经济身份,以消除他们之间的差异外,在一些情节中也充分利用知识分子的反思性特点,对具有优越经济身份的心理优势进行干预,让他们不断反思自我,意识到自我认识中的局限性,以淡化阶级间的身份差异。但是,在他们的自我身份确立过程中,也体现了作家对中产位置的"占位"以及对社会整体话语的构建。因为在社会整体体系中,"自我"是其中的一部分,主流话语通过情感、性情和特征等象征性符号掌控个体的行动以及个体资本的增长或减少,从而生产和影响"自我"。正如福柯(1979,1988)所言,"自我"不会在产生它的话语形成之前出现。斯盖格斯(Skeggs)在《阶级、自我、文化》一书中也进一步提出,影响"自我"的不单单是话语,还有使之成为可能的一整套体系,包括铭刻、交换、视角与实践各个环节。"自我"的形成既是历史性的,也是空间性的(Skeggs 19 - 20)。①

在《彩绘鼓》中,厄德里克也安排菲亚多次反思社区以及她自

---

① Roy Porter 曾对西方文化历史中的"自我"定义进行了梳理,古希腊认为"自我"是命运的玩物(playthings of fate),基督教认为"自我"是有罪的痛苦个体(miserable sinners),在笛卡尔看来,"自我"是一个思考着的个体(thinker),自由主义者们则强调"自我"的内在决定性(self-determination),浪漫主义者们强调"自我表达"(self-expression),弗洛伊德则认为"自我"是无意识的产物。同时,Porter 还专门针对文艺复兴阶段"自我"的形成进行分析,认为由于当时宗教、习俗等限制,一些社会精英男性为了表示对社会的反抗,试图构建一种自我发现(self-discovery)与自我实现式(self-fulfilment)的自我,因此他们利用日记、自绘像等方式展现他们与大众以及宗教势力的不同。具体参见 Roy Porter, *Rewriting the Self*: *Histories from the Renaissance to the Present*, London: Routledge, 1997.

己对艾克一家的态度。在阅读过程中,读者可以感受到菲亚对艾克的认识是逐渐修正的。小说中艾克以一个愚笨的失败者形象登场,他将父亲贷款刚买的汽车偷开出来兜风,却一不小心将车滑下山坡,眼睁睁地看着自己的挽救计划泡汤,"他开始绝望,目光呆滞地看着卡车将他父亲的汽车夹起来,然后将车侧摔在铺满石子的路上"(*The Painted Drum* 5)。但在艾克与克拉荷的女儿坎德拉的恋爱事情上,菲亚能够意识到她和克拉荷之所以没有考虑过艾克,其根本原因就是艾克的底层阶级身份。这样,菲亚就对自己的阶级偏见进行了反思。在论及艾克家将狗拴在院中且有虐狗行为时,菲亚承认自己虽然曾打过一次电话给人道主义机构,但是因为没有任何变化,她也就此放弃,所以她表示"我想我并不比艾克家人好"(*The Painted Drum* 12),因为她和艾克家人对动物都一样冷漠。这样,通过深度反思,菲亚将自己与艾克一家置于同样的道德水准。另外,厄德里克也对菲亚遇见艾克母亲的场面进行了描述,那是在艾克因车祸去世几天后,菲亚在得知艾克母亲身体不是太好时,询问她是否需要从教堂获得帮助。对这样的问题,艾克母亲不知是出于诧异还是嘲笑,突然笑了起来。菲亚认为此时艾克母亲的笑声"和她听到艾克最后一次的笑声一样,是乌鸦的笑声,刺耳,难以捉摸"(*The Painted Drum* 70)。从而菲亚将艾克及他的母亲对等于极具象征意义的乌鸦。在小说的最后,在诸多经历后,菲亚对生活、对自我都有了更好的理解,在去妹妹的墓地祭拜,当乌鸦在她面前飞来飞去时,菲亚一改之前对乌鸦的态度,认为"它们难道不是那些牺牲了生命被埋在此地的人们、孩子、女孩们的灵魂吗?它们的快乐难道不是我们共同所拥有的一种意识形式吗?"(*The Painted Drum* 276)这样,通过中介物乌鸦,菲亚将自己等同于艾克家人,完全摒弃了之前居高临下的态度,从而也消除了她与艾克一家之间的阶级差异。①

其实,通过凸显菲亚的反思性在消除阶级差异中的作用,厄德里克应和了当代社会学家贝克(Ulrich Beck)和吉登斯(Anthony Giddens)等人所提出的"反思性自我"身份认同模式。在贝克和吉登斯看来,当代社会生活中的个体的一种普遍特点就是具有"反思性",贝克称之为"反思性现代性"。贝克在《风险社会》中指出,现代社会中的个体尽管总体上无法逃脱结构的束缚,但是可以决定具体重视什么或忽略什么。由此产生的个体尽管不完全自由,但可以跳出复杂多样的社会关系,进行传记式思考,从而在流动变化的后现代社会中获得意义的连贯性,个体自身因此也就构成了当代社会进行再生产的一个单元(Beck 98)。吉登斯同样认为,在当下支离破碎的社会中,个体为了创造出连贯的身份,关键所在就是其反思性特点。自我呈现出双重模式,一方面需要一个能对自身进行思考的自我,这个自我为了能够思考和计划未来的行动,需要置身于社会关系之外;另一方面也需要将结构内化,再将自己置于社会结构之中。因此这是个了解自我而且能够摆脱结构束缚的自我。但是,在伊恩·亨特(Ian Hunter)看来,"反思性自我"概念强调了人的自我思考性,是智性话语的体现(Skeggs 121)。反思性构建身份对于不同个体也并不是机会均等的,在阶级、性别、年龄、种

---

① 鉴于作家的本土裔传统,动物在小说中多被赋予更多的寓意,在《彩绘鼓》以及厄德里克其他小说中,乌鸦的笑声时常出现,一方面寓指被驱逐的弱者,另一方面也寓指顽强存活的生命力量。Heinrich 曾专门就乌鸦问题进行探讨,认为早期的欧洲白人通常将乌鸦与对死亡的恐惧心理相联系,而美国本土裔人则多将乌鸦视为创造者和英雄。具体见 Bernd Heinrich, *Ravens in Winter*, New York: Vintage, 1991: 24.

族等方面占据有利位置的个体拥有更多的自由来反思性地构建他们的身份。处于不利社会地位的个体尽管也会主动反思性地构建自己的身份，但却是在社会主流关系和群体的影响下进行的，同时每个个体的认知会受到自身视角的局限(Devine, Savage 168)。阿德金斯(Adkins)也同样认为，只有那些具备足够文化资本的人才能成为具有反思性的自我。萨维奇(Michael Savage)更是指出，这种自我认同模式强调了个体的自我发展，而结构在其中的作用被淡化，这其实就是中产阶级经验的产物和个体身份认同模式，是中产阶级将自己的经验和视角权威化的一种象征性努力。

纵观《彩绘鼓》以及厄德里克的其他小说，读者不难发现，那些具有反思性特征的个体通常都是出身于良好的家庭，且接受了一定高等教育的知识分子。而那些身处底层阶级的个体则无法摆脱身份限制进行反思性思考。比较《彩绘鼓》中菲亚和伊拉两位女性可见，伊拉经济地位低下，她更多关注的是基本生存问题，对于自身所处的经济结构根本不可能有整体性的认识，更无法跳出此结构进行反思性思考。而菲亚正是由于良好的经济条件和教育背景，才能在处理与克拉荷和艾克两种不同阶层人物关系时，保持既排斥又接近的游离状态。而且，这种反思性的个体在厄德里克的小说中往往具有更大的叙事权力，如菲亚、《燃情故事集》中的易来娜、《踏影》中的艾琳等。这些知识分子女性都具有使用第一人称进行叙事的话语权，这也从另一方面反映了作家对此种反思性个体的认同以及中产阶级位置的"占位"。

第四章

构建中的中产话语

在布迪厄看来,当代社会不同于传统社会,文化因素已经深深地渗透到整个社会生活的各个领域和各个部门,可以说,当代社会最重要的特点就是文化在整个社会中占有优先地位,甚至可以说起到了决定性的作用(高宣扬 14)。但究竟该如何对当代社会的文化问题进行研究?布迪厄采取的方法是集中探讨社会中文化再生产的运作逻辑。其实,在几乎整个人文领域,从 20 世纪中期开始,文化再生产都是社会和文化研究的基本话题。[①] 布迪厄在研究中,将当代人的文化活动、创作作品的过程同社会结构的动态运作结

---

① 如英国伯明翰大学从六七十年代起开始创立"伯明翰大学当代文化研究中心"(The Birmingham Centre for Contemporary Cultural Studies),1966 年李德大学(Leeds University)创办"电视研究中心",莱彻斯特大学创立了"大众传媒研究中心",伦敦大学 1967 年建立"电影研究中心",他们建立这些机构的主要目的都是为了从日常生活层面探讨社会文化的再生产机制。

合起来,特别是同社会结构中权力网络的动力生成、权力再分配以及发展逻辑紧密结合起来。他把行动者的"习性"视为社会结构中的精神生命体,同时,在社会文化的再生产过程中,社会个体的"习性"同语言以及其他各种象征结构之间存在复杂的关系。要强调的是,布迪厄所说的"文化再生产"不是简单的"文化复制",其中包含了创造性的活动,也包含了策略斗争过程。

布迪厄还认为,社会并不是实体性的现成架构,而是由特定社会中各个社会阶级之间的权力斗争以及这些斗争所处的不同场域形构而成。因此,社会永远是动态的,具有不稳定性和变通性。对于统治阶级来说,维护其统治秩序是必要的。为了达到这样的目的,统治阶级总是试图论证其统治的正当性,并通过使用各种社会资源和力量,将他们的论述形成程序,通过一系列隐蔽的策略,使得整个社会的运转能够符合他们的利益需要,其中对其统治权力的正当化过程也是其文化再生产的过程。同时,布迪厄也注意到,由于当代社会已经演变成消费社会,文化渗透在我们生活的方方面面,文化正当化的过程也就同日常生活、生活风格、生活品味、审美趣味等结合在了一起。

对于美国的中产阶级话语构建过程,目前诸多研究者都能从文化再生产层面进行探讨,如契菲兹(Eric Cheyfitz)认为男性气质的构建强化了美国国家话语中的白人中产阶级正面形象[①]。同样,国内学者浦立昕也从安德森小说中的男性气质问题出发,探讨了中产阶级文化身份构建对国家话语的再生产性[②]。周铭则探讨了

[①] 具体内容请参见 Eric Cheyfitz 的文章 "National Manhood: Capitalist Citizenship and the Imagined Fraternity of White Men (review)"。

[②] 具体内容请参见浦立昕的《身份建构与男性气质:舍伍德·安德森小说研究》。

女性形象在美国国家身份建构过程中的地位①。特拉斯科（Michael Trask）从性属（sexuality）角度出发，探讨此维度下的中产阶级文化在美国社会中的再生产性②。另外，市民身份、家庭空间、个人主义思想、清教思想等作为文化再生产的空间，在目前研究中都有所提及。而对于厄德里克的文化再生产研究中，目前多关注其对主流文化的偏离，如利用恶作剧形象质疑主流社会的种族观、性别观等，忽视了厄德里克在文化再生产过程中对主流话语的顺应。从前一章可见，厄德里克在写作中采取了中产阶级"占位"，那么她在"占位"过程中又如何通过文学书写参与到中产阶级话语再生产机制之中呢？本章立足微观，从家庭伦理和审美趣味两个方面，对厄德里克小说书写背后体现的文化再生产努力进行探讨。

第一节 中产阶级家庭伦理构建

家庭是最悠久的社会组织形式和伦理关系，又是人类最现实、最直接的伦理实体。然而，家庭不是跨越时空的空泛的固定模式，而是社会构建的产物，它有着一定的政治内涵，是一个意识形态与象征的建构。随着历史的变迁，在不同时代它必然会呈现出不同的模式。正如社会学家尼克尔森（Linda Nicholson）所指出的："家

---

① 具体内容请参见周铭的《"文明"的"持家"：论美国进步主义语境中女性的国家建构实践》。
② 具体内容请参见 Michael Trask 的 *Cruising Modernism: Class and Sexuality in American Literature and Social Thought*。

庭是历史的产物,是个流动的概念。"(Nicholson 69)同时,家庭能够反作用于社会,帮助传播社会主流价值观念,强化社会主流话语。纵观家庭历史演变过程,家庭从不是反历史或反文化的,如在西方古希腊和古罗马时期,分别有不同的婚姻制度和子女教育方法。那个时代的家庭组织关系总体上以男性中心主义为原则,但两性关系比较自由,家长在家庭中享有很大的权力。到了中世纪后,受基督教思想影响,人的欲望被视为一种个人的罪恶,因此禁欲主义盛行,女性作为欲望的对象也就被置于更为低贱的地位。进入近代后,婚姻逐渐被视为一种契约关系,家长和家庭成员间形成了相互比较独立的关系。二战后,由于对传统的反叛,自由主义和享乐主义的盛行,加上现代主义和多元文化的价值理念影响,家庭模式呈现出多元化特点。

其实,正如尼克尔森所言,"family"一词到了19世纪中期才有了当下广泛使用的意义,即同一居所下包括父母亲和孩子的这样一个"核心家庭"(nuclear family)。在西方早期,family指的是一家之中的所有成员,可以包括奴隶、仆人,甚至更大的亲属群体,也就是所谓的"大家庭"(extended family)。在美国,家庭也同样因文化历史的原因而不断演变,特别是当代,由于女权运动以及同性恋权利的争取,在婚姻家庭观念方面多强调实现个体幸福的最大化以及个人的选择自由。然而,这给传统家庭带来了极大的挑战,婚姻的稳定性逐渐受到破坏,同居人数大幅度增长,性道德问题逐渐被忽略。但另一方面,一个稳定富足的家庭仍旧是美国梦的重要一部分,因为家既是安全避风港的象征,也是社会成员得以表达情感的主要场所。

在厄德里克的小说创作中,家庭同样是其不断书写的对象。

第四章 构建中的中产话语

从第一本小说《爱药》中的玛丽与奈克特岌岌可危的家庭,直至2012年的《圆屋》中描写的在创伤中逐渐恢复的巴依与杰拉德组建的家庭,几乎每部小说都围绕某个或多个家庭生活展开。在其对家庭的书写过程中,读者可以感受到本土裔人群在由传统的大家庭向当下核心家庭转变过程中的不适与调整,亦可感受到女性作家独有的情感体验,感受到作家本人的家庭生活经历。同时,家庭模式也不拘于单一,后现代社会中多样化的家庭模式被一一呈现在读者面前。针对厄德里克作品中的家庭书写,斯道霍夫(Gary Storhoff)在论文《路易斯·厄德里克〈甜菜女王〉中的家庭系统》("Family System in Louise Erdrich's *Beet Queen*")中从家庭系统论出发,认为作家通过对比传统的中产阶级核心家庭与不断变化的集体家庭概念,将小说中追求稳定的两个家庭间的动态过程进行戏剧化处理,让读者意识到对家庭整体性的认识在改变家庭地位与家庭结构中的重要性(Storhoff 342)。斯道霍夫的研究为读者了解厄德里克在家庭维度的思考方面提供了一定的帮助,可是他没有能结合当下美国历史语境以及作家的具体生活经历,而是将作家虚构的家庭生活当作考察实在的家庭案例,去印证家庭系统论的正确性,这样就模糊了作者与小说人物间的界限。加上由于他的研究时间较早,且范围只局限于《甜菜女王》一部小说,这对于考察厄德里克在家庭问题上的思考显然不足。尽管如此,斯道霍夫还是将读者的注意力转到了厄德里克的家庭书写上,特别是让读者注意到厄德里克在家庭书写中不局限于本土裔传统家庭,也涉及了中产阶级家庭。而且这些中产家庭不但有本土裔的,也有白人的。这与其他本土裔作家的书写明显不同,可以使读者摆脱对当下本土裔家庭的本质性解读,打破读者对本土裔作家书写内容的阅读期待。

毋庸置疑，厄德里克的家庭观念深受其族裔传统文化影响。在谈及儿时经历时，厄德里克强调了从小与外祖父母一起听故事的经历。但同样不可忽略的是，厄德里克虽然具有奥吉布瓦血统，且儿时在本土裔大家庭中成长，但是在其进入婚姻生活后，特别是随着她逐渐成为公众人物，她的家庭条件已全然改变，完全符合当下的核心家庭标准。而且，对家庭伦理的思考是时代与作家个体经验的产物，厄德里克第一次不幸的婚姻也必然加深她对家庭的思考，并在她的文学创作上留下烙印。另外，从其发表第一部小说《爱药》至今，美国整体社会也经历了不少变化，一方面是女权运动与同性恋运动的持续进展，传统家庭模式的正当性愈来愈受到质疑。与此同时，后现代社会所导致的不确定性又使得更多的人希冀回归传统家庭模式，以在家庭生活、亲情关系中寻找生活的意义。特别是在"9·11"事件的影响下，美国民众整体感受到生活的无常，与家人随时都有可能永远分离，因此更加关注当下和家人之间的情感交流。美国政府为了推行反恐政策，也极力敦促美国公民多关注家庭生活。如在2014年中期选举时，奥巴马公开宣称自己最不后悔的事就是他对家庭的付出和奉献。文学批评家奈斯特（Nancy L. Nester）曾就美国当代几位作家作品中的家庭形象进行了详尽分析，她指出，在美国当代，虽然家庭模式多样化，但是维多利亚时期产生的传统中产阶级家庭模式依然占据主导地位，"母亲负责家庭内部事务，父亲负责养家，有两个孩子，在郊区有自己的独立房子，由于个人情况的不同，这种传统的中产阶级家庭模式现已经很少被认同或觉得可行，但是这种家庭理想仍旧影响着常规思想、公众态度、政府政策以及集体想象"（Nester 32）。那么，厄德里克在书写家庭的过程中，是否体现了这种中产阶级的家庭理想？

其对家庭模式的想象与美国的中产阶级国家话语间构成何种关系？

一、家庭模式的多元化

在家庭模式上，厄德里克并没有仅仅围绕一种模式展开。相反，在其现有的小说中，读者可以感受到作家对不同家庭模式的接受，这就顺应了美国自由主义影响下的多元文化共存思维模式。首先，在作家看来，本土裔人的传统大家庭模式一直是个美好的回忆。在访谈中，厄德里克多次提到，幼年时期祖父母给她讲了很多故事，这对她最终能走上文学创作道路起到了很大的作用。在其看来，这种同祖父母共同居住的日子充满了温馨与快乐。在这种家庭模式下，老人同子女共同居住，家庭成员之间没有因性别和年龄而产生的等级概念，而且女性通常具有较高的地位。一些研究者甚至将传统的本土裔文化视为母系制的。老人和儿童也受到很多关注，老人通过讲述故事，使得部落文化得以延续和传承，儿童则在适当的时候承担起传承部落文化的责任。早期的本土裔作家作品中，这种大家庭模式尤其明显，如麦克尼可的《在太阳下奔跑》中扫特（Salt）所在的家庭与《来自敌方天空的风》中安托尼（Antoine）的家庭，整个家族所有成员都居住在一起，家庭生活同部落文化命运密切相关。

在厄德里克的笔下，除了儿童小说[①]，麦克尼可式的本土裔人原始居住模式已不复存在，这反映了在主流文化的影响下，本土裔人逐渐移居城市，逐渐被同化的现状，也显示了厄德里克对早期书

---

① 如《小鸟》（*Chickadee*），2012。

写模式的偏离，避免了对本土裔人传统文化的"本质主义"解读。但在其现已发表的大多数作品中，仍多围绕某个家庭谱系展开，读者可以依稀感觉到其中大家庭模式的存在，如早期作品中的皮亚杰家族与拉扎雷家族，在《鸽灾》和《圆屋》两部小说中，以慕舒姆老人为中心的另一大家族成为作家写作的焦点。而且，在这些家庭中，老人的形象尤其值得注意。与当代美国主流文化中的老人形象不同，老人那那普什同妻子玛格丽特的子女以及孙子女居住在一起，慕舒姆则同女儿克雷蒙斯（Clemence）一家居住在一起。他们在家庭中尽管不具备等级上的特权，但都为家庭其他成员所尊重，而不是老则无用或完美智慧老人形象。通常情况下，孩子被单独留于家中同祖父母辈待在一起，具有劳动能力的中年父母在日常生活中多因工作或其他原因而在家庭中缺场。在《痕迹》中，弗勒外出，那那普什和玛格丽特则帮助她照顾女儿露露。《鸽灾》中，伊维尔与哥哥约瑟夫的父母白日在外工作，他们则和祖父慕舒姆待在家中。老人承担起了对孩子的教育责任，当然，他们对孩子的教育不是主流社会的那种经验灌输或道德说教，而是通过讲述本土裔人的历史遭遇，使得孩子在逐渐被白人文化同化过程中也能铭记历史，从而更好地反思当下，并传递本土裔文化继续存在的希望。在《痕迹》的开头那那普什这样和露露讲道：

> 在那场雪之前，我们开始有人死去，那场雪不断地下，我们一样，也不断有人死去。真奇怪，经历了这么多灾难，我们还能剩这么多人来参加这次死亡。……那时我们本以为灾难肯定已经耗尽力量，大地再也无法承载和埋葬更多的奥吉布瓦人了。但是大地是无限的，当然，运

第四章 构建中的中产话语

气也是无限的,我们的数量也是无限的。(*Tracks* 1)

这样,那那普什向当下的本土裔人传递了两个基本信息:一是本土裔人早期在主流社会中遭受的严重不公正待遇,二是本土裔文化将继续存在,这正是本土裔研究者们极力向美国当下本土裔人传达的信息。那那普什的讲述也体现了本土裔人的宇宙观,即大地、自然与人融为一体。这种传统文化教育在主流社会中的核心家庭模式中显然无法实现。厄德里克自然明白,传统的大家庭模式在现实生活中逐渐被核心家庭模式代替,但通过修改,将之感应性地展现在读者面前,让读者觉得这也不啻为一种家庭模式选择。

随着性别研究的深入与拓展,作为当代性别运动的产物,同性恋逐渐为美国政府和社会所接受,他们组建的家庭对美国中产阶级的传统家庭模式产生了巨大冲击,完全打破了异性结合组建的核心家庭模式。在厄德里克的作品中,读者同样可以读到作家对这种家庭模式的思考。早在1996年发表的《燃情故事集》一书中,作家就针对这种家庭的可能性进行了探讨。在杰克离开之前,他想看下自己的儿子,于是来到第三任妻子坎迪斯的住处。在进入卧室寻找孩子时,卧室里的景象让他"立马明白了,他的两任前妻同床,已成为情人关系,她们睡在一起"(*Tales of Burning Love* 261)。在这部小说中,厄德里克通过坎迪斯质疑了通常所认为的"正常"(normal),当坎迪斯和马利斯终于打破心理界限,有了肉体的接触后,坎迪斯重新反思了社会规约,"她记得她曾经将看起来完全正常的事当作是荒唐、怪异"(*Tales of Burning Love* 360)。但是作家对此婚姻模式仍旧存有保留态度,她在叙述中凸显了这种关系形成的非自然性。坎迪斯因为手术失败失去生育能力,希望通过同马利斯的结合获得孩子的抚养权,而马利斯则是由于经济状况的无奈才接受同坎迪斯在一起。而且即使与坎迪斯在一起后,马利斯仍然保持着与杰克的异性恋关系。同时,厄德里克也通过杰克的视角谈及了主流社会对这种关系的排斥。所以,在杰克想到两任妻子在一起时,他"不愿承认这显而易见的事,她们放弃了他,放弃了男性,这是他不愿表达的恐惧"(*Tales of Burning Love* 379)。十余年后,当作家在《踏影》中重新涉及此类家庭模式时,相对于坎迪斯与马利斯的关系,玫同葆碧(Bobbi)两人的同性结合则发生得相当自然。玫在吉尔的请求下,将斯窦尼的房间涂上云彩。工作结束时,艾琳提出要送她回家时,她毫无任何顾忌,很坦然地告诉艾琳,她要去她的女伴葆碧家,并承认自己是个"快乐的,调整得相当好的同性恋者"(*Shadow Tag* 68)。在小说结尾,作家通过艾琳的女儿莱艾尔(Riel)描述了玫与葆碧的家庭状况,"我被她们传统性地收养,从而有了很多兄弟姐妹和二十个堂表姊妹,是这些兄弟姐妹将我带大,我觉得这倒是个好事"(*Shadow Tags* 248)。由此可见,同性婚姻组建的家庭已成为一种自然存在的常态,而非早期不愿被承认,甚至令人感到恐惧的越界行为。

在核心家庭、传统大家庭以及同性恋家庭等模式之外,厄德里克作品中也出现了其他的不同模式。如《爱药》中的露露、《甜菜女王》中玛丽母亲阿德雷德(Adelaide)与玛丽的好朋友塞莱斯汀(Celestine)、《痕迹》中的弗勒、《彩绘鼓》中的埃尔西(Elsie)与伊拉等,这些女性都为单身母亲。《羚羊妻》中的德裔士兵罗伊、《彩绘鼓》中的艺术家克拉荷、《屠宰场主的歌唱俱乐部》中的流浪汉罗伊等则为单身父亲。虽然这些单亲家庭大多会让读者产生不完整的感觉,但是作家通过文学书写,将它们展现给读者,让读者意识到在美国社会中,提到家庭,不能只想到单一的核心家庭。相反,"家庭"这个概念是各种不同家庭模式的总和,这就使得"家庭"一词具有了多元的意义。

二、危机重重的核心家庭

早期,欧美社会中的家作为与其他社会机构相分离的私人空间,是家庭成员得以休息的场所和安全的避风港,女性逐渐承担其家庭的内部事物,与外界社会不断隔离,被局限在家这个私人空间内,男性则负责处理家庭这一私人空间外的事务。19世纪末与20世纪初,随着女权运动和科学知识的发展,女性对自己的身体有了更好的了解,她们也希望像男性一样走出私人空间,这一诉求给传统的中产家庭模式带来了威胁。但即使在那个时候,在外工作的女性还是多来自工人阶级,中产阶级女性则通常仍旧被鼓励留在家中,承担起家庭的各种内部事务。这种早期的中产阶级家庭理想一直延续到当下,即男性要走出家庭这一私人空间,去努力获得声望、智慧、财富与权力,而女性,即使接受了教育,或有参加工作的能力,但是她们更希望能表现出平和、温柔、善良、甘愿自我牺牲等美德。近年来,由于美国经济整体滑坡,很多中产阶级家庭稳定的生活秩序逐渐被打破,传统的核心家庭模式受到怀疑。但在"9·11"事件后,很多美国人意识到社会生活的不稳定性,因此又试图重新在家庭中寻找心灵的平静,于是家庭又逐渐成为理想中的避风港。

在这些不同因素的影响下,中产阶级核心家庭成为一个充满张力的写作空间。在厄德里克对家庭的书写过程中,同样对此类家庭给予了关注。如在《燃情故事集》中，易来娜在父母离婚前，家庭物质条件较好，父亲施力克（Schlick）在当地颇具影响力，拥有"家具批发店、殡仪馆，是所在城市最大的汽车经销商，还经营谷物期货，至少是三处历史纪念场所的主人"（*Tales of Burning Love* 222）。母亲本是一名巡回演出的杂技演员，但在和施力克结婚后，她所做的每一件事都会成为当地的新闻，她"不停地烧饭、照顾花园、写作、主持会议，她的房子极其整洁，她的院子中的篱桩与鸢尾花修剪整齐，其整齐程度足以令人惊叹"（*Tales of Burning Love* 220）。因此，在父母离婚之前，易来娜的童年无忧无虑，

> 每次遇到困难，她就会回想起过去的安全。那时，她是家中唯一的孩子，在父母离婚前，他们将所有的注意力和希望都给了她。……很小的时候，她的家中有花园，窗户旁有个座位，玩具娃娃和真人一样大，整书架的书，坐在宽大的肉棕色的椅子上，妈妈晃动着她，每次要打预防针或她的膝盖被蹭破时，妈妈和她一起哭，爸爸为她制作游戏屋时，不惧手掌起茧磨泡或指甲被锤误砸。（*Tales of Burning Love* 37）

由此可见，这是个典型的幸福温馨的中产阶级核心家庭。父亲在社交的公共空间为家庭赢得财富与名望，母亲则主要负责家庭内部这一私人空间当中的各种事务。尽管母亲有着坚强的人格和强健的体魄，但是她被社区固定为温柔、平和、传统的中产阶级女性形象。因此，她不得不努力强迫自己去迎合社区的期待，树立一个具有美德的女性榜样。在各种慈善事业中，她可以说进入了

公共空间，但即便在这些空间内，她更多是被作为模范女性予以宣传，强化的仍然是被限制在私人空间的家庭女性形象。物质的丰富与地位的提高并没有让母亲得到心理的平静，走出家庭这一私人空间、重新实现自我的愿望一直存在。正如易来娜所说，"长期以来母亲的情感被厚厚地掩盖，这导致了她令人可怕的不安。"(*Tales of Burning Love* 220)终于，一次偶然机会中，当消防员杰克在冬夜被冰冻所伤时，母亲利用传统的身体取暖方式，将杰克从死亡边缘拉回。她挽救了杰克的生命，但所采用的拯救方法背离了常规，她忽略了自己体面的身份，也忽略了丈夫的感受。当丈夫施力克回到家中时，他痛苦地看到自己的妻子与另一男性躺在床上，绝望之际，他悄然离去，并切断了妻子与女儿的一切经济来源。没有了物质上的富足，母亲只好只身带着女儿艰难地谋生。但在易来娜看来，尽管为丈夫所抛弃，母亲却得到了精神上的解放，"再也不用担心为报纸写些什么内容，或如何为热卖会加油，或担心什么时候为红十字会举行拍卖会"(*Tales of Burning Love* 228)。母亲在摆脱这些社会事务压力的同时，也意识到诸多此类的中产女性活动毫无意义，因此"除了自己的女儿，她讨厌每一个在法尔果小镇长大的中产阶级女孩，甚至讨厌她们的母亲和父亲"(*Tales of Burning Love* 228)。这里作家故意强调了母亲讨厌的群体为中产阶级，结合母亲之前的境遇，不难看出，母亲讨厌的是符合社会期望值的中产家庭模式。

在《踏影》中，艾琳自愿将自己关闭在家庭这一私人空间内，自从和吉尔结婚后，她赶走了朋友，"她已经将自己与外界隔离，现在只有孩子和吉尔……孩子不在家的时候，有书和狗的陪伴就够了"(*Shadow Tags* 72)。通过这种方式，艾琳试图按照传统的中产阶级家庭女性形象打造自己。可吉尔由于自身的族裔边缘身份,无法正视自己的文化与历史,从而将妻子艾琳视为一个被物化的、可以被占有的物品,并在画作中肆意扭曲艾琳的形象。这也就促使艾琳通过假日记的形式来扭转他们不平衡的两性关系,最终导致婚姻的破裂。

在小说《圆屋》中,作家再次将笔触指向了一个遭遇危机的中产阶级核心家庭。与前两个家庭有所不同的是,私人空间与公共空间的界限完全被打破,母亲并没有完全将自己局限于家庭的私人空间内,她有自己的工作,负责当地自留地上本土裔人的身份鉴定。父亲为当地法官,但没有将家庭事务完全置之不顾。夫妻间关系和睦,三口之家生活温馨且平静。可白人罪犯林登出于报复,侵害了母亲的身体,给母亲以及乔的整个家庭都带来了巨大伤害,平静的生活就此被打破。

在三部小说中,厄德里克都安排这些家庭的子女作为家庭危机的叙述者。在易来娜与雷埃尔的叙事中,作为女性,她们首先认可了母亲的行动,但同样也流露出对之前稳定家庭生活的留恋。因此易来娜每每遭遇困难,父母离婚前的幸福生活就自然浮现在眼前。雷埃尔在小说结尾的叙事中表达了对母亲不负责任的责备。结合作家自己的婚姻经历可见,厄德里克在家庭书写过程中渴望这种中产化的核心家庭的回归,另一方面,这也体现了作家对当代导致美国社会家庭危机原因的深层思考。在早期作品《燃情故事集》中,作家仅仅涉足了男权传统话语下的女性压抑,女性被各种社会规约限于家庭私人空间,无法真正走进男性的公共空间。因而,厄德里克通过对女性真实心理的展示,表达了女性试图打破私人空间与公共空间界限的愿望,呼应了当下的女性主义思想。

第四章 构建中的中产话语

时隔14年后,在《踏影》中,厄德里克更深入地思考了这一问题,她指出在当代社会,除了私人空间与公共空间的区分给女性带来的限制外,很多个体原因也是中产阶级核心家庭产生危机的因素。而个体又同社会紧密相连,特别对于本土裔人,种族历史往往导致个体心理创伤和扭曲,导致个体在处理婚姻家庭问题时无法正视自我或正确处理两性关系。进而,厄德里克在家庭书写中同样涉入了本土裔的种族政治文化问题。《圆屋》中,如果母亲没有受到林登的侵害,他们的家庭可谓一个理想化的中产阶级核心家庭。可是林登这一外部入侵力量的代表破坏了家庭的平静,使得这一幸福的中产家庭陷入危机之中。由此可见,厄德里克也意识到撇除男权话语、种族因素外,无法预料的外部入侵力量也随时会给中产家庭带来危机,这正体现了"9·11"恐怖袭击后美国整个国家对外部入侵力量的恐惧。

从厄德里克的作品中可以看出,作家针对当代中产阶级的家庭危机进行文学想象,这反映了新自由主义话语下美国中产阶级对经济地位不稳定的逐渐担忧,以及中产阶级普遍存在的精神危机和焦虑。但表征危机的同时也表现了对这种中产核心家庭模式的向往,作家通过从对个体与社会话语、家庭内部与外部等不同空间的思考,探讨实现此类家庭生活的手段,传递出回归传统家庭价值理念的愿望。所以厄德里克尽管展现了当代美国社会中产家庭的重重危机,但她的书写也是充满希望的。易来娜的父亲终于意识到自己的错误,和妻子重归于好。艾琳最终原谅了吉尔,吉尔也放弃了之前对妻子的占有和支配心理。乔的母亲在小说最后得以摆脱心理阴影,一家人的生活又回归平静。从对这些婚姻的修复中可以看出,厄德里克凸显了当下中产阶级核心家庭中的"情感民主"话语。"情感民主"这一概念由社会学家吉登斯提出,其逻辑起点是"风险共同体"。吉登斯认为当代社会改变了个人的生存理念,像家庭这样的传统共同体正在解体,新的共同体是以风险作为其基本动力、由持有不同文化的参与者松散地组合在一起的"风险共同体"。因此当代家庭正经历着"亲密关系"的转型(transformation of intimacy),朝着所谓的"纯粹关系"(pure relationship)演进。婚姻开始变为一种公共符号,没有家长权威,家庭成员间是一种对话协商关系。这种理论上的乌托邦反映了当代西方家庭的无根之感(陈璇 79)。同样,铭兹(Steven Mintz)和克劳格(Susan Kellog)也认为当下美国在自由个人主义思想的影响下,家庭作为社会的一个组织单位,散播的同时也强化着国家话语中的民主意识,从而使得"民主家庭"(democratic family)模式逐渐占据社会的主流[1]。

三、亲子关系中的中产阶级家庭伦理诉求

亲子关系是家庭伦理中重要的一部分,在美国社会的中产阶级话语构建过程中,这自然也会成为用来区隔底层阶级的一个空间。在美国的主流话语中,中产阶级作为更有反思性的群体,通常被认为在摆脱男权主义方面更具有开放性,夫妻间的关系因此也更倾向于向民主协商的平等模式转变。同样,在亲子关系上,相对于底层阶级,中产阶级的家庭通常被认为更加强调子女的教育以及子女的心理健康成长。底层阶级的父母则通常被认为是充满危

---

[1] 具体内容请参见 Steven Mintz 和 Susan Kellogg 共同编写的 *Domestic Revolutions: A Social History of American Family Life*(1998)。

险的,无责任心的,且容易发生家庭暴力,导致他们的子女在成长过程中常会脱离健康的轨道。

读者不难发现,在厄德里克小说中出现的所有家庭的亲子关系中,《圆屋》中主人公乔与父母之间的亲子关系代表了作家认为的理想状态。和其他家庭的亲子关系相比,乔的家庭中没有家庭暴力,父子间几乎是两个平等的个体。小说一开头,刚满十三岁的乔同父亲巴依一起试图清除房屋根基处的小树苗,乔并没有完全遵照父亲的方式进行,父亲也不会将自己的方式强加在儿子乔的身上。当父子俩突然意识到母亲杰拉德不知去哪儿时,乔和父亲四目相对,就好像"两个成人间的注视"(The Round House 3)。父亲从事印第安人的法律制度健全工作,本来在乔的心目中形象高大,但在不能将伤害妻子的林登绳之以法时,巴依内心充满沮丧与挫败感,连儿子乔也开始质疑他长期以来所从事的法律工作的价值。"你抓的无非是些酒鬼和小偷……你的权威已丧失全无,你根本没有任何办法。"(The Round House 226)面对儿子的指责,巴依没有像《踏影》中的吉尔,或《彩绘鼓》中伯纳德的父亲那样,将自己的情绪转移到子女身上,利用暴力的形式发泄心中的情绪。甚至在知道儿子乔偷偷将罪犯林登杀死后,巴依也没有在语言或肢体上对乔有暴力行为,而是对儿子采取了保护措施,使其免受伤害。但《踏影》中,弗雷里安同样是出身中产阶级家庭,也同样是十三岁,但他却具有完全不同的家庭经历。他因为学校读书报告的事向父亲吉尔撒了谎,结果遭到父亲的严厉体罚,在母亲艾琳的干预下才得以逃脱。如果对于弗雷里安来说,他遭受的家庭暴力是因为自己所犯下的过错所致,那么在《彩绘鼓》中,伯纳德遭受的家庭暴力则完全不是因为个人过错,而是父亲出于自己内心忧郁且无处发泄所致。

  在厄德里克自己的婚姻里,前夫多里斯就曾受到子女的指控,说他在家中对孩子有家庭暴力行为,加上和厄德里克之间婚姻的破裂,多里斯最终自杀身亡。至于多里斯究竟是否真的对孩子有暴力行为,厄德里克在后来的采访中一概不提,但其小说中明显表现了对这种行为的不认可。在一些公共场合,厄德里克也默认《踏影》其实带有很大的自传成分。另外,在展现此种行为的形成原因时,厄德里克也强调了其中的种族历史因素,如吉尔之所以会对子女以及艾琳有暴力行为,其主要原因就在于他错位的身份地位。作为一名本土裔艺术家,他希望得到主流社会认同,但是必须以牺牲自我文化为代价。于是,吉尔的画作顺应了主流话语中本土裔群体的苦难形象,创作内容的局限性反过来又使得吉尔更加不能摆脱本土裔艺术家的身份标签。这种尴尬的身份使得他无法找到平衡支点,无法正确处理与孩子及与妻子之间的关系。当他试图在家中树立权威时,却事与愿违,反而加速了家庭的破裂。同样,伯纳德的父亲因童年时期目睹母亲与姐姐的离开,留下心理创伤而无法解脱,最终只能以酗酒与殴打儿子来消解心中的阴郁。从厄德里克对家庭暴力的书写可见,她试图摆脱将家庭暴力与家庭经济状况相联系的叙事模式,凸显了文化历史的影响,体现了当代美国本土裔人的精神诉求。可是在对家庭暴力的书写过程中,厄德里克也提醒读者不应忽略家庭暴力对子女的心理影响,棍棒下成长的伯纳德只有在重新恢复彩绘鼓的功能中才得以治愈心理创伤,弗雷里安在后来的成长过程中,逐渐走下坡路,接受两次心理干预才得以进入大学学习。对于没有遭受家庭暴力的乔,经历的则是完全不同的成长道路。在父母的帮助下,他顺利克服枪杀林登后的恐惧以及失去好友凯皮的悲痛。小说结尾,当他们一家三口开车经过咖啡屋时,乔说"在我的童年,每次到了这里,父亲都会停下车去买点冰激凌、咖啡、派或报纸……但这次没有停,我们继续往前开"(The Round House 317)。这也就象征乔克服了心中的阴影,顺利进入成年阶段。

在亲子关系上,巴依与厄德里克笔下的其他父亲形象的显著差异还体现在他能够关注乔的心理成长,注意培养儿子的责任感与爱心。他不以家长身份自居,而是同儿子进行平等的交流,同时又不溺爱,在乔的健康成长道路上起到引导与支持作用。像《麦田里的守望者》中的霍尔顿一样,青春期的乔在接触到成人世界后,父亲的伟大形象逐渐破灭,成人的世界让他感到失落,霍尔顿数次寻求解脱未果,最终精神崩溃,而乔则能幸运地得到父亲巴依的正确引导,逐渐与父亲达成和解。《圆屋》中,由于美国法律针对本土裔人群的不健全,因不能确定母亲受侵害的地址,罪犯林登被释放。这时,乔正面质疑了父亲所从事的法律工作的有效性。此时巴依完全以对待成人的方式向乔仔细解释,让乔理解他从事的法律工作的最终目标是为本土裔人建立稳固的法律基础,从而实现主权的独立,一旦出现差错,就极有可能让很多本土裔律师们一直以来的工作功亏一篑。为了本土裔人的未来,他所以不会在妻子的案件上太过冲动。小说中乔尽管没有表达出自己如何看待父亲这种解释,但巴依的文化态度无疑代表了作家在此事上的观点。①乔作为小说的叙事代理,尽管后来依然我行我素,走上为母亲复仇

---

① 当前有部分学者认为应该从法律上来改变本土裔人的状况,甚至修改宪法,如 Cook-Lynn 等人。作家在小说的结尾处对美国的法律问题也直接提出质疑,在一些研究中也有人指出此问题是本部小说关注的重点。

的道路,但毫无疑问的是,这次交流对于他后来继续从事法律工作有很大的影响。这种交流在其他的亲子关系中却很难找到,如《踏影》中的吉尔,他每次试图同子女交流时,他们各个心存畏惧,但又不得不坐在父亲面前。至于那些来自底层社会家庭,如《彩绘鼓》中的伯纳德父子、《圆屋》中的凯皮父子等,这种亲子交流则完全处于缺失状态。

由此可见,厄德里克在家庭书写中,不忘种族传统文化的传承责任,对传统的家庭模式充满了缅怀,但也能够意识到身处21世纪,美国家庭模式正以多元化的形式呈现,这在某种程度上顺应了国家话语的多元思维。同时在书写各类家庭时,又无意识间表现出对中产阶级核心家庭模式的向往,拒绝家庭暴力,希冀亲密的亲子关系。这在某种程度上深化了其他家庭模式的负面形象,遮蔽了形成其他家庭模式的社会原因,而将其过错归咎于个体,起到了区隔底层阶级的作用。另外,这也体现了自20世纪80年代以来美国社会回归传统中产家庭模式的愿望,特别是"9·11"后美国人渴望回归温情家庭生活的集体理想。从而可见,厄德里克的家庭书写方式充分反映了美国国家中产话语构建过程中的焦虑与张力。

第二节 审美趣味的中产化生产

在美国,由于大多数人群对中产阶级身份的认同,大众文化几乎等同于中产阶级文化(middle-brow),而且中产阶级文学趣味的主要特征就是希望被认为具有"文学性"和尽量吸引非专业的读者。一方面表现出对高雅文化的向往与渴望,另一方面也有消除阶级差异的民主幻想（Aubry 2），这和批评家们眼中的大众文化有很多重合的地方。因此，中产阶级文化也成为批判对象。从20世纪30年代开始，随着通俗文化的逐渐兴起，针对通俗文化对大众的负面影响，文化界展开了热烈争论。美国文化的大众性尤其突出，这也导致了50年代后期关于大众文化（mass culture）的大讨论。麦克唐纳德（Dwight MacDonald）曾提醒人们要警惕庸俗、公式化以及可预见性的大众文化，他认为这种大众文化扩散了遏制性思维，并指出中产阶级艺术同样具有此特征，而且因为不容易被识别而更加危险。麦克唐纳德认为中产阶级艺术最根本的问题就是散播与鼓吹中产阶级价值观，并希图将这些价值观普世化，为所有人制定文化标准。这种中产艺术破坏了审美标准，会激发老套的和浅薄的艺术观，缺少高雅文化中的才华与勇气，会给读者的智商与审美能力带来负面影响（Aubry 4）。斯道雷在《文化理论与通俗文化导论》中这样总结麦克唐纳德、费德勒（Leslie Fiedler）等人的观点：

> 他们认为大众文化破坏了高雅文化（elite culture）的生命力，是一种寄生文化，从高雅文化中汲取营养，却没有任何回报……大众文化也诱惑高雅文化，其中两个因素更具诱惑力：(1) 大众文化的经济回报；(2) 潜在的庞大的消费群。（斯道雷 35-36）

然而，在反文化运动的冲击下，高雅文化、中产文化与低俗文化之间的文化等级却也在逐渐崩溃。如桑塔格（Susan Sontag），她认同了"新感觉"（new sensibility），在她看来，"'新感觉'的一个重

"习性"下的阶级迷思——厄德里克小说研究

要结果是'高级'和'低级'文化之间的差别似乎变得越来越没有意义了"(斯道雷 183)。其实,抹除文化上的等级观念的努力正体现了对美国国家民族身份建构中的中产阶级话语的顺应。在中产阶级话语下,不同个体间无等级差异,且身份呈现出流动的状态,无阶级的诉求中充分显示了美国"机会均等"的个人主义话语。针对本土裔作家的创作,关于高雅与大众的争论同样存在。一方面,很多批评家认为鉴于本土裔当前紧迫的政治任务,如果过多使用代表高雅一方的现代主义叙事技巧,就会冲淡他们的权利诉求,从而不利于他们在美国社会中平等权利的争取,这也正是"厄德里克与西尔科之争"①的焦点所在。另一方面,大众文化元素的使用同样也让很多本土裔知识分子产生担忧,因为大众文化仍是主流话语的产物,他们担心在庸俗的大众文化的感染下,本土裔作家会迷失方向,而丧失争取政治权利的斗志。按照布迪厄的文化生产场域理论,任何作家都身处一定的文化生产场域,写作过程就是其在场域内的文化实践过程,不同的作家会根据自己在场域内的位置和文化资本占有情况,进行"占位",而占位的过程也是对不同文化的区隔过程(Bourdieu *Distinction* 162 - 163)。布迪厄认为"任何艺术感知的方式都包含着一个有意或无意的解码过程"(*The Field of Cultural Production* 215)。可见,对高雅文化和大众文化的不同感知方式之下掩藏的是艺术欣赏者不同的阶级"习性"。随着厄德里克作品的不断经典化,她如何处理高雅、中产、大众文化之间

---

① 指的是西尔科对厄德里克的《甜菜女王》中过多使用后现代叙事手法而缺少使用本土裔元素的批评,厄德里克也针对此批评进行了反驳,之后大量本土裔批评学者加入其中,争论的中心问题是如何界定本土裔文学,本土裔文学该如何写作,本土裔文学应该以什么为创作目的等。

的关系？体现了怎样的阶级"习性"？

一、"媚俗"文化的否定

在《踏影》中，叙事者在思考艾琳与吉尔两人之间的冲突时，插入了两人对艺术观的争论。当论及艾琳与吉尔的结合时，艾琳强烈反对别人将她与吉尔并置。"我们的感性方式完全不同"（*Shadow Tags* 91）。在她看来，"吉尔的世界观是感伤式的，而她自己则是悲剧式的。感伤与悲剧的结合是'媚俗艺术'（kitsch）"（*Shadow Tags* 92）。进而，作家安排两位知识分子针对"媚俗艺术"进行了争论。

Kitsch 来源于德语，本指那些不择手段去讨好大多数人的心态和做法，这也正是大众文化的主要特征。米兰·昆德拉在《生命中不能承受之轻》中再次提及此词，"为了讨好大众，大众美学必然与媚俗艺术同流"（昆德拉 5）。在他看来，"媚俗"把受众的心理体验压缩在了一个狭隘、浅薄的表层空间，使艺术失去了原有的深刻理性和美感，使受众失去思想的震撼和心灵的深度。同样，欧内斯特·范·登·哈格认为大众文化是贫瘠的象征，标志着生活将失去个性，永无休止地寻找弗洛伊德所说的"替代性艺术"（斯道雷 36）。因此，代表高雅文化的艾琳极力排斥"媚俗"，特别是不愿自己的婚姻以及美国本土裔人的形象沦落为"媚俗"。在她看来，"媚俗"文化和大众文化一样，都缺少高雅文化中的"真实性"，在论及他们两人的婚姻时，她抱怨道："我不希望我们的婚姻成为'媚俗'，我希望我自己是可信的，真实的。"（*Shadow Tags* 95）而精于通俗文化的吉尔则认为，"没有东西不是媚俗……这也是绘画的问题，因为完全是对他物的指涉……所以画作几乎不可能不是'媚俗'。"

(*Shadow Tags* 94)

在两人争论的最后,艾琳承认"死亡"也无法摆脱"媚俗",这似乎是对吉尔的"一切均为'媚俗'"观点的认可。但是不论从论证逻辑,还是从思想深度上,吉尔的言语都表现出大众文化中的以偏概全、浅薄等特点。他首先指出一切均为"媚俗",但当艾琳提醒他本土裔人是在被剥夺了公民权利后才成为被他人书写的"媚俗"时,他立马转换逻辑,声称自己正是对本土裔文化中"媚俗"缺失的弥补,从而也就承认了本土裔文化本不是"媚俗"。出于自恋心理,吉尔又提出只有在消费文化中才有"媚俗"的观点。艾琳通过利用吉尔的"媚俗"概念,指出玛雅等民族远在消费文化到来之前就存在"媚俗",从而促使吉尔再次改变观点,认为"一个文化到达自我憎恨的阶段时,必须自我指涉,这才会产生'媚俗'"(*Shadow Tags* 95)。之前吉尔曾声称,在对艾琳的绘画过程中,"你(艾琳)就是'媚俗'"(*Shadow Tags* 94)。为了让吉尔知道他的画作给自己带来的不安,艾琳顺着吉尔的逻辑立马指出,他的画作其实就是从她身上制造出"媚俗"。这一说法直击吉尔内心,他只好改口说自己所画的是死亡,而不是制造"媚俗"。这样,通过对话,艾琳让吉尔将内心的自我憎恨、男性中心主义逐一暴露出来。而且从两人的论证可见,艾琳思维缜密,目标明确,且能够随意进入吉尔的逻辑,转而利用吉尔的逻辑进行反驳,使得争论沿着自己的方向进行。而吉尔由于思想浅薄,无法把握艾琳的逻辑,尽管作为知名画家,和妻子争辩时表现出明显的心理优势,但争辩中却又好像被艾琳牵着鼻子肆意摆弄。其实,这正反映了通俗文化在高雅文化审视中不堪一击的特点。争论的最后,针对吉尔"现实是个糟糕的品味"的观点,艾琳说道:"'媚俗'就是虚伪,比坏的品味还要糟糕。"

第四章 构建中的中产话语

(*Shadow Tags* 96)这样,作家也就在排斥大众文化的"媚俗"性时认同了高雅文化。

为何两人的思想深度之间有如此差异?作家将原因归咎于两人不同的阅读品味。叙事者雷埃尔为创作班学员,在两人争论之前,她就指出艾琳是严肃文化的维护者,艾琳"在阅读莎士比亚作品中长大,她不愿去看那些笑话类书籍"(*Shadow Tags* 91)。而吉尔则"在《读者文摘》的小说缩减版、简装版的惊悚故事中长大,尽管他阅读了很多,但是仍然喜欢情景剧"(*Shadow Tags* 92)。因为自小在电视等流行文化影响下长大,吉尔能够熟记很多电视剧中的情节和话语,如《脱线家族》(*The Brandy Bunch*)、《埃迪父亲的求爱》(*The Courtship of Eddie's Father*)、《玛丽·泰勒·摩尔秀》(*The Mary Tyler Moore Show*)、《全家福》(*All in the Family*)等六七十年代的流行电视连续剧。

艾琳的阅读品味则更多代表了作家厄德里克自己的阅读品味。在访谈中谈及自己的创作源泉时,厄德里克多次指出,除了从小听祖父母所讲的故事外,她所受到的文学影响还来自福克纳、马尔克斯等经典作家。在其他作品中,厄德里克也多次将主人公的阅读范围限定在这些经典作家上,如在《屠宰场主的歌唱俱乐部》中,肉铺老板费德里斯虽然并不是知识分子,但当他刚刚从战场回来时,作家这样描写了费德里斯的卧室,嵌在墙里的书架上"摆满了他心中英雄的书籍,有歌德、海涅、里尔克,甚至还有特拉克尔"(*The Master Butchers Singing Club* 3)。[1]而且这些书也让他想

---

[1] 里尔克(Rainer Maria Rilke)为奥地利著名诗人,传统与现代主义的过渡性人物。特拉克尔(Georg Trakl)为奥地利表现主义诗人。

起了曾经的梦想,"曾经有段时间,尽管已经明确将做什么工作,但他心中留存着成为诗人的梦想"(*The Master Butchers Singing Club* 2)。小说中的女主人公德尔法尽管出身卑微,但自小阅读莎士比亚剧本,并时常和好友自导自演莎剧,并获得邻里的喜欢。长大后,她虽忙于生计,但阅读习惯一直没有丢弃,在肉铺帮忙的时候,空闲时就读书。在陪伴艾娃时,她"要么打个盹,要么读书"(*The Master Butchers Singing Club* 123)。艾娃去世后,德尔法独自一人在家照顾父亲时,阅读热情更加高涨,她阅读的书目多为经典作家,代表着高雅艺术的一端,如沃顿、海明威、帕索斯、艾略特、奥斯丁、福斯特、布朗特姐妹、斯坦贝克等。这样,通过对主人公阅读范围的列举,厄德里克也加入美国自20世纪30年代以来就开始的全民阅读教育之中。①

不同的阅读经历不仅塑造了不同的思想深度,也产生了对待书籍的不同态度以及不同的文化态度。在吉尔看来,艾琳读书没有任何条理,"她是个令人恼火的、粗鲁且毫无敬意的读者"(*Shadow Tags* 43)。很多书看了一半就被她随意地堆在床边、咖啡桌上或浴室里,她几乎没耐性完整读完一本书。尽管也做笔记,但是卡片这儿堆一点,那儿堆一点,她甚至会使用面巾纸做书签。这在吉尔看来简直不可思议,他自己则"是个认真的读者,一旦开始一本书,他就必然要读完"(*Shadow Tags* 42)。在吉尔看来,每本书都像一个有生命的个体,所以他从来不会将书胡乱地扔在地

---

① Kristin L. Matthews 在论文 "The Red Menace: Cold War and The Politics of Reading" 中认为战后美国出于民族身份建设和冷战思维,展开了对公众的阅读教育,而 Timothy Aubry 在 *Reading as Therapy* 一书中认为这种对阅读的重视从30年代就已经开始。

板上。叙事者在评价两人对待书籍不同的态度时,却认为"艾琳是书的主人,而吉尔却是书的仆人"(*Shadow Tags* 43)。如果联系美国本土裔研究现状,读者不难发现,艾琳这种无羁的阅读习惯造就了她独立的思考能力,这正是当前很多本土裔作家心目中的理想读者。在当前本土裔族裔的文化争辩中,其中一个主要问题就是如何对待长期以来白人主流话语对他们的叙事,很多本土裔知识分子意识到现有的叙事多扭曲了历史真相,回避了本土裔人在与白人冲突中遭受的痛苦经历以及各种不公正待遇。因此,他们呼吁本土裔作家们从本土裔人自己的视角重新叙事,对原有的叙事进行修改,以还原历史真实。

在小说中,艾琳同样试图修改已有的历史叙事,三次修改所读内容,将他人的叙事纳入自己的叙事框架之中,以实现自己的叙事目的。而吉尔则无法跳出原有叙事框架,成为一个彻头彻尾的被动阅读者,在意识到艾琳肆意改编时,感到万分恼怒。如在艾琳给吉尔讲述艺术家凯特林对本土裔女孩的画像故事时,她故意修改故事后半部分内容,说凯特林出于自私,没有将画像归还给本土裔人群,最终导致画像中本土裔女孩的死亡。在对故事更改过程中,艾琳向吉尔传递了她自身在绘画过程中被压抑的状态,这表明了厄德里克作为本土裔知识分子,对待主流叙事所持的文化态度。吉尔的绘画则一直无法跳出主流话语对本土裔人的固定形象,所以他笔下的艾琳要么是欲望的象征,要么是死亡的象征。再联系两人阅读品味的差异,两者之间自然形成因果关系,从而很容易看出作家对艾琳的艺术观的认可,即反对"媚俗"、追求高雅的文化姿态。

二、高雅与通俗的并置

从厄德里克的整体创作来看,她在作品中大量使用元小说、魔幻现实主义、时空倒置等叙事手法,表现出"占位"高雅文化的写作姿态。① 正因如此,在阅读厄德里克的作品时,读者不得不努力在错乱的时间和零散的多重叙事中拼贴出一幅整体图片,在某种程度上,理解她的作品就像一种智力游戏。为了帮助读者理解其作品,厄德里克特意在《爱药》《痕迹》等作品中添加了人物谱系图。在采访中,作家本人也承认,她在写作过程中受到了福克纳、马尔克斯等经典作家的影响。近年来,随着厄德里克在各大文学奖项中崭露头角,她的作品更是逐渐进入经典文学殿堂。《纽约时报》这样评价她,"厄德里克关于美国本土裔人的书写,犹如莫里森对黑人的书写,或福克纳与韦蒂对美国南方的书写,或菲利普·罗斯和马拉穆德对犹太人的书写。"(*Tracks* cover)

但另一方面,大众文化日益发展,如同一张大网,几乎每个现代人都被卷入其中,正如海布第奇指出的:"在大多时候,对大多数人来说,大众文化已经成为文化的简称"(斯道雷 15)。近几十年来,由于其他媒体的发展,美国人花在阅读上的时间变得越来越少,而且出版业间不断合并收购,使得那些独立的出版社数量大幅减少,亚马逊、巴诺(Barns & Noble)等书店也让很多小型书籍出售商无法生存,所以现在基本上图书市场为少数大型公司所控制。为了保持公司的竞争力,大多图书的出版编辑决定权就落入了以

---

① Alison Dara Gallant 曾在论文"'The Story Comes up Different Every Time': Louise Erdrich and the Emerging Aesthetic of the Minority Woman Writer"中专门探讨厄德里克作品中的现代主义叙事手法。

利润为导向的经理们手中。如亚马逊之类的经销商们,他们定期调查顾客的爱好趣味,以帮助出版社决定出版何种书籍。如果出版社的董事会们不认为某本书会有很好的销售量,他们就不会同意出版。即使是那些被认为是严肃作家的作品,也必须在为出版社带来利润的前提下才能得以出版。为了获得读者的青睐,一些作家将焦点聚集在本土裔文化传统的描写上。但正如目前批评界指出的,这无疑会固化本土裔文化形象,强化长期以来的本质主义解读方式,而不利于本土裔文化在主流文化中提高自身地位。因此有的本土裔作家转向了大众文化,希望藉此让更多的读者愿意去接受关于本土裔文化的文本,其中最典型的如当代影响较大的本土裔作家阿莱克西和坎普(Richard Van Camp),他们在作品中都大量使用大众文化元素,而且也确实起到了扩大读者范围的作用。

然而,在本土裔文化书写中使用大众文化元素是否合适?在目前本土裔文学批评界中,主要存在两种观点:第一种是以考克斯(James Cox)和安德鲁(Scott Andrew)为代表的批评家,他们认为大众文化是主流文化殖民的声音,顺应了主流文化的殖民逻辑,因此本土裔作家在写作中应抵制此种文化的渗透。[①] 而哈芬(P. Jane Hafen)、特尔夫森(Blythe Tellefsen)、福德(Douglas Ford)等人则认为,大众文化是各种文化汇合的场所,具有民主性和颠覆性等特征,因此可以模糊白人和本土裔人之间的差异,帮助本土裔人

---

① 分别参考 James Cox 的 *Muting White Noise: Native American and European Novel Traditions*(2006)和 Scott Andrews 的 A New Road and a Dead End in Sherman Alexie's Reservation Blues"(2007)。

在此汇合中进行重组,在新的起点上重新构建身份。[1] 赫尔曼在《当代本土裔文学中的政治与审美》一书中,通过分析坎普的短篇小说《不幸的人》(*The Lesser Blessed*, 2004)认为,坎普通过对不同文学传统和诸多通俗文化元素的使用,使得他的作品为不同读者群所接受。读者在小说中感受到的更多是当代本土裔人的自然生活状态,是文学审美、道德和人类情感,而不是异域风情,这样就避免了对本土裔文化的本质性解读,也展现了本土裔文化创造性回归的可能性(Herman 117)。

其实,在《踏影》中,厄德里克通过艾琳和吉尔的关系也探讨了高雅文化与大众文化是否可以共存的问题。如在媚俗文化问题上,尽管艾琳认为与吉尔的结合就是媚俗,并通过编写假日记,激怒吉尔,最终达到离婚目的,这似乎保持了高雅文化的姿态。可是在两人分开后,艾琳立马陷入了琐碎的家庭生活之中,经济上愈加艰难。巨大的生活压力促使她再次想起吉尔的"万物皆媚俗"这一观点,这时她不得不承认吉尔这一说法的可信度。于是多次电话吉尔,对其进行安慰,直至最终同意吉尔搬回他们的住处,再次接受了吉尔以及吉尔所代表的媚俗文化。这样,通过艾琳,厄德里克也表达了对大众文化的接受。在蒂莫斯看来,这种既向往高雅又不能摆脱大众的文化姿态,表现的正是中产阶级的文化态度。

其实,早在1990年,美国本土裔文学研究的著名学者鲁奥夫(La Vonne Brown Ruoff)就指出,读者之所以喜欢厄德里克的作

---

[1] 分别参考 P. Jane Hafen, "Let Me Take You Home in '*My One-Eyed Ford*': Popular Imagery in Contemporary Native American Fiction."(1997), Blythe Tellefsen, "America is a Diet Pepsi: Sherman Alexie's *Reservation Blues*"(2005), Douglas Ford 的 "Sherman Alexie's Indigenous Blues"(2002)。

第四章　构建中的中产话语

品原因很多：

> 她将奥吉布瓦的部落历史融入自己的叙事中，熟练地利用口语传统和多层次故事结构，对人物（特别是女性）描写刻画入木三分。同时她的作品不时利用各种欢快的幽默，有的是对英雄人物的嘲讽，有的是为生存而不得不采取的手段。同时厄德里克明确地从通俗文化中汲取营养，在对大自然的描写中也充满了诗意，这些都得到了批评界和学术界的高度赞扬。（Ruoff 183）

从中可见，厄德里克在对待不同文化时，并非采取非此即彼的处理方法。相反，她多方汲取营养，既使用通俗文化元素，也不忘高雅文化元素，这也是作家作品之所以能够获得读者普遍欢迎的主要原因之一。通读厄德里克目前所有作品，读者不难发现，其小说创作的叙事手法上，除了使用多重叙事、元叙事等现代主义文学策略，她同样也增添了很多情景剧似的描写，给读者的阅读增添了不少乐趣。其中，小说《羚羊妻》中罗欣（Rosin）准备过生日的片段尤为典型。该片段明显参考了欧·亨利的《麦琪的礼物》中的情节与叙事模式。罗欣想在未婚夫弗兰克生日的时候给他制造一个惊喜，在罗欣看来，鲜花、音乐、红酒都太过于平常，于是乎，她秘密计划在生日当天，仅用保鲜膜裹住赤裸的身体，创造一个性感时刻，让弗兰克永远记住，并让他知道她是多么在乎他。而对于另外一方的弗兰克，他则背着罗欣，打算在自己生日当天为罗欣举办一个大规模的晚会，无论在参加人员、场景布置上，他都希望能给罗欣一个大大的惊喜。生日来临当天，正像《麦琪的礼物》中的圣诞前

209

夕,两人的计划都得以顺利付诸实施。其结果可想而知,罗欣光着她刻意装饰过的身体,意外地发现等着她的不单单是弗兰克,还有众多亲朋好友。和欧·亨利的作品比较起来,罗欣与弗兰克的故事没有了那种贫穷导致的痛苦。虽然罗欣身处尴尬之中,但这个片段在所有人的笑声中结束,从而让读者在阅读中不用产生情感负担,反而增加了几分阅读乐趣。

在其他小说中,厄德里克同样使用了大量大众文化元素。如小说《圆屋》在整体框架上借鉴了侦探小说模式,故事在一波三折中渐渐将案件真相展现给读者,读者也必然在不自觉中沿着小主人公乔的思维,参与到寻找罪犯的过程中。另外,乔和小伙伴们都迷恋《星际迷航》(*Star Trek*),并都幻想成为影片中的英雄人物。在《鸽灾》中,厄德里克"随意使用美国通俗文化符号,确定自己审美的独特性和主体性"(Hafen 240),通过在不同文化空间的穿梭,并调动各种文化元素,厄德里克成功地使自己成为美国当代最有影响力的本土裔作家之一。正如威尔森(Jonathan Max Wilson)在研究厄德里克小说中家的概念时指出的,厄德里克充分考虑到了不同身份的读者,这种考虑有利于本土裔文化为更多的读者所了解,"厄德里克似乎故意让读者可以采取不同路径进入她的作品,从而形成比较广泛的读者群,进而将美国本土裔人特有的历史、文化、宇宙观以及认知世界的方式传达给读者"(Wilson 15)。

三、"疗伤"范式中中产身份构建

在厄德里克近年来的小说中,尽管种族问题依旧是其主要关注的对象,但是对个体内心的关注也越来越多。如《屠宰场主的歌唱俱乐部》中,德尔法坎坷的人生经历和丰富的内心世界得到了充分的展示。德尔法本是一名弃婴,被罗伊收养,但养父罗伊因为自己情感的失意,长期酗酒,根本不能给养女良好的生长环境。尽管德尔法成绩很好,但无法继续接受教育,不得已只能以杂技表演为生。当她再次回到父亲身边时,迎接她的不是父爱,而是一桩难以脱身的杀人案。最终,养父在自责中离世,一起长大的闺蜜克莱瑞斯因杀害了追求者也不得不逃离小镇。在爱情上,德尔法本想托身于第一任男朋友塞普雷恩,但无意之中发觉塞普雷恩竟然为同性恋,最终德尔法虽得到肉铺店老板费德里斯的爱情,建立了稳定的家庭,但没过多久,丈夫就因心脏问题离她而去。在小说结尾,德尔法没有亲人,没有爱情,也没有朋友。她不知道自己从何处来,也不知自己该走向何方,犹如被抛到这个世上,体验人生的酸甜苦辣。正是在亲人逐一离去的过程中,德尔法开始思考自己的命运,思考上帝,思考爱情,甚至也表达了自己对战争、对死亡等问题的思考。同样,在《彩绘鼓》中,读者除了感受到代表本土裔传统的鼓文化的历史与复兴,也可以读到菲亚在童年创伤的影响下,面对爱情、亲情以及阶级等问题时的复杂情感经历。在《踏影》中,读者首先感受到的就是一个中产阶级女性的强烈情感体验,《圆屋》则真实地展现了一个儿童的成长心理。

通过对不同个体的心理描写,厄德里克扩大了自己的写作范围和深度,同时,她也无意识中顺应了当下美国中产阶级话语中的"疗伤"范式(therapeutic paradigm)。在历史学、社会学、文学和哲学等人文研究领域,马尔库塞(Herbert Marcuse)、里夫(Philip Rieff)、拉斯克(Christopher Lasch)、詹明信、玫(Elaine May)、桑内特(Richard Sennett)、施诺格(Nancy Schnog)、勃兰特(Lauren Berlant)等学者都注意到,在20世纪初,"疗伤"范式开始出现在欧美世界,他们认为这种范式是美国思想和情感的主要结构。这种范式主要针对中产阶级群体提出,在此范式下,个体生命的基本目标为个人幸福,个体和私人被置于社会与公众之上,主体内心成为世界上最重要、最有趣、最复杂、最有深度和最有成就的场所。个体倾向于将自我置于家庭以及亲密关系之类的私人空间内,这种私人空间一旦被打破,在和陌生人的交往中,个体的内心就会产生疏离感(alienation)。针对此种范式的形成,奥布赖在《阅读作为疗伤》中主要将其归结为基督教权威的丧失、现代社会中个体和机构之间的冲突、心理学的发展以及物质富足对个体身体的解放等原因(Aubry 19-20)。另外,艾亨里克也曾针对这种范式指出,旧的新教思想虽已经逐渐过时,但是目前仍继续存在,"中产阶级不敢放下戒备,只有通过不断的努力——坚持传统的辛勤劳作与自我否定等信条——他们才能保持住自己的位置(Ehrenreich 231)。由于中产阶级中普遍遵守的新教伦理强调劳作刻苦等精神,随着物质的富有和消费文化的兴起,他们身体上无需像以往那样劳苦,于是便将这种劳作转到了内心世界,承认自己内心的伤害从而印证自己的受苦形象,这样,他们才会觉得自己的生活具有意义。

在"疗伤"范式下,批评界认为富足的美国经济让中产阶级普遍产生无意义、浅薄、虚假、平庸等情感结构,他们生活的一大特点就是乏味(banality)。因此,通过强调个体的内心世界,使得每个现代人觉得心理上都或多或少有些问题,并认为这种心理状态是人类的共性,他们也不过是其中一个个例而已(Aubry 24)。另外,中产阶级将他们内心的痛苦视为性格的来源,通过对新教伦理的重新打造,个体得以将自我想象为有深度、勇敢、复杂、有趣和可信的。如皮斯特所言,中产阶级在将自己的心理特征合法化过程中,

第四章 构建中的中产话语

也将内心的深沉、复杂可信等心理失调特征作为个体的心理资本，表明个体大脑的优越性与敏感性，从而也就提高了个体的社会地位(Aubry 25-26)。

同样，在厄德里克近年来的几部作品中，大多数中产阶级个体都经历了不同类别的心理创伤。如《彩绘鼓》中的菲亚，她因童年时妹妹的死亡，一直无法摆脱心中阴影，和母亲之间一直有条无法逾越的心理鸿沟，而且她也无法正视自己和克拉荷之间的感情。而对于克拉荷本人，他也因为妻子、女儿的相继去世，无法从自己的悲痛中恢复。《圆屋》中的乔在母亲被人侵犯后，开始质疑父亲的权威，复仇经历留给他的是难以驱除的恐惧感，好朋友凯皮的去世更是给他的成长带来难以挥去的不安。《踏影》中，艾琳苦于挣脱婚姻，吉尔则苦于挽救濒于破碎的家庭。《旧金山年代记》杂志在评论《踏影》一书时指出，厄德里克对于个体内心描写的成功可见一斑，一位读者回忆阅读的反应时这样描述道："这种死亡之舞让我心智着魔，无法呼吸而不能自拔……我无法克制怦动的心跳。"(Shadow Tag cover)从读者接受角度来看，阅读是对内心的正视，一般读者会压抑或调和强烈的情感，文学阅读可以让他们得以体验这种强烈的情感并予以释放，因为只有释放了强烈的情感之后，个体才会有达到完整的感觉(Aubry 29)。所以对于中产阶级来说，小说中的这些心理描写有利于帮助他们将内心经历过的那种模糊、未完成的、私人不安全感、焦虑、失调转变成动人的叙事，读者对小说人物的同情也间接地转变为对自我的同情(Aubry 26)。由此可见，厄德里克在对个体内心心理困难的书写中，证实并合法化了中产阶级内心的痛苦和不满的过程，也得以给中产阶级读者情感释放提供一个合法的渠道，帮助他们实现个体的完整，从而也就将自己的写作纳入中产阶级的"疗伤"话语的构建之中。

　　从厄德里克的文化"占位"可见，一方面表现出希冀高雅，排斥通俗的姿态，另一方面作家也清楚地意识到大众文化元素在阅读中对读者具有的吸引力，因而她将高雅与通俗并置，在叙事模式上逐渐凸显个体心理，顺应了中产阶级文化的"疗伤"模式，帮助美国主流社会建立起中产阶级价值理念，体现了作家的阶级"习性"在文化生产过程中的作用。

结　论

本研究通过从阶级"习性"角度对厄德里克小说文本中的阶级思考分析，揭示了作家在文学想象这一文化实践过程中对阶级现象的思考表现的复杂化状态。这种复杂化的思考离不开作家本人的阶级"习性"的影响。厄德里克在社会出身、身份变化轨迹、不同维度的文化身份以及所属的阶级位置几个方面的共同作用下，形成了其独特的阶级"习性"，加上身份背景与阶级位置之间的差异，她在文学书写中一方面对美国的中产阶级话语持怀疑态度，另一方面又无意识地参与到了此话语的生产之中。

出于种族政治诉求的需要和早期底层阶级的生存经验影响，厄德里克在小说中批判了中产话语中最主要的两大理念：全民中产与流动神话。在质疑全民中产过程中，凸显了美国本土裔人所遭受的整体贫穷。不论是自留地上的本土裔人，还是移居城市的本土裔人,相对于美国社会整体上的富足状况,他们的经济状况大多不容乐观。而且这种贫穷问题不仅仅存在于过去,现在依然存在。这种书写姿态体现了一名本土裔作家对美国当下本土裔人整体贫困现象的关注。针对本土裔人的贫困原因,厄德里克通过涉入白人与本土裔人之间的历史过去,揭示出造成本土裔群体贫困的历史政治原因,反拨了主流话语中将本土裔人的贫穷归咎于他们不愿离开自留地的解释。另外,作家也充分意识到,对于美国社会,贫困问题不仅仅是本土裔人的问题。相对于男性,女性群体整体经济生活不容乐观,尤其对于具有族裔身份的女性,如本土裔女性、黑人女性等,她们面临性别与种族双重压力,更难独立并获得体面的经济地位。即便是白人男性,他们也并非都能实现自己的中产梦想。这样,通过表征不同底层阶级遭受的贫困,厄德里克成功地质疑了美国全民中产的神话。

针对现实的阶级差异,美国主流社会通常以强调经济身份的流动性来进行解释。建国伊始,多数美国人就认为这片领土是上帝给他的选民留下的最后一片伊甸园。这儿,无论出身背景如何,凭借个人努力和才智,每个人最终都可以获得成功。因此包括经济身份在内的各种身份都被认为是流动性的,而非一成不变。这就构成了美国梦的核心内容。主流话语也正是通过强调经济身份的流动性,转移人们对现实阶级身份差异的注意。针对美国这种对流动性经济身份的强调,格鲁斯伯格(Lawrence Grossberg)曾认为,这是"被驯服的流动"(disciplined mobilization)。在一定领域里,任何事物都变得不再稳定,其中唯有不断的流动。这种概念也构成了美国国家信念的核心,即"去物化"(dereification)的乌托邦理念,用流动代替静止,用理想性代替物质性。但是这反过来又物化了"流动"本身,流动成为一种模式,而不是发展,因此就产生了流动中的静止(stasis-in-motion)这一概念(Grossberg 239)。对于厄德里克,尽管自身实现了经济身份的流动,出于对种族和性别政治的关注,她同样将这一流动神话纳入思考之中。在其文学想象中,她揭示了流动神话的欺骗性,这既反映了作家对本土裔群体在美国整体经济结构中不利地位的担忧,同时也是作家对美国当代阶级身份逐渐固化这一趋势的焦虑。从其小说中可见,对于很多人来说,特别是美国本土裔人,经济身份的流动极其艰难,虽然美国政府采取了一系列的政策帮助他们去改变经济状况,但通常情况下,他们的经济身份流动多具有依赖性和偶然性,完全不如美国梦中所描述的那样,通过自己的才能和勤劳就必然可以获得物质上的成功。而且,对于那些已然得以脱离贫困的本土裔人,如何保存自己的本土裔传统文化则成为他们在现代社会中不得不面对的现实问题。他们时常不得不极力疏离传统文化,以期获得主流社会的认可。通过这种书写,厄德里克也提出了当代美国本土裔知识分子们都不得不思考的问题,那就是如何在提高经济身份的同时也能提升本土裔文化的地位?

  文学不是社会现实的被动反映,但也不能脱离社会现实而存在。正如布迪厄所认为的,文学书写作为一种文化实践行为,通过行动者在一定场域中的所占位置,形成一定的社会意义,生产他者同时也区隔他者。针对美国本土裔文学,维沃认为:"美国本土裔的故事,其中包括厄德里克的作品,都不是孤立的文本,而是他们自身文化和所接触到的主流文化共同作用的产物。"(Weaver X)同样,厄德里克的中产位置也必然影响到其文化实践,尽管她在文学书写中表达了对底层阶级的关注,并就无阶级话语下的深层逻辑进行反拨,但是批判的同时,她也希望对无阶级话语进行重构,而重构的过程也正体现了作家自身在此场域内的文化"占位"。厄德里克在贫困书写的过程中,当将笔触指向白人男性时,很难摆脱主流话语中的"白色垃圾"的固定形象影响,仍旧将贫困与个体的道德、家庭等因素联系在一起,而无法看到社会整体结构对这种贫困的决定性作用,这就顺应了主流社会对"底层阶级"的他者化想象,体现了作家的中产阶级"占位"。

另外,在书写来自不同阶级间个体的交往时,厄德里克采取了中产阶级的视角,她在小说中构建狂欢化、灾难性和儿童交往等空间,得以将不同阶级人物汇聚一起,以平等的身份进行交往,从而遮蔽了阶级身份的重要性,起到消除阶级间差异的作用。厄德里克也通过文学想象,故意扭转某些人物的阶级身份,以凸显种族、性别等文化身份的重要性,从而淡化阶级身份的地位。不可忽略的是,厄德里克对中产阶级视角的采用也体现在她"反思性自我"主体身份的认同上,在反思中否定阶级差异,张扬个人主义这一美国核心价值。由此可见,厄德里克在重构无阶级的乌托邦时,仍然无法从美国社会的整体经济结构上进行把握,无意识中仍顺应了美国社会的中产阶级话语,淡化了经济因素对个体身份的决定作用,这也就体现了其文化实践中固有的阶级"习性"的影响作用,这样,厄德里克也将自身的文学创作纳入美国国家话语的体系构建之中。

布迪厄认为,在阶级"习性"的影响下,个体在一定场域内的文

结 论

化实践行为既是"占位"过程,也是文化的生产过程。个体在占定一定阶级位置时,会努力将自身的"品味"和"生活方式"进行合法化生产,因此"品味"和"生活方式"都是阶级地位的表现,体现了划分阶级的主体的自身阶级身份,尽管"品味"和"生活方式"等因素在文化生产中不太明显,但这正是当代社会阶级差异不断被表现和重复的方式。在"生活方式"方面,布迪厄强调了家庭的作用,他认为家庭作为社会构建物,是社会和国家将一定价值理念进行自然化和正常化的一个重要场所。因此,作为"生活方式"的一种,家庭伦理就理所当然成为中产阶级对其自身价值理念普世化生产的重要途径。在厄德里克的小说中,她尽管意识到当下美国核心家庭的逐渐解体,家庭模式呈现出多元化形式,但从亲子关系的诉求中可见,作家仍然希望重建中产阶级家庭伦理,响应了"9·11"以来美国社会在家庭伦理方面回归中产模式的诉求,起到区隔其他类型家庭伦理的作用。

在审美趣味上,厄德里克小说中既表现出向往高雅文化的姿态,但又充分利用了大众文化元素。这种模糊文化等级的书写方式扩大读者群的同时,也消解了文化间的等级差异。在叙事模式上,厄德里克强调个体的心理书写,这就顺应了中产阶级文化消费的"疗伤范式",这些都体现了厄德里克在文化实践过程中对中产品味的生产。可见,厄德里克通过从微观层面对中产阶级的生活方式和审美趣味进行正当化处理,将自己的文学书写纳入美国国家身份的中产意识构建之中。正如另一位学者指出的:"美国生活充满了自相矛盾,其中最难以理喻的就是他们尽管知道在个人财富拥有上存在很大差异,但他们非常不愿公开讨论,甚至不愿承认社会和政治上的阶级差异。于是他们利用'中产阶级'一词作为替代,就像医学上的顺势疗法一样,虽然让人想起阶级问题,但又抽空其中和阶级相关的意义,这反映了美国整个国家在极力幻想脱离社会阶级问题时,采用既承认又立马否定的方法。"(Sequin 154)

尽管采取了中产阶级"占位",厄德里克作为一名具有反思能力的知识分子,能对其自身所处的中产位置进行思考,这也是她与其他很多本土裔作家的不同之处。她在作品中塑造了大量中产阶级形象,而且塑造的中产形象不同于早期本土裔文学传统人物。比如她不但思考了种族问题,也涉及了性别的维度。同时厄德里克试图刻画出白人男性中产阶级的内心生活,这是对传统本土裔文学模式的补充,能够起到"让读者重新定义美国本土裔文学,改变读者心目中中产化的美国本土裔人的单一形象"(Hafen 230)的作用。另外,在对不同类别的中产阶级形象的书写过程中,作家也反思了当下本土裔人的生存方式、两性关系以及整个中产阶级在当下社会的处境,体现了一名本土裔作家在中产话语下的身份焦虑。从她的小说可以看出,虽然很多本土裔人已经摆脱贫穷,成为中产阶级,但是在主流社会中,如何构建自己的身份成为他们无法回避的问题,正如杜波伊斯针对黑人问题所提出的"双重意识"问题,本土裔中产阶级同样面临这样的心理困境。如《踏影》中的男主人公吉尔,他一方面希望获得主流社会的认可,但另一方面他也希望能够为本民族群体所接受,这种矛盾的身份使其在文化实践中难以找到真正的归属,因此时常表现出焦虑的心理状态。厄德里克通过揭示生活在白人社会中的本土裔知识分子内心的身份困惑,强调了本土裔文化在身份认同中的作用,凸显了当代本土裔中

结　论

产阶级的文化政治使命。

在对中产身份的反思中，厄德里克也涉入了性别视角。与非裔以及亚裔等文化不同的是，本土裔传统文化通常被认为是母系社会文化，女性具有较高的社会地位。但是，由于白人文化的不断渗入，本土裔女性的社会地位逐渐丧失，这种独特的文化背景使得厄德里克在思考性别问题时明显不同于其他族裔作家。在她的作品中，女性很少遭受族群内的男性压迫，更多的是来自白人文化中的性别政治压迫，这就不同于非裔和亚裔文学中通常注重刻画女性遭受的两重压迫。因此，在书写中产阶级女性时，厄德里克在其自身阶级"习性"以及当代不断成熟的女性主义思想的影响下，深入思考两性间的不对等关系，并努力挖掘其中的社会形成机制，试图构建新的两性关系。通过《踏影》中的艾琳，厄德里克向读者展现了女性在男性话语下的内心焦虑，《圆屋》中的中产阶级女性人物杰拉德则代表了作家对两性关系的重新定位，希望通过本土裔传统文化中的两性互补关系，修正白人主流话语中长期以来的两性对立状态。

在传统的本土裔文学中，中产阶级白人男性通常以两种姿态出现，要么是本着对本土裔文化的关注，而极力为改善本土裔群体生存状况做出努力；要么是刻板的殖民者形象，不能理解本土裔文化，以强者身份自居。从早期的麦克尼可，到韦尔奇、阿莱克西等当下主要本土裔作家，他们小说中的白人中产男性都难以摆脱这两种模式。厄德里克则改变了这种书写方式，在她的小说中，白人中产男性的性格特征显得更加饱满和多样化，体现了厄德里克突破本土裔文学写作框限的努力。但是在她对此类中产

"习性"下的阶级迷思——厄德里克小说研究

阶级形象进行文学想象时,不难看出后现代话语的影响,以及自20世纪50年代以来美国社会对中产阶级这一身份一直存在的矛盾心理。诸如克拉荷之类的中产白人男性表现出失去归属的无根焦虑,同时由于自身所处的间隙性,对来自底层阶级的威胁深感不安。另外,在厄德里克对中产白人男性的想象中,仍不难看出她对本民族文化历史的关注。她在作品中不断涉入种族维度,特别是主流社会长期以来对本土裔人的殖民历史。因此,厄德里克笔下的中产阶级白人男性,如杰克、穆色以及克拉荷等人多因历史过错而带有赎罪心理。通过这种书写方式,厄德里克就将本土裔人的被殖民历史拉入中产白人的思考范围内,体现了少数族裔作家重写美国历史的努力。对中产阶级的这种书写方式,既刻画出了现代主义以来中产阶级的困境和焦虑,又凸显了美国本土裔的种族政治文化,这既是对传统本土裔作家写作范式的突破,也是对主流话语的补充。

另外,厄德里克小说中对底层阶级、中产阶级的书写方式,以及在中产阶级话语中的文化"占位"和对中产阶级文化的再生产也反映了她对美国国家身份的认同。在美国民族认同的讨论中,大多理论家都注重了"美国信念"在其中的地位。美国学者邓肯和道达德认为,对于一个多民族国家来说,民族身份是在文化基础上的建构,文化认同的重要性要远远高于种族认同。他们指出:"美国是由希望、地域和法律结合起来的一个'观念国家'。这种观念不仅塑造了其文化,它甚至比政府还悠久,并因此为民族主义提供了推动力。"(Duncan & Doddard 192)针对何为"美国信念",塞缪尔·亨廷顿(Samuel Huntington)认为其中两条基本原则就是平

结 论

等与个人主义(亨廷顿 11)。目前的厄德里克研究中,研究者们都能从美国整体社会话语角度探讨厄德里克的文学书写中体现出的对美国国家身份的认同,这呼应了自20世纪90年代起学术界普遍认同的"自由民族主义"①和"文化共建"观点②。然而,不论是"自由民族主义"还是"文化共建",都只是针对种族文化冲突而提出,强调了美国文化身份的流动性,从而将少数族裔文化纳入美国总体文化当中。然而,在凸显种族问题时,作为经济维度的阶级,在诸多讨论中却很少有人提起。这种批评现状其实恰恰反映了安德鲁·霍波莱克(Andrew Hoberek)在《中产阶级的曙光:二战后的美国小说和白领工作》(*The Twilight of the Middle Class—Post World War II American Fiction and White-collar Work*, 2005)一书中所指出的问题,"美国战后小说的一个突出特点就是从经济结构向个体心理的转变"(Hoberek 1)③。因此,本书通过引入阶级研究视角,辨清了作家在文化实践中的中产阶级文化"占位"以及对中产话语的生产,有利于帮助读者理解作家如何通过文学书写参

---

① 此概念是 Michael Lind 在 *The Next American Nation* (1995) 中提出的,他认为,美国人有自己共同的语言和文化,不管今后的族群文化如何组成,也不管今后的政治疆界如何变化,这种共同的文化会把美国人联合起来形成一个文化的美利坚民族,这样就把种族、族群以及公民身份看作是建立共同文化民族的主要因素,"美利坚文化民族"被认为是超越种族、族群以及公民身份的一种文化理想。

② 这种观念是 Ishmael Reed 等人在 Multi-America(1998)一书中提出的,和"自由民族主义"一样,都修改了美国早期的文化熔炉观念,强调了美国民族的多元文化并存。国内学者江宁康在《美国当代文学与美利坚民族认同》(2008)一书中也明确指出当代美国民族认同中文化共建理念的重要性。

③ Thomas Hill Schaub 的 *American Fiction in the Cold War* (1991) 和 Morris Dickstein 的 *Leopards in the Temple* (2002) 两本书通过对美国战后小说进行研究后也持相同观点。

与到美国国家身份构建之中。

  总体而言,通过对厄德里克作品中阶级问题的探讨,一方面可以为阅读厄德里克作品提供一个新的研读视角,揭示厄德里克的文学书写与当代美国无阶级话语之间的张力。另一方面对本土裔文学研究来说,阶级视角的介入有利于凸显本土裔人的经济因素对于他们的重要性。正如很多本土裔研究者提出的,对于他们本土裔人而言,当下最紧迫的问题就是领土主权与土地问题,这些其实最终都仍然指向了其中的经济问题。通过考察本土裔人的经济问题,能够帮助读者更好地理解本土裔人的历史与现状。另外,从阶级视角研究美国本土裔文学本身也是对本土裔文学研究的一种视角补充。从文献来看,阶级问题已经进入不同研究者的视野,但尚没有系统研究本土裔文学中的阶级书写问题。因此,通过本书,笔者希望能够在丰富阶级研究对象的同时,让更多的研究者将注意力转移到本土裔文学中的阶级问题上来。

  本研究聚焦于作家厄德里克的作品,没有对其他本土裔作家作品进行深入探讨。当代本土裔作家,诸如西尔科、阿莱克西、韦尔奇、哈根等,他们在文学创作上也都取得了很大成就,在他们的作品中,同样都有对阶级问题的思考。由于不同的身份背景以及不同的文化态度,他们在阶级维度上的思考必然不同于厄德里克,对他们文学书写中的阶级问题的研究对于整体把握当代本土裔文学就显得很有意义,这也将是本书作者未来不断深入研究的方向。

引用文献[Works Cited]

英文引文部分

Adkins, Lisa and Beverley Skeggs. *Feminism After Bourdieu*. Oxford: Blackwell Publishing, 2004.

Allen, Paula Gunn. *The Sacred Hoop: Recovering the Feminine in American Indian Traditions*. Boston: Beacon Press, 1992.

—— *Grandmothers of the Light*. Boston: Beacon Press, 1991.

Andersen, Margaret L. and Collins Patricia Hill. *Race, Class, and Gender: An Anthology*. California: Wadsworth Publishing Company, 1992.

Anzaludua, Gloria. *Borderland/Frontera: The New Mestiza*. San Francisco: Aunt Lute Books, 1999. 。

Aubry, Timothy. *Reading as Therapy: What Contemporary Fiction Does for Middle-Class Americans*. Iowa: University of Iova Press,

2011.

Auletta, Ken. *The Underclass*. New York: Random House, 1982.

Austenfeld, Thomas. "Louise Erdrich in Comapany: The American Writer and Her Communities." *Critical Insights: Louise Erdrich*. Ed. Hafen, P. Jane. Massachusetts: Salem Press, 2013:68 - 85.

Bakhtin, Mikhail. "From Marxism and the Philosophy of Language." *The Rhetorical Tradition: Readings from Classical Times to the Present*. Ed. Patricia Bizzell and Bruce Herzberg. Boston: Bedford-St. Martin's, 1990:928 - 44.

Ball, Stephen J. *Class Strategies and the Education Market: The Middle Classes and Social Advantage*. London: Routledge, 2003.

Barton, Gay. "Pattern and Freedom in the North Dakota Novels of Louise Erdrich: Narrative Technique as Survival." Diss. Baylor U, 1999.

Baudrillard, Jean. *Simulacres et Simulation*. Ann Arbor: University of Michigan Press, 1994.

Beck, Ulrich, Giddens and S. Lash. *Reflexive Modernization: Politics, Tradition and Aesthetics in the Modern Social Order*. Cambridge: Polity, 1994.

Beck, Ulrich and Beck-Gernsheim, E. *Individualization: Institutionalized Individualism and its Social and Political Consequences*. London: Sage, 2001.

—— *Risk Society: Towards a New Modernity*. London:

引用文献 [Works Cited]

Sage, 1992.

Berberoglu, Berch. *Class Structure and Social Transformation*. London: Praeger Publishers, 1994.

Berrigan, Philip. "Does America Still Exist?" *Harper's*, 1984(2):43-58.

Blanc, Paul Le. *A Short History of the U. S. Working Class: From Colonial Times to the Twenty-first Century*. New York: Humanity Books, 1999.

Bledstein, Burton J. "Introduction: Storytellers to the Middle Class." *The Middling Sorts: Explorations in the History of the American Middle Class*. Ed. Bledstein, Burton J. & Johnston, Robert D. New York: Routledge, 2001: 1-25.

Blumin, Stuart. *The Emergence of the Middle Class: Social Experience in the American City*, 1760-1900. New York: Cambridge University Press, 1989.

Bonetti, Kay. "An Interview with Louise Erdrich and Michael Dorris." *The Missouri Review*. Vol. 11(1988): 79-99.

Boston, Thomas D. *Race, Class & Conservatism*. London: Unwin Hyman, Inc. 1988.

Bourdieu, Pierre. *Distinction: A Social Critique of the Judgment of Taste*. Trans. by Richard Nice. Mass: Harvard University Press, 1984.

—— *Masculine Domination*. California: Stanford University Press, 2001.

—— *Outline of a Theory of Practice*. Cambridge: Cambridge

University Press, 1977.

—— *The Field of Cultural Production*. New York: Columbia University Press, 1993.

—— *The Logic of Practice*. New York: Polity Press, 1992.

—— "What Makes a Social Class? On the Theoretical and Practical Existence of Groups." *Berkley Journal of Sociology*, Vol. 32(1986): 1-17.

Brown, Julia Prewitt. *The Bourgeois Interior*. Charlottesville: University of Virginia Press, 2008.

Bryant Berg, Kristy A. "'No Longer Haunted'? Cultural Trauma and Traumatic Realism in the Novels of Louise Erdrich and Toni Morrison." Diss. U of Oregon, 2009.

Buchanan, Ian. *Fredric Jameson: Live Theory*. London: Continuum, 2006.

Carey, J. *The Intellectuals and the Masses: Pride and Prejudice Among the Literary Intelligentsia*, 1880-1939. London: Faber, 1992.

Chang, Yoonmee. "Beyond the Culture Ghetto: Asian American Class Critique and the Ethnographic Bildungsroman." Diss. Pennsylvania U., 2003.

Charlesworth, S. *A Phenomenology of Working-Class Experience*. Cambridge: Cambridge University Press, 2000.

Chavkin, Allen. *The Chippewa Landscape of Louise Erdrich*. Tuscaloosa and London: Alabama Press, 1999.

Clark, Terry Nichols and Seymour Martin Lipset. *The*

引用文献[Works Cited]

Breakdown of Class: A Debate on Post-Industrial Stratification. Baltimore and London: The Johns Hopkins University Press, 2001.

Cheyfitz, Eric. "National Manhood: Capitalist Citizenship and the Imagined Fraternity of White Men (review)." *American Literature* 72.72(2000):221-222.

Cole, G. D. H, "The Conception of the Middle Class." *The British Journal of Sociology*, Vol 1. No4(1950): 275-290.

Cook-Lynn, Elizabeth. *Why I Can't Read Wallace Stegner and Other Essays: A Tribal Voice*. Madison: University of Wisconsin Press, 1996.

Coward, Rosalind. *Patriarchal Precedents: Sexuality and Social Relations*. London: Routledge and Kegan Paul, 1983.

Dahrendorf, R. *Class and Class Conflict in Industrial Society*. Stanford: Stanford University Press, 1959.

Darrohn, Christine M. *After the Abyss: Class, Gender, and the Great War in British Fiction of the 1920s*. Ann Arbor, MI: Diss. Rutgers State University. Ann Arbor: UMI, 1997.

Day, Gary. *Class. New Critical Idiom Series*. London: Routledge, 2001.

Dayton, Nancy Cheryl. "Revisioning and Re-membering Four American Women Novelists and Their Imaginative Search for American Identity." Diss. Miami University, 1996.

Demott, Benjamin. *The Imperial Middle: Why Americans Can't Think Straight about Class*. New York: William Morrow, 1990.

Devine, Fiona and Mike Savage. *Rethinking Class: Culture, Identities and Lifestyles*. New York: Palgrave Macmillan, 2004.

Dow, William. *Narrating Class in American Fiction*. New York: Palgrave Macmillan, 2009.

Driscoll, Lawrence. *Evading Class in Contemporary British Literature*. New York: Palgrave Macmillan, 2009.

Du Gay, P. and M. Pryke. *Cultural Economy*. London: Sage, 2002.

Duncan, Russell & Joseph Doddard. *Contemporary America*. 2nd edition. New York: Palgrave, 2005.

Dyer, Richard. *White*. New York: Routledge, 1997.

Eagleton, Terry. *After Theory*. New York: Perseus Books, 2003.

—— *Literary Theory: An Introduction*. Minneapolis: University of Minnesota Press, 2008.

—— *The Idea of Culture*. Oxford: Blackwell, 2000.

—— *The Illusion of Postmodernism*. Oxford: Blackwell, 1996.

—— "Theydunnit." Review of *What a Carve Up!* *London Review of Books*, April 28, 1994:12.

—— *Against the Grain: Essays 1975—1985*. London: Verso, 1986.

Ebert, Teresa L. and Masud Zavarzadeh. *Class in Culture*. London: Paradigm, 2008.

Ehrenrich, Barbara. *Fear of Falling: The Inner Life of the Middle Class*. New York: Harpercollins, 1990.

Erdrich, Louise. *Four Souls*. New York: Harper Perennial, 2005.

—— *Love Medicine*. New York: Bantam Books, Inc. 1993.

引用文献 [Works Cited]

—— *Shadow Tags*. New York: Harper Perennial, 2010.

—— *Tales of Burning Love*. New York: Perennial, 2001.

—— *The Antelope Wife*. New York: Harper Perennial, 1998.

—— *The Beet Queen*. New York: Harper Perennial, 2004.

—— *The Bingo Palace*. New York: Harper Perennial, 1995.

—— *The Last Report on the Miracles at Little No Horse*. New York: Harper Perennial, 2009.

—— *The Master Butchers Singing Club*. New York: Harper Perennial, 2003.

—— *The Painted Drum*. New York: Harper Perennial, 2005.

—— *The Plague of Doves*. New York: Harper Perennial, 2008.

—— *The Round House*. New York: Harper Perennial, 2012.

—— *Tracks*. New York: Harper Perennial, 1998.

—— "Where I Ought to Be: A Writer's Sense of Place." *New York Times Book Review*, 28 July 1985: 23-24.

Eric, Schchet. *Vanishing Moments: Class and American Literature*. Ann Arbor: The University of Michigan Press, 2006.

Fanon, Franz. *The Wretched of the Earth*. New York: Grove Press, 1963.

Fernald, Anne. "Class Distinctions." *Virginia Woolf Miscellany* 48 (1996 Fall): 3.

Ferrrari, Rita. " 'Where the Maps Stops': The Aesthetics of Borders in Louise Erdrich's *Love Medicine* and *Tracks*." *Style*, 1999(33.1):144-65.

Forbes, Jack. *Africans and Native Americans: The Language*

of Race and the Evolution of Red-Black Peoples. Champaign-Urbana: University of Illinois Press, 1993.

Foucault, Michel. "What is an Author?" Trans. Josue V. Harari. *The Foucault Reader*. Ed. Paul Rabinow. New York: Pantheon, 1984: 101-120.

Gallant, Alison Dara. "The Story Comes up Different Every Time: Louise Erdrich and the Emerging Aesthetic of the Minority Woman Writer." Diss. The Ohio State University, 1993.

Gandal, Keith. *Class Representation in Modern Fiction and Film*. New York: Palgrave Macmillan, 2007.

Gilbert, Dennis. *The American Class Structure*. New York: Wadsworth Publishing, 1998.

Goldethorpe, J., Lockwood D., Bechofer, F. and Platt, J. *The Affluent Worker in the Class Structure*. Cambridge: Cambridge University Press. 1969.

Gordon, Milton M. *Human Nature, Class, and Ethnicity*. New York: Oxford University Press, 1978.

Goux, J. *The Coiners of Language*. Norman: University Oklahoma Press, 1994.

Griffin, L. and M. Tempenis. "Class, Multiculturalism and *the American Quarterly*." *American Quarterly*, 54. 1(2002): 67-99.

Gross, Lawrence William. "The Trickster and World Maintenance: An Anishinaabe Reading of Louise Erdrich's Tracks." *Studies in American Indian Literatures* 17. 3(Fall 2005): 48-66.

引用文献 [Works Cited]

Grossberg, Lawrence. *We Gotta Get Out of This Place: Popular Conservatism and Postmodern Culture.* New York: Routledge, 1992.

Gutman, Herbert G. *Power and Culture: Essays on the American Working Class.* Ed. Ira Berlin, New York: Pantheon Books, 1987.

Hafen, P. Jane *Critical Insights: Louise Erdrich.* Massachusetts: Salem Press, 2013.

——"The Complicated Web: Mediating Cultures in the Works of Louise Erdrich." Diss. U of Nevada, Las Vegas, 1993.

Hawthorn, Jeremy. "Theories of the Gaze." *Literary Theory and Criticism: An Oxford Guide.* Oxford: Oxford University Press. 2006: 509-514.

Head, Dominic. *The Cambridge Introduction to Modern British Fiction 1950—2000.* Cambridge: Cambridge University Press, 2002.

Heinrich, Bernd. *Ravens in Winter.* New York: Vintage, 1991: 24.

Hemphill, C. Dallett. *Bowing to Necessities: A History of Manners in America.* 1620—1860, New York: Oxford University Press, 1990.

Hennessy, Rosemary. "Class." *A Concise Companion to Feminist Theory.* Ed. Mary Eagleton. Malden, MA: Blackwell Publishing, 2003: 53-72.

Herman, Mathew. *Politics and Aesthetics in Contemporary Native American Literature: Across Every Border.* New

233

York: Routledge, 2010.

Himmelfarb, Gertrude. *The Idea of Poverty: England in the Early Industrial Age*. London: Faber, 1984.

Hitchcock, Peter. "'They Must Be Represented': Problems in Theories of Working-Class Representation." *PMLA Special Topic: Rereading Class* 115, No. 1 (January 2000): 20-32.

Hoberek, Andrew. *The Twilight of the Middle Class—Post World War II American Fiction and White-collar Work*. Princeton: Princeton University Press, 2005.

Hobsbawn, Eric. *Politics for a Rational Left: Political Writing*, 1977—1988. New York: Verso, 1989.

Hobson, Geary. *The Remembered Earth: An Anthology of Contemporary Native American Literature*. Albuguerque: University of New Mexico Press, 1979.

Hoggart, R. *The Use of Literacy*. Harmondsworth: Penguin, 1992.

Hollrah, Patrice. "Life Will Break You... You Have to Love: Historical/Interational Trauma and Healing in Louise Erdrich's *The Painted Drum*." *Critical Insights: Louise Erdrich*. Ed. P. Jane Hafen, Massachusetts: Salem Press, 2013: 191-206.

Holmwood, J. and A. Stewart. "The Role of Contradictions in Modern Theories of Social stratification." *Sociology* 17. 1983.

Hooks, Bell. *Reel to real*. London: Routledge, 1996.

Jacobs, Connie A. "Artificer and Bearer of the Tradition: Louise Erdrich's Mythopoetic Quarter from the North Dakota

引用文献 [Works Cited]

Plains." Diss. North Illinois U, 1996.

Jaimes, M. Annette. "Federal Indian Identification Policy: A Usurpation of Indigenous Sovereignty in North America." *Policy Studies Journal*, 16. 4(2005): 778-789.

Jameson, Fredric. *The Political Unconscious: Narrative as A Socially Symbolic Act*. New York: Cornell University Press, 1981.

Johnston, Georgia. "Class Performance in Between the Acts: Audiences for Miss La Trobe and Mrs. Manresa." *Woolf Studies Annual* Vol. 3 (1997): 61-75.

Jones, Gareth Stedman. *Languages of Class: Studies in English Working Class History*, 1832—1982. Cambridge: Cambridge University Press, 1983.

Kaplan, Cora. "Millennial Class." *PMLA* 115. 1 (Jan. 2000): 9-19.

Kasari, Patricia. *The Impact of Occupational Dislocation: The American Indian Labor Force at the Close of the Twentieth Century*. Boston: South End Press, 1999.

Kate, Crassons. *The Claims of Poverty: Literature, Culture, and Ideology in Late Medieval England*. Notre Dame, IN: University of Notre Dame Press, 2010.

Kingston, P. W. *The Classless Society*. Stanford, CA: Stanford University Press, 2000.

Kirk, John. "Recovered Perspectives: Gender, Class, and Memory in Pat Barker's Writing." *Contemporary Literature* 40, No. 4 (1999): 603-626.

—— *Twentieth-Century Writing and the British Working Class*. Cardiff: University of Wales Press, 2003.

Klein, Laura F. and Lillian A. Ackerman. *Women and Power in Native America*. Norman: University of Oklahoma Press, 1995.

Kneis, Philipp. *(S)aged by Culture: Representations of Old Age in American Indian Literature and Culture*. Oxford: Peter Lang, 2013.

Krupat, Arnold. *Ethnocriticism: Ethnography, History, Literature*. Berkeley: University of California Press, 1991.

—— *Red Matters: Native American Studies (Rethinking the Americas)*. University of Pennsylvania Press, 2002.

—— *That the People Might Live: Loss and Renewal in Native American Elegy*. Ithaca, NY: Cornell UP, 2012.

—— *The Voice in the Margin: Native American Literature and the Canon*. University of California Press, 1989.

Lang, Amy Schrager. *The Syntax of Class: Writing Inequality in Nineteenth-century America*. Princeton: Princeton University Press, 2003.

Lash, S. "Reflexivity and its doubles: Structure, aesthetics and community." *Reflexive Modernization: Politics, Tradition and Aesthetics in the Modern Social Order*. Ed. A. Giddens and S. Lash, Cambridge: Polity Press, 1994.

Lawler, Stephanie. "Disgusted Subjects: The Making of Middle-class Identities." *The Sociological Review* 53.3 (2005): 429-446.

Lee, Ying S. *Masculinity and the English Working Class Studies in Victorian Autobiography and Fiction.* New York: Routledge, 2007.

Lenhart, Gary. *The Stamp of Class: Reflections on Poetry & Social Class.* Ann Arbor: The University of Michigan Press, 2006.

Levine, Lawrence W. *Highbrow/ Lowbrow: The Emergence of Cultural Hierarchy in America.* Harvard University Press, 1999.

Lewontin, Richard. "Women Versus the Biologists." *New York Review of Books*, 7 Apr. 1994.

Libretti, Tim. "The Other Proletarians: Native American Literature and Class Struggle." *Modern Fiction Studies*, Vol. 47 No. 1(Spring 2001):164 – 189.

Lincoln, Kenneth. *Native American Renaissance.* Berkeley and Los Angeles: U of California Press, 1985.

——. "Red Stick Lit Crit." *Indian Country Today.* No. 5(April 2007).

Lowe, Lisa. *Immigrant Acts.* Durham: Duke UP, 1996.

——, and David Lloyd. *The Politics of Culture in the Shadow of Capital.* Durham: Duke UP, 1997.

Madrick, Jeffrey. *The End of Affluence: The Causes and Consequences of America's Economic Dilemma.* New York: Random House, 1995.

Madsen, Deborah L. *Native Authenticity: Transnational Perspectives on Native American Literary Studies.* Albany: State University of New York Press, 2010.

Magnus, Amy Elizabeth. "Leaving Tracks: The Legacy of Chippewa History in the Novels of Louise Erdrich." Diss. Case Western Reserve U, 2002.

Markels, Julian. *The Marxian Imagination: Representing Class in Literature*. New York: Monthly Review Press, 2003.

Mass, Michelle A. *In the Name of Love: Women, Masochism, and the Gothic*. Ithaca and London: Cornell UP, 1992.

Mato, Shigeko. *Cooptation, Complicity, and Representation: Desire and Limits for Intellectuals in Twentieth-Century Mexican Fiction*. New York: Peter Lang, 2010.

Matthews, Kristin L. "The Red Menace: Cold War and The Politics of Reading." Diss. University of Wisconsin-Madison, 2004.

McNickle, D'Arcy. *The Surrounded*. Albuquerque: University of New Mexico Press, 1978.

—— *Running in the Sun*. Albuquerque: University of New Mexico Press, 1982.

—— *Wind from an Enemy Sky*. Albuquerque: University of New Mexico Press, 1988.

Milner, Andrew. *Class*. London: Sage, 1999.

Mintz, Steven and Susan Kellogg. *Domestic Revolutions: A Social History of American Family Life*. New York: The Free Press, 1998.

Montgomery, David. *Workers' Control in America: Studies in the History of Work, Technology, and Labor Struggles*.

Cambridge: Cambridge University Press, 1979.

Mukherjee, Bharati. "Immigrant Writing: Give Us Your Maximalists!" *The New York Times Book Review* 28 Aug. 1988: 1.

Mulvey, Laura. "Visual Pleasure and Narrative Cinema." *The Norton Anthology of Theory and Criticism*. Ed. New York: W. W. Norton & Company, 2001: 2184-2188.

Myrdal, Gunnar. *Challenge to Affluence*. New York: Random House. 1963.

Neale, R. S. *History and Class: Essential Readings in Theory and Interpretation*. Oxford, Basil: Blackwell Publisher Limited, 1983.

Nester, Nancy L. "Signs of Family: Images of Family Life in Contemporary American Literature." Diss. University of Rhode Island, 1995.

Nicholson, Linda J. *Gender and History: The Limits of Social Theory in the Age of the Family*. New York: Columbia University Press, 1986.

O'Dair, Sharon. "Beyond Necessity: The Consumption of Class, the Production of Status, and the Persistence of Inequality." *New Literary History: A Journal of Theory and Interpretation* 31, No. 2 (Spring 2000): 337-54.

Orr, Lisa. *Transforming American Realism: Working-Class Women Writers of the Twentieth Century*. New York: Univerisity Press of America, 2007.

Ortiz, Simon J. "Towards a National Indian Literature: Cultural

Authenticity in Nationalism." *MELUS* 8.2(1981):7-12.

Pakulsk, Jan. and Malcolm Waters. "The Reshaping and Dissolution of Social Class in Advanced Society." *Theory and Society*(25)(1996):667-691.

Pastore, Kristy L. "Hard Traveling Down the Red Dirt Road: Exploring Working-Class Issues in Louise Erdrich's *Love Medicine* and *The Bingo Palace*." Diss. University of Wyoming, 2009.

Perrucci, Robert. Wysong, Earl. *The New Class Society*. Lanham: Rowman Littlefield Publishers, Inc., 1999.

Phelan, James. *Living to Tell about It: A Rhetoric and Ethics of Character Narration*. Ithaca: Cornell University Press, 2005.

Porter, Roy. *Rewriting the Self: Histories from the Renaissance to the Present*. London: Routledge, 1997.

Prashad, Vijay. *The Karma of Brown Folk*. Minneapolis: U of Minnesota P, 2000.

Rafter, Nicole Hahn. "Introduction." *White Trash: The Eugenic Family Studies* 1877—1919. Ed. Rafter, Boston: Northeastern, 1988.

Ransford, H. Edward. *Race and Class in American Society: Back, Latin, Anglo* (second revised edition). Schenkman Books, Inc. Rochester Vermont, 1994.

Roberts, Brian. *American Alchemy: The California Gold Rush and Middle-Class Culture*. Chapel Hill: University of North Caroline Press, 2000.

引用文献 [Works Cited]

Roppolo, Kimberly. "Symbolic Racism, History, and Reality: The Real Problem with Indian Mascots." *Genocide of the Mind: An Anthology of Urban Indians*. Ed. MariJo Moore, New York: Thunder Mouth Press, 2003.

Rose, Wendy. "The Great Pretenders: Further Reflections on White Shamanism." *In The State of Native America*. Ed. M. Annette Jaimes. Boston: South End Press, 1992.

Rottenberg, Catherin. *Performing Americanness: Race, Class, and Gender in Modern African-American and Jewish-American Literature*. New Hampshire: Dartmouth College Press, 2008.

Ruff, Mary. "Tracking Whiteness: Portrayals of Whites in American Indian Literature". Diss. The University of Texas at Arlington, 2008.

Ruoff, A. LaVonne Brown. *American Inidan Literatures: An Introduction, Bibliographic Review, and Selected Bibiography*. New York: Modern Language Association, 1990.

Samuel, Laurance R. *The American Dream*. NY: Syracuse University Press, 2012.

Sanders, Karla Jo. "Healing Narratives: Negotiating Cultural Subjectivities in Louise Erdrich's Magic Realism." Diss. The Pennsylvania State U, 1996.

Savage, M. *Class Analysis and Social Transformation*. Buckingham: Open University Press, 2000.

Schchet, Eric. *Vanishing Moments: Class and American Literature*.

Ann Arbor: The University of Michigan Press, 2006.

Schryer, Stephen. *Fantasies of the New Class: Ideologies of Professionalism in Post-World War II American Fiction.* New York: Columbia University Press, 2011.

Scott, John. *Class: Critical Concepts* (Vol. I — IV). London: Routledge, 1996.

Sequin, Robert. *Around Quitting Time—Work and Middle-Class Fantasy in American Fiction.* Durham and London: Duke University Press, 2001.

Sequoya-Magdaleno, Jana. "How(!) Is an Indian? A Contest of Stories. "*New Voices in Native American Literary Criticism.* Ed. Arnold Krupat, Washington and Lontdon: Smithsonian Institution Press, 1993:453-73.

—— "Telling the Difference: Representations of Identity in the Discourse of Indianness. " *The Ethnic Canon: Histories, Institutions, and Interventions*, Ed. David Palumbo-Liu, Minneapolis: University of Minnesota Press, 1995:88-116.

Sergi, Jennifer Leigh. "Narrativity and Representation in Louise Erdrich's Fiction. " Diss. U of Rhode Island, 1993.

Shires, Wilma J. "Narrative Constructions of Fleur Pillager: Borderlands Feminism in Louise Erdrich's Novels. " Diss. Texas A & M U-Commerce, 2010.

Silko, Leslie Marmon. "Here's an Odd Artifact for the Fairy-Tale Shelf. " *SAIL* 10.4(1986):178-184.

Skeggs, Beverly. *Class, Self, Culture.* London and New York:

引用文献[Works Cited]

Routledge, 2004.

Spivak, Gayatri Chakravorty. "Can the Subaltern Speak?" *Marxism and the Interpretation of Culture*. Ed. Lawrence Grossberg and Cary Nelson. Urbana: U of Illinois P, 1988. 271-313.

Sterns, Peter N. "The Middle Class: Toward a Precise Definition." *Contemporary Studies in Societies and History* 21. 3 (1979): 377-396.

Storhoff, Gary. "Family System in Louise Erdrich's *Beet Queen*." *Critique* Vol. 39. No. 4(Summer 1998): 341-352.

Stratton, Billy J. and Frances Washburn. "The Peoplehood Matrix: A New Theory for American Indian Literature." *Wicazo Sa Review* 2008(1): 51-72.

Stirrup, David. *Louise Erdrich*. Manchester: Manchester University Press, 2010.

Strobel, Fredruck R. and Wallace C. Peterson. *The Coming Class War and How to Avoid it: Rebuilding the American Middle Class*. New York: M. E. Sharpe Inc. , 1999.

Swartz, David. *Culture and Power: The Sociology of Pierre Bourdieu*. Chicago: The University of Chicago Press, 1997.

Taylor, Charles. *Modern Social Imaginaries*. Durham, NC: Duke University Press. 2004

Tew, Philip. *The Contemporary British Novel*. London and New York: Continuum, 2004.

The Woods, Patricia Michele. "Opposing the Ideology of the Split: Mythological Synergy as Resistance Discourse in the Novels of

Louise Erdrich." Diss. U of California, Berkeley, 1994.

Thernstrom, Stephen. *The Other Bostonians: Poverty and Progress in the American Metropolis*. Cambridge, MA: Harvard University Press, 1973.

Thompson, John B. *Ideology and Modern Culture: Critical Social Theory in the Era of Mass Communication*. Stanford: Stanford UP, 1991.

Tokarczyk, Michelle M. *Class Definitions: On the Lives and Writings of Maxine Hong Kingston, Sandra Cisneros, and Dorothy Allison*. Selinsgrove: Susquehanna University Press, 2008.

—— *Critical Approaches to American Working-Class Literature*. New York: Routeledge, 2011.

Trask, Michael. *Cruising Modernism: Class and Sexuality in American Literature and Socail Thought*. Ithaca: Cornell University Press, 2003.

Urry, John. *Mobilities*. Cambridge: Polity, 2007.

Velie, Alan R. "American Indian Literature in the Nineties: The Emergence of the Middle-Class Protagonist." *World Literature Today* Vol. 66, No. 2(1992): 264-268.

——, and A. Robert Lee. *The Native American Renaissance: Literary Imagination and Achievement*. Norman: University of Oklahoma Press, 2013.

—— "American Indian Literature in the Nineties: The Emergence of the Middle-Class Protagonist." *World Literature Today*

Vol. 66, No. 2 (Spring 1992): 264-268.

Vizenor, Gerald and A. Robert Lee, *Postindian Conversations*. Nebraska: U of Nebraska Press, 2003.

—— *Manifest Manners: Postindian Warriors of Survivance*. Hanover, N. H.: University Press of New England, 1994.

Walkowitz, D. J. *Working with Class*. Chapel Hill: University of North Carolina, 1999.

Wallace, Karen Lynn. "Myth and Metaphor, Archetype and Individuation: A Study in the Work of Louise Erdrich." Diss. U of California in Los Angeles, 1998.

Warrior, Robert A. *Recovering American Indian Intellectual Traditions*. Minneapolis: University of Minnesota Press, 1995.

Washburn, Frances. *Tracks on a Page: Louise Erdrich, her life and works*. Praeger: Joanne M. Broxton, 2013.

Weaver, Jace. *That the People Might Live: Native American Literatures and Native American Community*. New York: Oxford University Press, 1997.

—— *Other Words: American Indian Literature, Law, and Culture*. Norman: University of Oklahoma Press, 2001.

—— "The Red Atalantic: Transoceanic Cultural Exchange." *American Indian Quarterly*, 2011 (35): 418-463.

Weber, Max. *Economy and Society*. Berkeley: University of California Press, 1978.

—— *The Theory of Social and Economic Organization*. Trans.

A. M. Henderson and Talcott Parsons. Ed. Talcott Parsons. New York: Free Press, 1964.

Weigert, A. J. and J. S. Teitge. *Society and Identity: Toward a Sociological Social Psychology*. London: Cambridge University Press, 1986.

Wells, Jennifer Marie Holly. "The Construction of Midwestern Literary Regionalism in Sinclair Lewis's and Louise Erdrich's novels: Regional and Cultural Influences on Carol Kennicott and Fleur Pillager." Diss. Drew University, 2009.

Westerman, Gwen N. "Sister Lost, Sister Found: Redemption in *The Painted Drum* and *Shadow Tag*." *Critical Insights: Louise Erdrich*. Ed. P. Jane Hafen, Ipswich, MA: Salem Press, 2012: 245-255.

Whitson, Kathy J. "Louise Erdrich's '*Love Medicine*' and '*Tracks*': A Culturalist Approach." Diss. U of Missouri-Columbia, 1993.

Wilentz, Sean. "Against Exceptionalism: Class Consciousness and the American Labor Movement, 1790—1920." *International Labor and Working Class History*, 1984(24):1-24.

Williams, Raymond. *Keywords: A Vocabulary of Culture and Society*. Glasgow: Fontana, 1976.

Wilson, Jonathan Max. "Native Spaces of Continuation, Preservation, and Belonging: Louise Erdrich's Concept of Home." Diss. U of Texas at Arlington, 2008.

Womack, Craig S. *Red on Red: Native American Literary*

Separatism. Minneapolis: University of Minnesota Press, 1999.

Wong, Sau-Ling Cynthia. *Reading Asian American Literature: From Necessity to Extravagance*. Princeton: Princeton UP, 1993.

Woodward, Pauline Groetz. "New Tribal Forms: Community in Louise's Fiction." Diss. Tufts U, 1991.

Worsham, Lynn and Gary A. Olson. "Hegemony and the Future of Democracy: Ernesto Laclau's Political Philosophy." *Race, Rhetoric, and the Postcolonial*. Ed. Gary A. Olson and Lynn Worsham. Albany: State U of New York P, 1999: 129 – 62.

Wyatt, Jane. "Storytelling, Melancholia, and Narrative Structure in Louise Erdrich's *The Painted Drum*." *MELUS*, Volume 36, No. 1(Spring, 2011): 13 – 36.

Zizek, Slavoj. *In Defense of Lost Causes*. London and New York: Verso, 2008.

中文引文部分

埃里克·奥林·赖特,《阶级分析的三种逻辑与中产阶级研究》,《江苏社会科学》2008 年第 4 期,第 51 – 56 页。

蔡俊,《超越生态印第安:论路易斯·厄德里克小说中的自然主题》,Diss. 南京大学:2011。

——《主动表达的"他者"——论 20 世纪 70 年代以来的本土裔美国文学批评》,《当代外国文学》2012 年第 2 期,第 42 – 51 页。

陈靓,《当代美国本土裔文学的神话重构——评路易斯·厄德里克小说中的"恶作剧者"形象》,《英美文学研究论丛》2013 年第 2

期,第 276-285 页。

——《多元文化背景下的当代美国印第安文学研究浅谈》,《英美文学研究论丛》2009 年第 2 期,第 45-52 页。

——《路易斯·厄德瑞克作品杂糅性特征研究》,Diss. 复旦大学:2007。

——《文化冲突中的本土裔身份构建——宗教与性别视角下的〈爱之药〉》,《英美文学研究论丛》2007 年第 2 期,第 177-189 页。

——《象征世界中的文化身份重构——〈痕迹〉的生物象征解读》,《解放军外国语学院学报》2008 年第 1 期,第 81-85 页。

陈璇,《走向后现代的美国家庭:理论分歧与经验研究》,《社会》2008 年第 4 期,第 173-186 页。

丹尼尔·贝尔,《后工业社会的来临——对社会预测的一项探索》,高铦,王宏周等译,北京:新华出版社,1997。

丁晓钦,朱达明,《国外阶级与阶层理论比较研究》,《马克思主义研究》2010 年第 12 期,第 136-143 页。

丁文莉,邹惠玲,《〈痕迹〉和厄德里克:小说内外的恶作剧者》,《当代外国文学》2013 年第 3 期,第 118-124 页。

高宣扬,《布迪厄的社会理论》,上海:同济大学出版社,2004。

何良,《美国少数族裔的国家认同研究》,Diss. 北京外国语大学,2015。

黄继锋,《西方新马克思主义阶级理论的嬗变》,《理论视野》2008 年第 3 期,第 24-27 页。

黄晓丽,《爱情游戏——〈踩影游戏〉的二元对立与解构》,《复旦外国语言文学论丛》2015 年第 2 期,第 19-24 页。

——《美国边疆景观与民族文化——以厄德里克小说为例》,《贵州民族研究》2015年第12期,第124-126页。

江宁康,《美国当代文学与美利坚民族认同》,南京:南京大学出版社,2008.

雷蒙·威廉斯,《关键词:文化与社会的词汇》,刘建基译,北京:三联书店,2005。

李杨,《美国"南方文艺复兴"——一个文学运动的阶级视角》,北京:商务印书馆,2011。

李靓,《厄德里克小说中的千面人物研究》,北京:对外贸易大学出版社,2014。

——《论路易斯·厄德里克的千面人物重构》,《当代外国文学》2010年第4期,第100-108页。

——《评〈甜菜女皇〉中空间叙事的伦理维度》,《外语与外语教学》2012年第6期,第90-93页。

——《印第安性的非印第安书写——评〈甜菜女皇〉中的印第安思想内涵》,《外国文学评论》2011年第4期,第40-53页。

李剑鸣,《文化接触与美国印第安人社会文化的变迁》,《中国社会科学》1994年第3期,第157-174页。

李雪梅,《文化创伤与景观治疗——以西尔科的小说〈典仪〉为例》,《外国文学》2016年第2期,第51-59页。

刘克东,《以退为进——论韦尔奇〈印第安律师〉中主人公的主观能动性》,《当代外国文学》2014年第4期,第60-66页。

刘欣,《阶级惯习与品味:布迪厄的阶级理论》,《社会学研究》2003年第6期,第33-42页。

陆春香,《从小说文本看当代美国土著作家对读者的抵触和期盼》,Diss. 上海外国语大学,2014。

陆扬,《文化研究中的阶级轨迹》,《社会科学》2007 年第 11 期,第 135-141 页。

米兰·昆德拉,《生命中不能承受之轻·序》,洪涛,孟湄译,贵州人民出版社,2001。

倪云,《〈爱药〉中的水意象及其哲学意蕴》,《郑州大学学报》(哲学社会科学版)2010 年第 5 期,第 109-111 页。

彭恒军,《一种将阶级分析和阶层分析结合起来的努力——赖特的阶级理论及其价值》,《学术论坛》2007 年第 2 期,第 45-50 页。

秦苏珏,《生态批评视野中的当代美国土著小说研究》,Diss. 四川大学,2014。

塞缪尔·亨廷顿,《我们是谁?》,程克雄译,北京:新华出版社,2004.

斯图尔特·霍尔,《表征:文化表象与意指实践》,徐亮,陆兴华译. 北京:商务印书馆,2005。

宋赛南,《"种族笑话"的镜子——文本功能——评厄德里克短篇小说〈世上最了不起的渔夫〉》,《外国文学》2011 年第 6 期,第 3-8 页。

王晨,《桦树皮上的随想曲——路易斯·厄德里克小说研究》,北京:中央编译出版社,2011。

——《文化重建中的优势奇葩:美国印第安文学》,《社会科学家》2008 年第 10 期,第 39-42 页。

王建平,《美国印第安人研究的现状》,《美国研究》2010 年第 3 期,第 127-141 页。

——《美国印第安文学的性质与功用:从克鲁帕特与沃里亚之争说起》,《外国文学评论》2011 年第 4 期,第 25-39 页。

引用文献[Works Cited]

——《美国印第安文学批评中的民族主义》,《天津外国语大学学报》2014年第2期,第61-67页。

——《世界主义还是民族主义——美国印第安文学批评中的派系化问题》,《外国文学》2010年第5期,第49-58页。

——《印第安文学批评的派系化问题》,《英美文学研究论丛》2009年第2期,第16-21页。

王岳川,《后殖民主义与新历史主义文论》,济南:山东教育出版社,2001。

肖锦屏,龙娟.《美国印第安人生存模式的重构——路易丝·厄德里奇〈痕迹〉的后殖民解读》,《南华大学学报》(社会科学版)2009年第2期,第95-98页。

叶如兰,《冲撞·融合》,Diss. 复旦大学,2009。

约翰·斯道雷,《文化理论与通俗文化导论》,杨竹山,郭发勇等译,南京:南京大学出版社,2000。

张冲,《关于本土裔美国文学历史叙事的思考》,《国外文学》2011年第1期,第19-24页。

张慧荣,《后殖民生态批评视角下的当代美国印第安英语小说研究》,Diss. 苏州大学,2014。

张琼,《从失控到把控——从〈鸽疫〉看厄德里克"环小说"叙事的多声部发展》,《外文研究》2014年第1期,第61-68页。

——《两栖与对立:从〈影子标签〉看厄德里克的创作走向》,《社会科学研究》2014年第6期,第186-191页。

——《〈四灵魂〉中族裔价值与经典传统的结合、背离与偏移》,《外国文学研究》2009年第6期,第122-126页。

——《族裔界限的延展与消散:〈手绘鼓〉》,《外国文学》2009年第6

期,第 91-97 页。

张廷佺,《路易丝·厄德里克长篇小说叙事的后现代因素——以〈爱药〉为例》,《当代外国文学》2007 年第 4 期,第 56-61 页。

——《作为另类叙事的齐佩瓦人故事:厄德里克小无马保留地家世传奇研究》,Diss. 上海外国语大学,2009。

钟君,《马克思阶级理论在西方理论界的历史境遇》,《当代世界与社会主义》2009 年第 3 期,第 15-18 页。

周穗明,《后马克思主义关于当代西方阶级与社会结构变迁的理论述评》(上),《国外社会科学》2005 年第 1 期,第 31-38 页。

——《后马克思主义关于当代西方阶级与社会结构变迁的理论述评》(下),《国外社会科学》2005 年第 2 期,第 44-48 页。

周铭,《"文明"的"持家":论美国进步主义语境中女性的国家建构实践》,《外国文学评论》2016 年第 2 期,第 5-31 页。

朱国华,《社会空间与社会阶级:布迪厄阶级理论评析》,《江海学刊》2004 年第 2 期,第 80-85 页。

朱伟珏,《文化视域中的阶级与阶层——布迪厄的阶级理论》,《社会科学辑刊》2006 年第 6 期,第 83-88 页。

邹惠玲,《从同化到回归印第安自我——美国印第安英语文学发展趋势初探》,《徐州师范大学学报》2001 年第 4 期,第 18-21 页。

——《当代美国印第安小说的归家范式》,《英美文学研究论丛》2009 年第 2 期,第 22-28 页。

——《典仪——印第安宇宙观的重要载体——印第安传统文化初探》,《徐州师范大学学报》2004 年第 4 期,第 54-57 页。

——《〈绿绿的草,流动的水〉:印第安历史的重构》,《外国文学评论》2004 年第 4 期,第 40-49 页。

——《19世纪美国白人文学经典中的印第安形象》,《外国文学研究》2006年第5期,第45-51页。

——《试论蕴涵于印第安创世传说的印第安传统信仰》,《徐州师范大学学报》(哲学社会科学版)2007年第1期,第40-44页。

——《印第安传统文化初探(之二)——印第安恶作剧者多层面形象的再解读》,《徐州师范大学学报》2005年第6期,第39-43页。

——,郭继德,《后殖民理论视角下的美国印第安英语文学研究》,《英美文学研究论丛》2008年第2期,第327-332页。

——,张田,《21世纪前十年美国印第安文学研究述评——兼谈对中国学者的启示》,《江南大学学报》(人文社会科学版)2014年第4期,第112-117页。

索 引

A

《爱药》 2-4,19,21,29,31,33,36,43-44,62,65-66,71,73-74,81-82,86,90,98,100,104-105,155,160,166,183-184,188,206

奥吉布瓦 1-2,19,22-24,27,32,45,184,186,209

B

白人中产阶级男性形象的书写策略 56,130,132-133,221

"白色垃圾" 56,150,164,218

被凝视 **参见** 凝视

本土裔(美国)文学 4-7 **见** 美国本土裔文学

本土裔美国文学复兴 43

本土裔人身份认同 13,26,44-45,108,220

本土裔文化 2,6,11,14,17,19,22,24,27,29-31,56,67-68,90,101-103,107-108,112,126-129,132,136,140,142-143,156-157,163,167,185-187,202,207-208,210,217,220-221

本土裔文化的"回归" 66-67,73,127,208

本土裔文化书写 103,207

本土裔文化研究 12-13,142

本土裔文学批评 5-10,63
本土裔文学批评中的民族主义与国际主义之争 7-12,14,18,61,103
本土裔文学批评中的部落主义 7,107
本土裔文学三"Ws" 9
本土裔中产阶级 56,92,104,107-108,111,220
本质主义 17,33,102,129,149
本质主义解读 30,38,90,101,127-128,148,186,207
边缘身份书写 27
《宾格宫》 4,36,71,84,98,156,160
布迪厄的阶级理论 39,46-47,49-50,52-54

C

《彩绘鼓》 27,44,70,72-73,100,108,130-135,140,142,155,161-162,167,175,177-178,188,195,198,211,213
创伤书写 27,109,132,183,193,100,000

D

大众文化 57,113,198-203,206-208,210 参见 高雅文化,通俗文化
"底层阶级" 42-45,53-56,64-65,92,98,112,137,145-146,149,151-152,164-166,168,170,176,178,194,198,215-216,218,222
"底层阶级"书写 55-56,64,66,81,89,165,169
对抗性凝视 参见 凝视

E

"厄德里克与西尔科之争" 16,200
"恶作剧"形象 7,22,25,30,69,100,125,157,181

F

反思后(reflexive)行为 55
反思前(pre-reflexive)行为 55
"反思性主体" 175
"反思性自我" 56

G

高雅文化 39,57,198-206,208-209,219 参见 通俗文化,大众文化
《鸽灾》 3,20,98-104,112,127,140-141,171,186,210
个体"文化资本" 91

个体焦虑　143
"工人阶级"　36,39,41,47,53,61,63-65,94-95,131,135,147-148,154-156,158
共存空间　56,168-170
归家主题　25
国家话语的再生产性　180-181

H

核心家庭　57,182-184,187-190,192-193,198,219
《痕迹》　4,26,29,33,43,100,102,125,186,188,206
灰姑娘叙事模式　87,157

J

"家(庭)"　26,34,189
家庭模式　57,162,182-185,187-189,198,219
家庭书写　182-184,189,192-193,196,198
间隙性　133-134,137,222
阶级"习性"　46,50-52,54-56,60,64,77,80,91-92,143,145-146,168,200-201,214-215,218,221
阶级"习性"四种分类　51-52
阶级分析　40,147

阶级身份　44,46,53-56,63,65,92,138,145,166-168,170,172,176,216-219
阶级书写　45-46,54
阶级问题　33-38,40-46,49,59,62-63,79,147-148,155,165,168,172,174,220,224
阶级研究　42,63,96,148,223-224
阶级占位　54,146,151,152,165,175,178,181,218,220　参见 "占位"
经济身份　34,40,52-53,80-82,84,87-89,108,149,156,168,171-175,216-217

L

"疗伤"范式　210
《羚羊妻》　188,209
流动　174-175,200,216-217,223
流动神话　54
流动性话语　64

M

马克思的阶级理论　36,39,48-49,94　参见 布迪厄的阶级理论
美国本土裔文学　3-8,18,21,42,54,129-130,208,217,220,224　见 本土裔(美国)文学

美国社会无阶级话语 55-56,87,
    146,164,218,224
美国身份 27,45,79
"媚俗"文化 201,208 **参见** 通俗
    文化
母亲形象 30-31

N

男权话语 28,30,74,112-115,
    118,125,193
凝视 112-113,120,125
    被凝视 113,118,123,125,129
    对抗性凝视 123
女人主义 29
女性后殖民主义视角 28
女性贫困 74
女性身份 26,29-30,92,129
女性形象书写 28
女性叙事 29
女性主义 28-30,56,77,86-87,
    112-113,125-126,192,221

P

贫穷的理论 147
贫穷书写 61,63,72-73,78-79,
    87,150,152,161,218
贫困书写三种模式 88

Q

齐佩瓦 1,4,19,22,90,126 **见**
    奥吉布瓦
千面人物 25
去本质主义解读 127 **参见** 本质
    主义解读
全民中产神话 54,60-61,64,92,
    105,145,215-216
中产话语两大理念 215

R

《燃情故事集》 75,84-85,98,112,
    122,140,159,169,178,187,
    190,192

S

社会话语 27,45,54,90,105,113,
    145-146,150,193,223
身份流动 34,39,53,55,80-81,
    84,88-89,174,217
身份认同 13,26,44-45,108,128,
    165,172,177-178,220
生存策略 24-25,27,103
疏离感 26,31,136,212,217
《四灵魂》 84-85,87,98,100,112,
    116,127,140-141,172,174

索 引

T

他者化　15,29,56,90,164,218
《踏影》　4,43,45,65,76,89-90,98,106,112,118,120,122,129,132,178,188,191,193,195-196,198,210,208,211,213,220-221
《甜菜女王》　4,16,74,82,85,98,112,116,183,188,200
通俗文化　57,171,199,201-202,208-210　参见　高雅文化,"媚俗"文化,大众文化
《屠宰场主的歌唱俱乐部》　4,85,98,135,153,157,169,171,188,203,210

W

韦伯的阶级理论　41,48-50　参见　布迪厄的阶级理论
文化的和解　143
文化认同　100,111,222
文化生成主义　103
文化再生产　52-54,56,179-181,222
文化占位　53-54,56,165,200,206,214,218-219,222-223
"无产阶级文学"　35-36,38

X

"习性"　50,59,91,166,180　见　阶级"习性"
《小无马地奇迹的最后报告》　68-69,100
性别身份　67,78,143
性别问题　28,67,74,80,87,221
虚假叙事　120,123-125,129
叙事模式　23,25-28,30,32,36,42,46,57,66,88,127,196,200,206,209,214,219
寻根主题叙事　134

Y

"腌制"　112,114-115
印第安人的传统文化　24-25,27-29,44,66-69,73,100-101,103,106-109,111,126-127,129,132,142-143,166,184,186-187,198,217,221
印第安人的想象性描写　30
印第安生命轮回叙事模式　27
印第安文化　23-30,32-33,87,120,125,136
《圆屋》　3,22,45,66,74,77,85,102-103,108-109,112,127-128,139,155,171,183,186,192-

193,195,197-198,210-211, 213,221

Z

"占位" 52-54,56,145-146,151-152,165,175,178,181,200, 206,214,218-220,222-223

  阶级占位 54,146,151,152, 165,175,178,181,218,220

  文化占位 53-54,56,165, 200,206,214,218-219,222-223

中产话语 56,59,61-64,81,93, 96,104,148,179,198,215,220, 223 见 中产阶级话语

中产阶级话语 46,53-55,57,62-64,81,145-146,156,180-181,194,200,211,215,218,222

中产阶级话语构建 57,93,180, 194,198

中产阶级身份 44,53,92,131,156, 165,198

中产阶级书写 131,143

中产阶级文化 181,198-199,214, 219,222-223 参见 高雅文化

中产阶级文化身份构建 180,210

中产文化 199 见 中产阶级文化

种族记忆 101

种族身份 89,104,109,141,143

种族文化 21,28,56,67,86-87, 102,108-109,223

主流父权制话语 126-127

主流话语 23,25-28,32,37,43-45,56,61-63,68,74,77,80-81,90,95,97,105,109,129, 136,150,152,156,162,168, 175,181-182,194,200,205, 216,218,221-222

主流社会 13-14,16-17,23,33, 63-64,66,68,70-72,74,87, 90,92,97,104-107,111,129, 139,146,149,155,162,164, 166,186-188,194,214,216-218,220,222

主流文化 5,16,26-27,30-31,46, 48,54-55,69,89-90,100-101,107,111,126,129,131, 143,181,185-186,207,217

"自反性主体" 168

自然写作 32

宗教思考 22,26,31-32,39,43,72

宗教杂糅 32

左翼文学 38,53,61